Sabine Richling

Das Mädchen und der Star

AF187009

Sabine Richling

Das Mädchen
und
der Star

Liebesroman

Bibliografische Information der Deutschen Nationalbibliothek:
Die Deutsche Nationalbibliothek verzeichnet diese Publikation in der Deutschen Nationalbibliografie; detaillierte bibliografische Daten sind im Internet über http://dnb.dnb.de abrufbar.

Herstellung und Verlag: BoD – Books on Demand, Norderstedt

ISBN: 978-3-7504-0875-3

Überreden gilt nicht

„Eigentlich möchte ich da nicht hin", entgegne ich Lucy. „Ich kenne diesen Sänger nicht und wenn ich's mir recht überlege, habe ich schon etwas anderes vor."

Jedenfalls hypothetisch gesehen.

Ich denke nicht, dass meine Ausrede sonderlich überzeugend wirkt, aber versuchen kann man es ja mal.

„Doch, du gehst!"

Lucy legt mir die Einladung vor die Nase auf den Tisch. Ich werde wieder weichgeklopft, wie so oft. Das geht bei mir völlig problemlos. Mein Schicksal scheint besiegelt.

Lucy hatte an einem Gewinnspiel teilgenommen, bei dem der Hauptgewinn dieser Sänger war – genaugenommen ein gemeinsames Essen mit ihm. Sie hat tatsächlich gewonnen, aber nun keine Zeit, den Termin wahrzunehmen, da ihr Chef sie nach Deutschland beordert hat. Sie soll dort einen Vortrag am archäologischen Institut Hamburg über die Methoden der Archäologie halten. Lucy ist Archäologin und hat schon viel ausgegraben. Ein wirklich interessanter Beruf. Er ist ein bisschen artverwandt mit meinem. Ich bin Völkerkundlerin.

Genetisch betrachtet bin ich ein halber Inuit – andere sagen Eskimo. Mein Vater ist Inuit, doch äußerlich bin ich das Ebenbild meiner schwedischen Mutter. Ihre blauen Augen und das fast silbern glänzende Haar haben sich bei mir vollends durchgesetzt. Aus mir wurde ein Mischling, der nicht gemischt aussieht. Nur der ausgeprägte Zartbitterschokoladenteint meines Vaters verwandelte meinen Hautton in einen dezenten Vollmilchteint. Ich bin also eine Vollmilchschwedin. Dafür habe ich das Temperament meines Vaters geerbt. Ich bin so unterhaltsam wie eine Schlaftablette: ruhig und in mich gekehrt. Am liebsten sitze ich auf einem Eisblock und schaue aufs arktische Meer.

Seitdem ich in New York lebe, sehe ich ab und zu aus dem Fenster. Mein bester Freund ist mein Computer, denn ich schreibe viel. Im September veröffentliche ich erneut ein Buch – das fünfte an der Zahl. Da ich Völkerkundlerin bin, liegt es natürlich nahe, worüber ich schreibe. Viermal bereits habe ich mich für einige Zeit einem Indianervolk angeschlossen, dessen Kultur und Lebensart beobachtet und mit den Menschen eines Stammes zusammengelebt. Für einen scheuen Menschen wie mich eine Herausforderung und auch Überwindung.

Die Ureinwohner Australiens faszinieren mich enorm. Leider leben auch sie – ebenso wie die Indianer Nordamerikas – in Reservationen. Ich schloss mich einem kleinen Stamm der Aranda an und lebte gut fünf Monate unter ihnen in der Wüste Australiens. Es war eine aufregende

Zeit – unvergesslich. Meine Erlebnisse und Erfahrungen schrieb ich in meinem letzten Buch nieder. Es kommt in zwei Monaten auf den Markt.

Ich will die Missstände mit meinen Büchern an die Öffentlichkeit bringen, informieren und Verständnis aller Völker für andere Völker gewinnen. Das ist mein Ziel. Warum ich mich dafür ausspreche? Vielleicht, weil ich in einer Welt aufgewachsen bin, die anders war, in der meine Hautfarbe zu einem Problem wurde.

„Hör zu, Malina", redet Lucy auf mich ein, „ist dir denn nicht klar, wer dieser Danny ist?"

Im Grunde ... nein.

Ich schaue Lucy unschuldig in die Augen.

„Er könnte die Inkarnation von John Lennon sein und du würdest es nicht wissen, nicht wahr?"

Wäre möglich.

„Wie auch immer, einer muss dorthin. Und da ich ausgerechnet an diesem Tag was anderes zu tun habe, bleibst nur du übrig. Glaub mir, er ist ein wahrer Traummann."

Sie hält sich das Foto von Mr. Greyeyes an die Brust und tanzt verträumt durch den Raum. Wenn ich ihre Freude bloß teilen könnte. Aber man kann von mir nicht gerade behaupten, ich wäre besonders begeisterungsfähig. Lucy würde ich eher mit einem tobenden Fluss vergleichen, während ich der stille und starre See bin. Mein Enthusiasmus hält sich für gewöhnlich in Grenzen. Vor allem, wenn es sich um Rocksänger handelt, die ich nicht kenne und mit denen ich gegen meinen erklärten Willen essen gehen muss.

Das kleine Dorf in Grönland, in dem ich aufgewachsen bin, war so abgeschieden, dass mir die halbe westliche Welt fremd war. Nachdem ich Grönland verlassen hatte, führte sich etwas fort, was bereits in meiner Kindheit begonnen hatte: das Gefühl, fremdartig zu sein.

Mein Problem seit meiner Geburt war, ein Mischling zu sein, ein Mischling, der nicht wie einer aussah, sondern eher wie jemand von einem anderen Stern. Meinem älteren Bruder Namid beschied das Schicksal mehr Glück. Unser Vater hatte bei seiner Zeugung alles gegeben und ein fast vollständiges Abbild seiner selbst produziert.

So viel zu meinem Problem. Warum das ein Problem war?

Kinder können grausam sein. Namid nahm seine Rolle als älterer Bruder sehr ernst und verprügelte regelmäßig unsere Mitschüler, um mich vor ihren Hänseleien zu schützen. Mein europäisches Aussehen passte nicht in diese Gegend, ich passte irgendwie nicht dorthin. Jedenfalls fühlte es sich so an.

Zum Glück musste ich nicht ewig zur Schule gehen – nicht in diese. Als mein Bruder und ich alt genug waren, zeigte unser Vater uns überlebenswichtige Tricks, spannte unsere Hunde vor den Schlitten und durchzog mit uns ein paar Tage die arktische Eiswüste. Wir lernten, wie man Schnee-hütten baut und Robben jagt. Die Ausflüge in den ewigen Schnee und die eisige Welt der Gletscher mit meinem Vater bleiben in meiner Erinnerung unauslöschlich. Die Einsamkeit, der Wind, die Sonne; heute noch verspüre ich die Verbunden-heit mit der ungezähmten Natur des Nordens.

Ich lernte früh, mich in der rauen Landschaft allein zurechtzufinden. Gleichzeitig hatten – auf-grund fehlender Möglichkeiten – meine charak-terlichen Schwächen alle Zeit der Welt, sich zu multiplizieren. Die Einsamkeit schenkte mir Isola-tion und gehörte zu mir wie ein Körperteil. Die einzige Freundin, die ich mir erarbeitet hatte, schnappte sich meinen einzigen Freund nach sie-ben gemeinsamen Jahren. Sie sind heute verheira-tet.

Kurz nach der Schmach, meinen ersten und bis heute einzigen Freund eingebüßt zu haben, noch dazu an meine beste Freundin, verließ ich meine Heimat. Ich wollte studieren und aufbre-chen in die große Welt. Also ging ich nach New York.

Während des Studiums lernte ich meine heute beste Freundin Lucy kennen. Obwohl ich eine Art „Beste-Freundin-Trauma" entwickelt hatte, wagte ich das „Freundin-Risiko" erneut. Bis heute ist alles bestens gelaufen mit Lucy, aber ich hatte ja auch noch keinen neuen Freund. Die letzten fünf Jahre war ich ohne nennenswerte männliche Begleitung.

Lucy und ich wohnen zusammen und teilen uns eine hübsche Drei-Zimmer-Wohnung. Sie ist ständig unterwegs auf irgendwelchen Tagungen oder Ausgrabungen. Doch nun zwingt sie mich zu diesem Treffen mit einem Rockstar oder Star gleich welcher Art, was meinen Seelenfrieden gehörig durcheinanderwirbelt. Schließlich möchte ich bloß in Ruhe und Frieden in meiner Höhle Bücher schreiben. Mein Musikgeschmack hinkt dem Zeitgeist hinterher. Habe ich überhaupt einen? Wenn ich ehrlich bin, weiß ich kaum, was gerade so „in" ist auf dem Musikmarkt. Ich höre keine Musik. Was ist Musik? Falls Lucy mal zu Hause ist, höre ich ihr Gedudel unfreiwillig mit. Mag sein, dass dieser Sänger da mal mit von der Partie war. Wie hieß er doch gleich? Danny Greyeyes. Ich soll mich mit Danny Greyeyes treffen. Browneyes wären mir lieber.

„Malina, du musst mir unbedingt alles genau erzählen, hörst du? Nimm am besten eine Kamera mit und mach dir Notizen, damit du nichts vergisst!"

„Ich soll ihn fotografieren? Das ist mir zu doof."

„Natürlich wirst du Fotos machen. Jeder Fan würde das."

Bin ich etwa ein Fan?

„Außerdem solltest du unbedingt ein paar Lieder von ihm hören, damit du weißt, um wen es geht."

Lucy läuft zu ihrem CD-Ständer und zieht drei Scheiben aus dem Regal. Sie kommt auf mich zu und drückt sie mir in den Bauch.

„Hier, hören und die Titel auswendig lernen, klar?"

Klar.

„Muss ich wirklich da hin? Ich meine, kennst du keine andere, die sich darüber freuen würde? Warum gerade ich?"

Lucy lacht herzerfrischend und wuselt mir durchs Haar.

„Sicher doch, aber du bist genau die Richtige dafür."

Ich? Wieso?

„Außerdem treibst du dich zu viel mit irgendwelchen Buschmännern herum, statt das wahre Leben kennenzulernen."

Das wahre Leben findet also auf der Bühne eines Rockstars statt?

Freiwilliger Zwang

Lucy ist in Hamburg. Sie bearbeitete mich noch einen Tag und eine halbe Nacht, bevor sie die Wohnung mit ihrem Koffer verließ. Das wäre nicht mehr nötig gewesen, denn ich hätte ohnehin nicht gewagt, mich ihrem Willen zu widersetzen. Wenn Lucy beschließt, dass ich Mr. Greyeyes treffen soll, dann mache ich das – ob ich das will oder nicht.

Ich sitze auf dem Sofa und höre Dannys Musik. Sie gefällt mir – etwas rockig und doch sanft. Mein Zeigefinger rührt in meinem Haar herum und sucht nach einer geeigneten Strähne, die er umwickeln kann. Der Finger ist zu kurz. Das Haar rollt sich doppelt und dreifach um ihn herum, solange, bis er nicht mehr zu sehen ist. Müsste das Haar mal wieder kürzen. Oder längere Finger …?

Das Telefon reißt mich aus meiner Lethargie.

„Hallo, sind Sie Miss Lucy Atkinson?", hallt mir eine hohle Stimme aus dem Hörer direkt in den Gehörgang.

„Nein, die ist nicht da. Mein Name ist Malina Bergstroem. Kann *ich* Ihnen weiterhelfen?"

Stille. Knacken. Rascheln. Geflüster.

„Wissen Sie, wann sie wieder zu erreichen ist?"

„Erst in drei Tagen", erwidere ich. „Worum geht es denn, mit wem spreche ich überhaupt?"

Stille. Rascheln. Knacken. Geflüster.

„Mein Name ist Adam Fox. Ich bin Danny Greyeyes' Manager. Miss Atkinson hat unseres Wissens den Hauptpreis gewonnen: ein Abendessen mit Danny. Wissen Sie etwas darüber? Ich wollte die weiteren Formalitäten mit ihr absprechen."

„Ähm, nun ja, die werden Sie wohl mit mir absprechen müssen. Miss Atkinson hat mir ihren Gewinn abgetreten."

Stille. Rascheln. Knacken. Geflüster.

„Also gut. Verraten Sie mir dann Ihren Namen?"

„Malina Bergstroem heiße ich."

Ich spüre meinen Pulsschlag überall. Eigentlich will ich das nicht machen, aber könnte ich Lucy enttäuschen oder irgendeinen anderen Menschen außer mich selbst? Mich enttäusche ich pausenlos, weil ich es nie schaffe, meinen eigenen Willen durchzusetzen. Ich lasse mir lieber einen fremden aufdrücken – ist einfacher.

Mr. Adam Fox erklärt mir den Ablauf des Zusammentreffens mit Danny Greyeyes: wann ich was zu sagen und wie ich in die Kamera zu schauen habe. Welche Antworten ich beim Interview mit dem Star-Magazin geben müsste und welche Kleidung ich vorzugsweise tragen sollte.

„Seien Sie pünktlich, Miss Bergstroem. Morgen um fünfzehn Uhr in den Studios der Plattenfirma Megastar."

Schon morgen? Können wir das Ganze nicht auf nächste Woche verschieben? Oder nächstes Jahr?

„Ja", höre ich mich leise ins Telefon murmeln. Na prima!

Den folgenden Tag beginne ich mit unruhigem Herumlaufen in der Wohnung. An Frühstück ist nicht zu denken. Wohin sollte ich es essen? Mein Magen ist weg – in die Kniekehlen gerutscht. Der Kleiderschrank spuckt keine geeigneten Klamotten aus. Das übliche Problem von Frauen. Seit wann bin ich eine übliche Frau? Ich tapse in Lucys Zimmer und durchwühle ihren Kleiderschrank: ein Kleid, schwarz, kurz, Spaghettiträger – dezent, aber kleidend. Nehme ich!

Das Telefon klingelt: Lucy!

„Hey, Malina, denk nicht mal daran, den Termin zu versäumen! Und vergiss die Kamera nicht! Ich beneide dich so."

Danke, mir geht's gut und dir?

„Dann komm doch her und geh da selbst hin! Ich springe für dich in Hamburg ein."

„Ach, Malina, wenn das ginge, sofort. Aber ich gönne es dir."

Oh, wie rührend. Warum gönne ich es mir selbst nur nicht?

Ich erzähle Lucy von dem Gespräch mit Mr. Adam Fox und dem geplanten Tagesablauf: Fotoshootings, Interviews, erneutes Posieren für die Kameras mit Danny Greyeyes und das ersehnte Dinner in trauter Zweisamkeit ohne Kameras und Zeugen. Was rede ich bloß mit ihm? Hoffentlich öffnet sich mein Mund zum Sprechen. Ich frage Lucy, über was man sich mit einem Rockstar unterhält. Sie lacht.

„Warum lässt du es nicht auf dich zukommen? Es wird sich schon ein Gespräch ergeben."

Guter Tipp, warum bin ich nicht selbst darauf gekommen?

Nach dem Telefonat mit Lucy fühle ich mich nicht besser. Die Zeiger der Uhr scheinen einen Wettlauf gegeneinander zu führen. Die Zeit rast in einem Höllentempo – immer wenn man es nicht gebrauchen kann. Auf den letzten Drücker sause ich ins Bad und schmeiße mich unter die Dusche. Frisch, aber leider nicht als neuer Mensch, verlasse ich sie und widme mich Lucys Kleid. Es scheint zu passen. Mein widerspenstiges Haar föhne ich über Kopf trocken, während ich dabei ständig auf die Uhr sehe. Verflixt, ich muss los! Ich will da nicht hin! Ich will nicht!

Das soeben getrocknete Haar fliegt nun im hohen Bogen durch die Luft über meinen Kopf hinweg und landet in luftigen Wellen auf meinem Rücken. Schuhe. Wo sind die? Griff zur Handtasche. Jacke nicht nötig: warm draußen. Treppe runterflitzen, Auto finden und mit quietschenden Reifen losfahren. Mein Puls ist auf hundertachtzig.

Ohne es zu merken, komme ich dort an: bei Megastar. Meine Gedanken kreisen wild durcheinander und können sich nicht auf das Jetzt und Hier konzentrieren, daher fällt mir auch nicht auf, dass ich vorbeifahre – an Megastar. Verflixt noch mal, wo bin ich hier? Uups, die Ampel war rot! Was sage ich bloß, wie verhalte ich mich? Was ist, wenn die spitzkriegen, dass ich null Ahnung habe von Danny und seinen Greyeyes? Moment mal, war das nicht gerade das Gebäude von Megastar? Kehrtwendung. Lass mich gefälligst rein, ich hab's eilig! Es hupt. Der Fahrer des hupenden Gefährts winkt mir zu. Ich winke zurück. Sah aus wie ein langer Mittelfinger. Affe!

Eine Parklücke direkt vor dem Gebäude. Gott sei Dank! Ich steige aus meinem Wagen aus und bemerke erst jetzt einen unbezwingbaren Menschenauflauf vorm Eingang. Wo wollen die alle hin? Offensichtlich gibt es kein Durchkommen durch diese Menschenansammlung. Kurz verweile ich bei der Menge und überlege mir einen Plan, schleunigst in das Gebäude zu kommen. Die Tür wird von zwei athletischen Wachmännern blockiert. Mir kommt der Gedanke, die Eingangstür brutal zu stürmen, die Menschen mit einem Boxhieb beiseitezuräumen und die Wächter der Pforte rüde niederzurennen. Bestimmt fällt mir noch was Besseres ein. Möglicherweise gibt es einen Hintereingang. Nur wo? Zweifelnd blicke ich mich um. Eine Einfahrt zu einem Hof hinter dem

Gebäude. Das sind gute Voraussetzungen für einen Hintereingang. Unbemerkt setze ich mich von der Meute ab und schlendere unsichtbar den „Hinterweg zum Hinterhof" hinab, um von hier aus zum vermeintlichen Hintereingang zu gelangen. Da, ich habe Recht! Hinterhoftür soeben ausfindig gemacht. Falls mich dahinter kein Bluthund mit fletschenden Zähnen und Riesenmaul erwartet, könnte es mir von hier aus gelingen, meinen Weg in das Gebäude zu Mr. Greyeyes fortzusetzen. Die Tür quietscht beim Öffnen wie ein Stück Kreide, das ungeschickt über die glatte Fläche einer Tafel gezogen wird. Ich muss mich schütteln.

Ich trete durch die Tür, die einem Portal zu einer Höhle ähnelt, und befinde mich in einem stockfinsteren Treppenhaus. Kein Hund in der Nähe.

Der Weg zu meinem Ziel wird von Metalltreppen geebnet. Das kann ich nicht sehen, aber der blecherne Widerhall meiner Schritte verrät es mir.

Ich höre jemanden von oben heruntertrapsen. Die Schritte gewinnen an Tempo. Plötzlich sehe ich sie: Die konturenlose Gestalt trapst wie ein D-Zug auf mich zu. Machtlos ahne ich, dass ein Ausweichen unmöglich ist. Die Gestalt bemerkt mich nicht und verringert auch nicht ihr Tempo. Ich bleibe stehen und halte mich krampfhaft am Geländer fest in der Hoffnung, einem Sturz somit entgegenzuwirken. Durch zusammengekniffene Augen spüre ich den Stoß der unvermeidbaren

Kollision. Ein heftiger Schmerz am Kopf lässt mich erahnen, was gerade passiert: Die Gestalt und ich purzeln einige Metallstufen hinab.

„Um Gottes willen!", ruft die Person, als wir nicht mehr weiterkullern und sie mit ihrem ganzen Körpergewicht auf mir liegt. Ich fühle mich eigenwillig geplättet – wie ein getrocknetes Feigenblatt zwischen den Seiten eines dicken Buches. Mein linker Fuß ist in einem umgeklappten Hosenbein verfangen. Meins kann es nicht sein, ich habe ein Kleid an. Mein rechter Arm scheint verdreht wie eine Kordel und berührt einen fremden Arm, der unter meinem Rücken verweilt und meinen Po berührt. Falls es eine Auflösung dieses Knotens gibt, hätte ich sie gerne gewusst.

Es kommt kein Wort über meine Lippen. Der erhitzte Atem der Gestalt durchwandert meinen Ausschnitt und gibt den appetitlichen Duft von Pizza und Knoblauch frei. Lange Haare kitzeln mir im Gesicht – sind auch nicht meine. Nun zieht die Gestalt ihren warmen Arm hinter meinem Rücken hervor und spricht zu mir.

„Ist alles in Ordnung mit dir?"

„Glaub schon."

Aha, die Person scheint männlichen Ursprungs zu sein. Die Stimme hat's verraten.

„Verdammt noch mal, das passt zu diesem Tag!", ruft er verstimmt.

Besorgt versuche ich, mich auf meine Arme zu konzentrieren, als der Typ von mir abrückt. Den einen finde ich wieder, aber den anderen nicht. Im

Dämmerlicht mache ich eine rechte Hand aus, die mir zugestreckt wird, und ich überlege, sie zu ergreifen. Wo ist mein rechter Arm? Alternativ halte ich der Hand meinen linken hin, den sie sogleich ergreift und mich auf die Füße hebt. Kurz darauf finde ich endlich den rechten Arm. Langsam kommt wieder Gefühl hinein. Ich spüre es kribbeln.

„Tut mir leid, ich hab dich nicht gesehen. Es ist aber auch verdammt dunkel in diesem Laden! Gibt's hier denn verdammt noch mal kein Licht?!"

Verdammt scheint sein Lieblingswort zu sein.

„Sorry, aber ich muss dringend weiter. Hab nachher noch ein albernes Treffen mit 'ner Tussi, die ich nicht kenne. Wirklich alles okay mit dir?"

„Ja, danke."

Die männliche Gestalt nickt und setzt ihren Weg nach unten fort, hält aber unerwartet inne und dreht sich zu mir um. Als hätte man den Stecker zu seiner Energieversorgung gezogen, steht er regungslos da und sieht stumm zu mir. Was schaut er so geheimnisvoll? Er kann doch bei dieser *verdammten* Dunkelheit sowieso nichts von mir erkennen. Nervös zappeln meine Finger an der Hand und springen gleich aus ihrer Verankerung. Sollte ich noch was sagen? Nein, jetzt geht er weiter.

Nach diesem heftigen Unfall erklimme ich die Stufen im Schneckengang, um somit einem möglichen Wiederholungssturz entgegenzuwirken. Im Falle des Falles gewinne ich mehr Zeit für die

Berechnung eines Ausweichmanövers. Endlich erreiche ich einen hellen Flur. Von Weitem vernehme ich Stimmenwirrwarr in verschiedenen Tönen. Klingt wie ein Baum voller schimpfender Spatzen. Tippelnde Schritte nähern sich meinem Standort. Misstrauisch vor dem, was mich erwarten könnte, halte ich mich dicht an der Wand. Eine elegant gekleidete Frau tritt in mein Gesichtsfeld und tänzelt mir auf ihren Stöckelschuhen entgegen.

„Ach, da sind Sie ja!", ruft sie mir zu.

Ich drehe mich um, schaue zu ihr zurück und zeige fragend mit dem Zeigefinger auf mich.

„Sie sind doch das Mädchen, das heute ihren großen Schwarm treffen darf? Miss Bergstroem?"

Das Mädchen! Hält die mich für 'nen Teeny?

„Ja, das bin ich."

„Dann kommen Sie mal schnell! Los, husch, husch, husch! Wir müssen Sie noch stylen für das Fotoshooting mit Danny."

Ach du meine Güte! Was machen die jetzt mit mir?

Sie ergreift meinen lädierten Arm und zerrt mich den Flur entlang. An Zimmer Nummer 21 bleiben wir stehen. Energisch drückt sie die leicht angelehnte Tür auf und ein Team von Stylisten und Friseuren stürmt auf mich zu. Alles plappert wild durcheinander und zupft an mir herum. Jeder weiß genau, welche handwerkliche Fingerfertigkeit er an mir vollbringen muss. Sie ziehen mich auf einen Stuhl und ehe ich auch nur einen

Mucks von mir geben kann, stauben weiche Borsten eines großen Pinsels mein Gesicht ab und kitzeln mir die Nase. Eine Hand tuscht mir das Augenlid, eine andere toupiert mein Haar, die nächste lackiert meine Fingernägel. Ein bisschen hier, ein wenig dort. Bloß nicht in den Spiegel schauen, wer weiß, was dabei herauskommt. Können die mich nicht lassen, wie ich bin? Was ist gegen mein Aussehen einzuwenden? Ist doch ganz okay.

Die Stöckelschuhlady hetzt zurück ins Zimmer.

„Beeilt euch, Leute, die Zeit drängt! Seid ihr noch nicht mit ihr fertig?"

Genau, was macht ihr da so lange mit mir? Die tun ja so, als bräuchte ich eine Komplettüberholung. Jetzt schmier'n die mir auch noch Lippenstift um den Schnabel. Bäh!

Ich werde aufgefordert, in den Spiegel zu schauen. Die Instandsetzung scheint beendet. Weshalb sehen die mich alle so entzückt an wie eine Mutter ihr Neugeborenes? Himmelherrgott, was haben die aus mir gemacht?! Staunend schaue ich mit weit geöffnetem Mund in den Spiegel. Gut, ich gebe zu, nicht schlecht. Aber … wo bin ich? Ich meine I C H!

Die Stöckelschuhe kommen erneut auf mich zu. Sie klappt ihre Hände auf ihr Gesicht.

„Wow, Mädchen, du bist ein richtiges Prachtstück."

Alles schaut mich an, als wäre ich das beispiellose Meisterstück ihrer Arbeit.

„Komm, nun aber los!"

Stöckelschuhlady packt mich wieder am Arm und zieht mich aus dem Stuhl. Vorsicht, das ist der beschädigte! Könnte ich auch laut sagen, geht aber nicht. Mein Mund ist mit Lippenstift verklebt.

Wir gehen den Flur entlang zu Zimmer 13. Die Tür öffnet sich und – weitere Menschen. Zu viele für meinen Geschmack. Ich wünsche mich auf eine einsame Eisscholle. Klappt leider nicht, nach wie vor bin ich in Zimmer 13.

„Ich hab mich bei dir noch nicht vorgestellt, du kannst Helen zu mir sagen. Ich werde dich den heutigen Tag coachen. Wie ist dein Name gleich?"

„Malina", antworte ich leise.

„Ach ja, richtig. So, Leute, hört mal her, das ist Malina. Ihr könnt jetzt ein paar Fotos von ihr machen und … wo ist eigentlich Danny?"

„Hier bin ich!"

Der Satz kam aus dem Hinterhalt. Helen und ich drehen uns um und sehen einen, wie ich zugeben muss, äußerst knusprigen Mann durch die Tür kommen mit einer Pizza-Knoblauch-Fahne. Ein Fragezeichen wächst auf meinem Kopf. Danny Greyeyes, die „Pizza-Gestalt" aus dem Treppenhaus?

„Hey, Malina, wie geht's?"

Er kommt direkt auf mich zu und streckt seine Arme aus. Ich drehe mich verunsichert um und überprüfe, ob ich für jemand anderen aus dem Weg gehen sollte. Aber da ist niemand – nur ich. Kurz schließt er mich für die Kameras in die Arme. Es blitzt und klickt von allen Seiten. Ein paar Mal lächelt er gekonnt in die Kamera, bevor er sich mäßig unterkühlt von mir abwendet.

Er hat mich nicht erkannt. Wäre mir auch so gegangen, hätte er sich nicht vermutlich jüngst eine Pizza mit einem Extraberg Knoblauch einverleibt.

Ich schaue ihn mir genauer an: Sein schwarzes schulterlanges Haar wird durch die Sonnenbrille auf seinem Kopf gebändigt. Die Jeans betont sein knackiges Hinterteil, während das blaue Oberhemd lässig über der Hose hängt. Seine Augen scheinen dunkel wie das Treppenhaus zu sein, in dem wir uns verknotet hatten. Er ist eindeutig indianischer Abstammung. Ist das der Grund, warum Lucy mich für dieses Treffen bestimmte?

Er flüstert „Stöckelschuh-Helen" etwas zu – zweifellos nichts Erfreuliches. Man könnte meinen, er wäre leicht gereizt. Seid mal leiser da im Hintergrund, ich würde gern was verstehen! Angestrengt versuche ich, von den Lippen abzulesen: Das hätte „keinen Bock" heißen können. Geht mir auch so. Na, dann kann ich ja jetzt gehen. Entschuldigung, wo ist hier der Ausgang? Ich habe auch keinen Bock. Vorsichtig schleiche ich zur Tür und drehe mich unauffällig dabei nach allen Seiten um. Keiner achtet auf mich, alles schaut ausschließlich zu Mr. Greyeyes. Gleich habe ich die Tür erreicht, dann bin ich wieder frei.

„Halt, wo willst du hin?"

Helen hat mich entdeckt und sich sofort von Danny losgelöst. Wie viele Augen hat diese Frau?

„Kümmert ihr euch bitte um Malina, die ersten Fotos können von ihr gemacht werden."

Danny schaut zu mir herüber und mustert mich von oben bis unten. Ich versuche, diesem Blick auszuweichen und an eine Eisscholle zu denken. Aber selbst das Männchen, welches sich gerade mit einem großen Hüftschwung auf mich zubewegt, kann mich nicht vor diesem Blick retten. Kann Mr. Greyeyes nicht woanders hinsehen? Achte nicht auf ihn, denk an einen weißblauen Eisberg, der gerade still und friedlich an dir vorbeizieht. Das Männchen platziert mich auf einen kalten Stuhl vor einer Leinwand. Danny schaut nicht mehr, puh!

„Aaach, deine Wimperntusche krümelt", entrüstet sich das Männchen in einem viel zu femininen Tonfall. Es wackelt händefuchtelnd davon, um mit einem weichen Tuch zurückzukommen.

„So, Malinachen, dann streck mir mal dein Näschen entgegen!"

Artig tue ich, was es sagt. Es wimmelt hier nur so von Verrückten. Ich muss aufpassen, dass ich hier heil wieder rauskomme.

Von allen Seiten bekomme ich Anweisungen, wie ich mich auf meinem Stuhl zu platzieren habe. Den Kopf nach oben, den Kopf nach unten, den

Rücken gerade, die Haare zur Seite und dann wieder zur anderen Seite. Klick. Blitz. Blitz. Klick. Blitz. Die Arme in die Hüfte, das Haar nun nach hinten. Blitz. Klick. Blitz. Blitz. Und erneut lächeln. Blitz. Blitz.

Ich denke an meine Eltern. Es wird Zeit, dass ich mich bei ihnen melde – sie fehlen mir. Mein Bruder lebt ebenfalls in New York, doch wir haben keinen regelmäßigen Kontakt. Er vagabundiert von einem Stadtteil zum nächsten und studiert seit Jahren immer was Neues. Ich will mich eben nicht festlegen, hatte er mir mal geantwortet, als ich ihn sorgenvoll daraufhin ansprach.

„Malinalein, sieh bitte in die Kamera!", rügt mich das Männchen.

Mein Blick wandert zu Danny Greyeyes. Er hält sich am anderen Ende des Raumes auf, umringt von einigen Leuten. Was war das bloß für eine komische zweite Begegnung mit ihm? Er hält wohl nicht viel von seinen Fans. Gut, ich bin kein Fan, aber man sieht's mir ja nicht an, oder doch?

„Hier ist das Vögelchen, hierher, huhu!"

Ich weiß gar nicht, in welche Linse ich zuerst schauen soll. Es blitzt von allen Seiten.

„Mäuschen, wenn du für eine Kamera posierst, musst du auch hineinsehen."

Eine?

„Fotomodel zu sein bedeutet, mitzudenken, mitzufühlen und völlig bei der Sache zu sein, Schätzchen."

Verständnislos schüttelt das Männchen mit dem Kopf.

„Aber ich bin kein Fotomodel", protestiere ich.

„Ach, Kleines, sicher bist du eins – ab jetzt jedenfalls. Glaubst du etwa im Ernst, ich lasse ein Gesicht wie deines wieder gehen? Ich heiße übrigens Charles, meine Freunde nennen mich Charly."

Das Männchen reicht mir seine zarte Hand.

Model – ich! Was für eine abstruse Vorstellung! Wo ist meine Eisscholle?

„So, Leute ...", „Stöckel-Helen" klatscht ein paar Mal in die Hände, um für Ruhe zu sorgen, „... nun machen wir ein paar Aufnahmen mit den beiden zusammen. Danny, kommst du bitte!"

Danny Greyeyes schaut durch den Menschenkreis, der ihn umringt, hindurch und zieht angestrengt eine Augenbraue nach oben.

„Okay, Chef, bin schon da."

Er begibt sich zu mir und stellt sich direkt neben mich. Gemeinsam blinzeln wir in die Kameras, mal in die eine, dann in die andere. Dannys Hand umgreift meine Schulter. Blitz. Blitz. Klick.

„Schaut euch mal in die Augen!", fordert Charly uns auf.

Ich würde ehrlich gesagt lieber gehen. Danke, war nett. In seine Augen sehen, wie soll das gehen? Ich bin schon aufgeregt genug und schaffe es lediglich, meinen Kopf in aufrechter Position zu halten. Ansonsten bin ich steif wie der Dielenboden in diesem Raum. Schon mal versucht, einen steifen Hals zu bewegen? Da passiert einfach nichts, egal, wie sehr man sich bemüht. Mr. Greyeyes schaut mich bereits an, das kann ich spüren, aber mein Kopf bewegt sich nicht.

„Malinchen, nun stell dich nicht so an! Sieh deinem Schwarm endlich in die Augen!"

Schwarm? Könnte mein Schwarm eventuell die Hand von meiner Schulter nehmen? Vielleicht gelingt es mir dann, mit meinem Oberkörper herumzuschwingen. Hand ruht nach wie vor auf Schulter.

„Malina, Schätzchen, was ist nun?"

Plötzlich packt mich Danny Greyeyes an den Schultern und dreht mich zu sich herum.

Danke, von allein wäre mir das nie gelungen. Erstarrt blicke ich von einem Browneye ins andere. Hin, her – kann mich für keines entscheiden. Dieser Blick! Mir läuft es heiß und kalt den Rücken hinab. Sein Mund verformt sich zu einem unergründlichen Lächeln. Ich kann nicht lächeln, immer noch bin ich versteinert. Ein Glas Wasser könnte jetzt nützlich sein. Mir ist so anders. Ich spüre, wie sich mein leerer Magen schmerzlich zusammenzieht. Er wird sich doch hoffentlich nicht selbst verdauen? Es war wohl keine gute Idee, heute nicht zu frühstücken und das Mittagessen auch gleich wegzulassen.

„Lächeln, ihr beiden", Charly ist schonungslos.

Klick. Blitz. Klick. Blitz.

„Danny, leg deine Arme um Malinas Hüften und schaue ihr weiter in die Augen, ja?"

Nein, das halt ich nicht aus! Ich lass mich nicht gern von fremden Männern umarmen – auch nicht, wenn sie Greyeyes heißen. Mir wird übel. Wie wäre es mit etwas Essbarem? Oh, was für wunderbare Gebilde tun sich da vor meinem Auge auf! Weiße Schleier schmücken mein Gesichtsfeld mit verschiedensten Mustern und verwandeln sich langsam in Finsternis.

Nach einer Weile erlange ich mein Bewusstsein zurück und nehme aufgeregte Stimmen wahr. Wo bin ich? Woher kommen die unstimmigen Gesänge? Tausende kleiner Feuerameisen krabbeln in meinen Beinen und Armen. Ich öffne die Augen und langsam formt sich ein Bild. Mir schwant, was gerade passiert ist. Als die Sicht endlich klarer wird, erkenne ich das Gesicht mit den Browneyes über mir.

„Sie kommt zu sich."

„Gott sei Dank!" Charly drängelt sich dazu. „Kindchen, was machst du für Sachen? Los, was zu trinken, schnell!"

Charly hebt meinen Kopf an und drückt mir das Glas Wasser an den Mund. Die kühle Flüssigkeit rinnt meine Speiseröhre hinab und belebt meine Sinne.

„Wahrscheinlich war alles ein bisschen viel für dich." Verständnisvoll streicht Charly mir übers Haar.

Ja, das kann man wohl sagen. Könnte aber auch an meinem hohlen Magen liegen, dass meine Kondition nachlässt.

Ich darf mich einige Zeit auf der Couch ausruhen. Helen hat beschlossen, das Fotoshooting zu beenden und nach einer kleinen Pause zum Interview überzugehen. Vor mir auf dem Tisch liegt ein trockenes Brötchen. Das ist für mich. Magenknurrend hatte ich um einen kleinen Energiespender gebeten und sie haben das halbe Studio – auf der Suche nach Nahrungsmitteln – auf den Kopf gestellt. Einer der Beleuchter hatte noch ein Brötchen in seiner Tasche gefunden. Das gehört jetzt mir. Ich hab zwar keinen Hunger, aber meine Vernunft rät mir, meinen Magen zu befüllen.

Danny hat sich vom Acker gemacht, jedenfalls kann ich ihn unter den vielen Leuten nicht mehr ausmachen. Auch gut, ich hab genauso wenig Interesse an ihm wie er an mir. Was hat er vorhin im Treppenhaus zu mir gesagt? Er hätte nachher noch so ein albernes Treffen mit 'ner Tussi. Die Tussi bin wohl ich.

Das (un-) ersehnte Abendessen

Inzwischen befinde ich mich in Zimmer 9. Das Interview mit der Dame vom Star-Magazin scheint sich dem Ende zu nähern und meine Frage, was ich hier soll, konnte ich mir nicht beantworten. Bis jetzt wurde ich nicht ein einziges Mal angesprochen. Das Interview findet allein mit Mr. Greyeyes statt. Klar, warum sollte sie mich auch interviewen wollen? In ihren Augen bin ich schließlich ein unbeschriebenes Blatt.

„Miss Bergstroem ...", erschrocken fahre ich hoch und bin nach dem Abgleiten meiner Gedanken sofort auf Sendung. Mrs. „Star-Magazin" spricht mich tatsächlich an.

„... wie lange bereits schwärmen Sie für Danny Greyeyes?"

Ich? Wovon redet sie? Muss ich darauf jetzt antworten?

Helen, die neben mir sitzt, boxt mich in die Seite. Das hilft aber auch nicht weiter. Mir fällt nichts Gescheites auf diese Frage ein.

„Seit einiger Zeit", höre ich mich antworten.

Mildes Gelächter der anwesenden Personen dringt durchs Zimmer.

„Und welche Songs mögen Sie am liebsten, Miss Bergstroem?"

Luuuuucyyyyy! In was hast du mich hier reinmanövriert?! Wie hießen diese dämlichen Songs noch mal? Ich hatte sie auswendig gelernt – jedenfalls einige. Ehrenwort! Aber jetzt ... Sie fallen mir nicht mehr ein, sind aus meinem Kopf verschwunden.

Danny Greyeyes schaut aufmerksam zu mir herüber.

„Alle", antworte ich mechanisch.

„Ah ja, sie sind wirklich ein eingefleischter Fan, nicht wahr?!

„Ähm, sicher."

Vielleicht sollte ich über dieses Erlebnis ein Buch schreiben, mit dem Titel: „Meine Freundin Lucy wirft mich den Wölfen zum Fraß vor".

„Also gut, dann wäre ich mit meinem Interview fast am Ende. Haben Sie noch Fragen an Danny, Miss Bergstroem?"

Mrs. „Star-Magazin" zwinkert mir zu, als wollte sie sagen: „So, Mädel, das ist deine Gelegenheit. Frag ihn alles, was du schon immer von ihm wissen wolltest!" Trotzdem hab ich keine Fragen. Will nur noch weg.

Ich schüttle mit dem Kopf.

Kurz darauf sitze ich in Zimmer 3. Helen plant mit Adam Fox, der inzwischen dazugestoßen ist, das intime Abendessen mit mir und Dannys „Brown eyes". Charly sitzt neben mir und versucht, mir einen Fotomodelvertrag aufzuschwatzen.

„Schätzchen, ich biete dir die Chance deines Lebens. Dein Gesicht muss auf alle Titelblätter und du weißt das."

Ich weiß von nichts.

Danny steht plötzlich im Türrahmen. Er sieht zu uns herüber und verdreht die Augen.

Was soll das heißen? Mit welcher Berechtigung tut er das? Ich finde es auch nicht wirklich toll, mit ihm essen zu müssen, höchstens mein Magen womöglich, aber *ich* bestimmt nicht. Deshalb muss er nicht so geringschätzig zu mir herübersehen. Endlich marschiert er ab und schon fühle ich mich befreiter.

„Hier unten musst du unterschreiben, dann können wir gleich nächste Woche loslegen. Was sagst du, Kleines?"

„Tut mir leid, aber das ist nichts für mich", antworte ich ihm tonlos.

„Du lehnst ab? Helen, hast du das mitbekommen? Das Mädchen lehnt es ab, von mir fotografiert zu werden."

Helen blickt überrascht zu mir.

„Kind, weißt du, wie viele Mädchen davon träumen?", macht sie mir klar. „Man erhält bloß einmal im Leben eine solche Chance. Du hättest unerschöpfliche Möglichkeiten und finanziell würde sich einiges für dich ändern."

„Es mangelt mir nicht an Geld und ich träume von anderen Dingen. Trotzdem vielen Dank für das Angebot."

Mr. Adam Fox lacht.

„Was für eine ungewöhnliche Entscheidung, Miss Bergstroem. Sie sind wahrscheinlich die einzige Frau auf diesem Globus, die den Mut hat, ein solches Angebot auszuschlagen. Darf ich fragen, weshalb?"

Ich bin selbst beeindruckt. Zum ersten Mal habe ich mir nichts aufzwängen lassen. Lucy wäre stolz auf mich. Wie ist mir das gelungen?

„Weshalb sind Sie Manager geworden und nicht Automechaniker?"

Meine Gegenfrage scheint ihm als Antwort zu genügen. Er lächelt mich an und nickt.

Ich atme tief durch. Wenn doch alles schon vorbei wäre, mit so viel Trubel um meine Person kann ich nicht umgehen.

Auf der Fahrt zum Restaurant sitze ich Danny Greyeyes ohne Modelvertrag in der Stretchlimousine gegenüber. Er unterhält sich angeregt mit dem Kameramann und einem Fotografen, während Helen ununterbrochen telefoniert. Wie sehr sehne ich mich nach friedvoller Stille. Ich stelle mir eine verschneite Landschaft vor. Sachte rieselt der Schnee auf den Boden und dämpft jedes Geräusch ins Nichts hinein. Leider dringt dieses chaotische Unterhaltungsdurcheinander immer noch in meinen jungfräulichen Gehörgang. Das pausenlose Blitzlichtgewitter des Fotoapparates hindert die Farbstäbchen in meinen Augen, ihre Arbeit zu verrichten. Ich sehe schwarze Flecken in meinem Gesichtsfeld. Die Videokamera zeichnet ununterbrochen auf.

Gleich werden wir an irgendeinem Nobellokal halten, in dem das intime Abendessen mit Danny stattfinden wird. Wahrscheinlich bekomme ich keinen Bissen runter. Wie soll das auch gelingen, wenn ich meinen Mund vor lauter Aufregung nicht mal zum Sprechen öffnen kann? Meine Hände können besser reden als ich. Alles, was ich zu sagen habe, schreibe ich auf. Meine Bücher sind praktisch meine Stimme.

Mein Verleger hat dies sofort erkannt. Als ich ihm mit meinem ersten Manuskript gegenübersaß und ihm absolut nichts zu sagen hatte – denn es stand ja alles über mich in diesem Buch – lachte er nur und nickte zustimmend. Wir haben die Zusammenarbeit nie bereut. Ich schreibe, er verlegt, die Menschen kaufen. Reden müssen wir kaum miteinander, die Schecks erhalte ich per Post. Damit bin ich zufrieden. Ich käme auch wortlos zurecht, aber die Gesellschaft ist nun mal auf Kommunikation ausgelegt. Beim Bäcker, am Ticketschalter, beim Friseur – überall muss man was sagen.

Interessiert mustere ich Danny Greyeyes' Gesicht. Es bilden sich sympathische Falten um seine faszinierenden braunen Augen, wenn er lacht. Auf der Stirn graben sich ein paar Grübchen zwischen den Augenbrauen in die Haut hinein. Er besitzt ein Mienenspiel, das ihm einen charakterfesten Ausdruck verleiht. Ich schätze ihn auf Mitte dreißig, dabei hatte ich ihn mir jünger vorgestellt.

Kurz nachdem der Wagen sein Ziel erreicht hat, hechtet alles aus dem Gefährt. Mir bleibt es unweigerlich vorbehalten, zum Schluss auszusteigen. Der Kameramann hilft mir mit einem breiten Grinsen aus dem Sitz in seinen kameralosen Arm hinein. War das jetzt 'ne Anmache? Mir kommen seine zahllosen lüsternen Blicke im Wagen in Erinnerung. Ich hatte sie taktvoll übersehen. Danny Greyeyes sieht mit einem scharfsichtigen Stirngrübchenblick herüber. Hastig arbeite ich mich aus dem anzüglichen Arm heraus.

Das Restaurant, vor dem wir stehen, wirkt auf mich recht vornehm. Die Preise der Speisekarte übersteigen wahrscheinlich die Höhe des Eifelturmes, falls es überhaupt eine Speisekarte gibt.

Helen wendet sich mir zu.

„Komm mal zu mir, Kindchen!"

Brav tue ich, was sie sagt.

„Der Inhaber des Lokals ist bereits informiert, dass wir noch letzte Aufnahmen von euch am Tisch machen. Danach verschwinden wir und überlassen euch eurem Schicksal, ha, ha, ha."

Ich komme mir blöd vor. Danny geht es augenscheinlich nicht anders. Seine Stirngrübchen werden tiefer und sein Blick senkt sich müde zu Boden. Er vergräbt die Hände locker in seinen Hosentaschen und geht vor mir durch die Tür.

Der vorbereitete Tisch befindet sich in einer lauschigen Ecke. Der Fotograf knipst wie wild drauflos. Nein, Mr. Danny Greyeyes besitzt nicht die Höflichkeit, mir meinen Stuhl zurechtzurücken. Er setzt sich wortlos an den Tisch und schaut sich um. Zwei Gläser Champagner werden serviert und die Kerzen angezündet. Helen bittet uns, freundlich in die Kameras zu schauen.

Ich gebe zu, das Treffen ist wirklich albern, Mr. Greyeyes, aber die „Tussi" Malina kann gar nichts dafür. Dieser Zirkus, der hier veranstaltet wird, ist schließlich nicht auf ihrem Mist gewachsen. Danny ist bedauernswert, wie kann man freiwillig ein Star sein wollen?

Endlich, der Rummel um uns legt sich. Das Kamerateam und Helen verlassen nach einer kurzen Verabschiedung und einem vieldeutigen Augenzwinkern das Lokal. Meine Füße kippeln unauffällig im gleichmäßigen Takt. Wie soll ich ein Gespräch mit jemandem beginnen, für den ich bis jetzt Luft war? Mein Unbehagen, das enorm anwächst, wenn ich Unterhaltungen mit mir unbekannten Personen führen muss, lässt mich chronisch verstummen.

Danny Greyeyes macht den Anfang.

„So, die hätten wir vom Hals."

Ich nicke beipflichtend.

„War wohl ein aufregender Tag für dich. Erlebst du sicher nicht alle Tage, nicht wahr?"

Nicke erneut.

Sollte ich auch mal was sagen?

Die Vorspeise wird serviert – glücklicherweise –, dann fällt meine Schweigsamkeit bestimmt nicht so auf. Wir greifen gemeinsam nach dem Brot und unsere Hände treffen sich im Brotkorb. Peinlich berührt ziehe ich meine Hand sofort zurück.

„Aber nein, bitte schön!" Danny hält mir den Korb unter die Nase. Zaghaft nehme ich mir ein Stück Brot heraus. „Erzähl mal, was machst du so?"

Diese Frage wird *mir* gestellt? Wäre das als „eingefleischter Fan" nicht mein Part gewesen? Ich glaube kaum, dass ein Rockstar sich für mein Leben interessiert, vor allem nicht, wenn es sich die meiste Zeit in einem weit entfernten, einsamen Land wie Grönland abgespielt hat.

Ich würde ja gern was erzählen, nur was? Was mach ich denn so? Bücher schreiben und Völkerkunde betreiben. Na ja, ein Interview habe ich auch schon gegeben. Da wurde ich aber über meine Bücher befragt und wusste im Vorfelde genau, was ich zu antworten hatte. Jetzt soll ich einen Vortrag darüber halten, was ich so mache. Für die Antwort bräuchte ich mehr Vorbereitungszeit. Ich müsste mir vorab ein paar Notizen machen und jedes Wort wohlüberlegt ausarbeiten. Aus dem Stegreif kann ich doch kein Referat über mich selbst halten.

„Redest wohl nicht gern. Na macht nix, ich hab auch nichts dagegen, wenn wir diesen Blödsinn schnell über die Bühne bringen. Mein Manager meinte, mir könnte mehr Publicity nicht schaden. Darum dieser ganze Rummel heute."

Aha!

„Und offenbar profitierst du ebenso davon – hast gleich einen Fotomodelvertrag unterschrieben. Gratuliere dir! Könnte was draus werden. Siehst ja nicht übel aus."

Danke.

Das Hauptgericht wird serviert. Ich würde gern etwas richtigstellen, doch möchte ich seinen Redefluss nicht unterbrechen.

„Du legst wahrlich ein stattliches Tempo vor. In der Vergangenheit hat fast jede meiner Freundinnen nach wenigen Wochen einen Werbevertrag oder eine kleine Filmrolle in der Tasche gehabt. Dir reichen wenige Stunden in den Gebäuden meiner Plattenfirma, ohne dass wir uns kennen. Ihr Frauen seid erstaunlich; wenn ihr mit eurem Kopf nichts erreichen könnt, dann auf andere Weise oder – na ja … no comment!"

Die Zündschnur einer Sprengladung in meinem Bauch wurde ausgelöst. Um eine Explosion zu vermeiden, erwäge ich zu gehen.

„Ich benötige nicht die Hilfe anderer Leute, um aus meinem Leben etwas zu machen", höre ich mich pikiert dementieren.

Danny schaut auf und kräuselt seine Stirnfalten, welche die darunterliegenden Stirngrübchen zwischen seinen Augenbrauen vertiefen.

„Da wärst du aber die erste Frau, die mir über den Weg läuft, die so denkt. Meine Erfahrungen sind andere. Ich konnte mir nie sicher sein, ob eine Frau etwas von mir oder meinem Geld und Ruhm wollte. So ist das in meinem Geschäft: Lug und Betrug."

„Warum fängst du nicht von vorne an und beginnst irgendwo ein anderes Leben, wo dich niemand kennt?", frage ich.

Mit einem zynischen Lachen sieht er mich verständnislos an.

„Wie herrlich naiv du bist. Offensichtlich weißt du nicht viel vom Leben. Bist ja gerade mal ein halbes Küken."

Gekränkt horche ich auf. Naivität ist ein Wort, das meinen Charakter keineswegs richtig beschreibt. Wie kommt er darauf? Lebenserfahrungen hängen meiner Ansicht nach von der Menge der Erfahrungen ab und sind nicht unbedingt proportional zum Lebensalter zu sehen.

„Glaub mir, es spielt keine Rolle, wohin du gehst, es holt dich überall ein. Kein Ort ist sicher vor dem Leben, das dir bestimmt ist", sinniert er mit einem Mal vor sich hin. „Du bist wahrscheinlich das Nesthäkchen in deiner Familie, bist wohlbehütet aufgewachsen, viele Freunde und Konsum."

Wo holt er diese Informationen jetzt her? Hab ich eine Schriftrolle auf der Stirn kleben?

„Warte, lass mich raten – du ziehst gern mit deinem Freundeskreis um die Häuser, stimmt's?"

Erstaunt darüber, woher er diese spekulativen Erkenntnisse über mich gewinnt, kratze ich mich nachdenklich am Kopf. Gern hätte ich meine Persönlichkeit ins rechte Licht gerückt, aber der Gedanke, ein unüberlegtes „Nein, das stimmt überhaupt nicht!" von mir zu geben, ist mir zu simpel und hätte sein falsches Bild über mich sicher nicht revidiert.

„Ich hab also Recht. Ist schon okay, die meisten Mädchen deines Alters führen ein argloses Leben und interessieren sich nur für ihr Aussehen."

Unsere Teller werden abgeräumt und der Champagner wird nachgeschenkt, daher wird Danny Greyeyes in seinen Äußerungen gestoppt. Kurzzeitig überlege ich, lautstark zu widersprechen, aber warum sollte ich ihn daran hindern, so über mich zu denken? Nie hätte ich gedacht, dass ausgerechnet eine stille Person wie ich für eine wilde Partymaus gehalten werden könnte. Hat irgendwie auch was.

Als der Kellner sich vom Tisch entfernt, versuche ich schließlich doch, meine Chance auf Dementis zu nutzen. Ich hole tief Luft, aber Danny ist schneller.

„Weshalb bist du vorhin im Studio eigentlich umgefallen? Na ja, du wärst nicht das erste Mädel, das bewusstlos wird, bloß weil ich vorbeilaufe. Ich verstehe euch Frauen nicht. Es wäre schön, mal auf eine zu treffen, die anders ist."

Tatsächlich warst nicht du der Grund, sondern mein Magen ...

„Möglicherweise liegt es an dir und nicht an den Frauen, dass du regelmäßig an die gleichen gerätst."

Ich klopfe mir innerlich auf die Schulter über meinen gewagten Vorstoß in diese bisher recht einseitige Diskussion.

„Wie soll ich das denn verstehen?", fragt er brüskiert.

„Vielleicht siehst du nur das, was du erwartest."

Danny Greyeyes lehnt sich weiter vor. Die unerwartete Nähe zu seinem Gesicht ist mir unangenehm, daher rücke ich nach hinten.

Bevor er etwas erwidern kann, wird das Dessert serviert. Erfreut greife ich danach. Diese Redepause muss überbrückt werden, also schlinge ich die Nahrung hastig in mich hinein.

Als wir wieder allein sind, schüttelt Danny heftig den Kopf.

„Du machst mir Spaß, gerade mal den Windeln entsprungen und schon mit altklugen Bemerkungen jonglieren, deren Bedeutung du nicht verstehst."

Das Dessert plumpst schwer in meinen Magen. Hab's wohl zu rasant geschluckt und das Kauen vergessen. Oder drückt seine respektlose Bemerkung über meinen Sachverstand in Lebensfragen auf meine Magenwände?

„Wie alt bist du, Mädchen?"

Mädchen! Ich weiß ja, dass ich jugendlicher auf andere wirke, aber die Mädchenzeit ist leider vorbei.

„Achtundzwanzig", gebe ich wahrheitsgemäß zur Antwort.

Ein Lächeln, bei dem sich nur sein linker Mundwinkel nach oben zieht, lässt erahnen, dass er mir nicht glaubt. Hätte ich neunzehn sagen sollen?

„Ist schon okay, du brauchst mir dein wahres Alter nicht verraten."

Ich finde es durchaus charmant, für so jung gehalten zu werden, aber offensichtlich schätzt er die Reife des Charakters nach dem Lebensalter ein. Falls er mich demnach für neunzehn hält, dürfte ich in seinen Augen nicht viel davon besitzen.

„Wie alt bist *du* denn?", frage ich ihn missgestimmt. Meine Stimme hat ein ungeahntes Volumen erreicht und überschlägt sich in der Tonhöhe.

„Nein, lass mich raten, vermutlich bereits über sechzig. Offensichtlich kannst du aus einem Lebenserfahrungsschatz schöpfen, von dem andere bloß träumen. Liege ich richtig?"

Mein schnippischer Tonfall ist mir neu. Mir war nicht bewusst, dass ich das kann.

Er verschränkt seine Arme und sieht mich durch zusammengekniffene Augen an.

„Du überraschst mich."

Ich mich auch.

„Taust ja richtig auf. Ich dachte schon, mit dir wäre kein Gespräch möglich."

Ist es auch normalerweise nicht.

„Du solltest wissen, dass ich achtunddreißig bin. Die meisten Fans sind besser über mich informiert, als ich es selbst bin. Ich verstehe schon, was du mir sagen willst. Womöglich unterschätze ich dich."

„Ja, vielleicht."

„Na ja, ich bin auch nur ein Mensch, habe genauso meine Schwächen. Vermutlich hast du Recht und ich beurteile die Menschen falsch. Gar nicht so dumm von dir."

Ich weiß.

„Sieh die Menschen so, wie sie sind, und bleib wertfrei. Dir entgeht sonst ein klares Bild."

Diese Weisheit hat mir mein Vater mit auf den Weg gegeben. Manchmal hat es mir weitergeholfen – ein bisschen.

Mr. Greyeyes hat sein Dessert noch nicht angerührt. Ob ich seine Portion essen dürfte? Das Loch in meinem Magen war größer als angenommen. Ob ich ihn mal frage? Er nimmt seinen Löffel in die Hand und spielt damit. Isst er das Dessert nun oder nicht?

Mit einem zweideutigen Stirngrübchenblick sieht er mich an.

„Aus dir werde ich nicht schlau. Du vermittelst mir den Eindruck, als würdest du die ganze Welt auf dem Rücken tragen. Was willst du schon wissen? Ich habe meine Gründe, Menschen nicht urteilsfrei zu begegnen. Hättest du mein Leben gelebt, wüsstest du, wovon ich spreche. Ich habe meine Eltern im Alter von vierzehn Jahren verloren. Den Rest meiner Jugend habe ich in einem Kinderheim verbracht, in dem kein einziges Kind so war wie ich. Verstehst du, was ich meine? Nein, das kannst du nicht. Schau dich doch an: blond und blauäugig wie ein Püppchen, solariumgebräunt. Wie lächerlich!"

Wie bitte? Ich war niemals unter einer künstlichen Sonne.

„Hätte ich wie du gelebt, könnte ich auch so scheinfromme Weisheiten von mir geben", fügt er bitter an seine letzten frostigen Äußerungen an.

Woher weiß er, was ich für ein Leben geführt habe? Ich kann mich nicht erinnern, irgendetwas von mir erzählt zu haben. Er ist wahrhaftig ein Mensch mit Vorurteilen.

„Ich erwarte nicht, dass du das verstehst", führt er seine Angriffe fort. „Du kannst nicht nachvollziehen, wie es ist, anders zu sein als die anderen – benachteiligt wegen der Hautfarbe zu sein. Ich hätte es auch gern leichter gehabt."

Mir ist der Appetit auf Dannys Dessert vergangen. Ich bin froh, dass ich nicht so verbittert bin wie er. Natürlich kann ich nicht ernsthaft beurteilen, wie schlecht es ihm in seiner Kindheit erging, aber ich gebe zu, dass ich seine Bitternis nicht nachvollziehen kann. Ich habe Leute getroffen, denen es wesentlich schlechter ging und die trotzdem nicht geklagt haben.

„Ich habe den Eindruck, dass du ein unzufriedener Mensch bist, das tut mir leid. Glaubst du nicht, dass es besser für dich wäre, die Erlebnisse aus der Vergangenheit loszulassen? Das liegt alles hinter dir. Warum konzentrierst du dich nicht auf das Hier und Jetzt?"

Das habe ich vermutlich vorschnell erwidert. Meine Gedanken sind mir einfach aus dem Mund gehopst. In der Regel behalte ich sie für mich.

Sein unwirsches Lachen verrät mir, dass ich zu viel gewagt habe.

„Und das sagt mir eine berechnende Lady, die lediglich darauf aus war, zu einem Fotomodel aufzusteigen, und keinen blassen Schimmer hat, wie es sich anfühlt, wegen seiner Hautfarbe zum Außenseiter zu werden! Erspar mir deine altklugen Ratschläge und kümmere dich um deine eigenen Angelegenheiten!"

Sein Löffel knallt auf den Tisch, das Glas daneben zerspringt in Tausende Splitter. Glücklicherweise war es leer.

Erschrocken fahre ich zusammen.

„Danke für deine mitfühlenden Worte. Wir sollten den Abend an dieser Stelle beenden."

Ich fühle mich missverstanden. Was habe ich gesagt, was solch eine Reaktion rechtfertigt? Müsste nicht eher ich eingeschnappt von dannen ziehen? Immerhin war er es, der gnadenlos über mich geurteilt hat, obwohl er nichts über mich weiß.

Zornig erhebt er sich von seinem Stuhl und stampft aus dem Lokal, ohne mich noch eines Blickes zu würdigen. Fragend sehe ich ihm nach.

Okay, was nun?

Dannys unerwarteter Aufbruch hat mich verwirrt. Sicher hat er mehr Mitgefühl erwartet. Hätte ich nicht so direkt sein sollen? Es ist seine Vergangenheit und hat mit meiner nichts zu tun. Trotzdem gebe ich zu, auf Parallelen gestoßen zu sein. Unbewusst habe ich mich und meine Erfahrungen auf seine Erlebnisse projiziert. Das war unüberlegt von mir.

Ein Kellner eilt herbei und entschuldigt sich bei mir für das zersprungene Glas. Wie kommt er dazu? Als wäre er dafür verantwortlich. Er fragt, ob er ein neues bringen soll. Ich bedanke mich höflich und erkläre ihm, dass ich ebenfalls beabsichtige zu gehen.

„Schöne Signorina, keine gute Manieren vom Signor Greyeyes. Eine Dame beaandelt man nixe so. In Italien wir tragen unsere Frauen auf Äänden."

Selbstverständlich tragen die Italiener ihre Frauen ebenso wenig auf Händen wie alle anderen Männer, aber die trostspendenden Worte des Kellners entlocken mir ein Lächeln.

Bedrückt trete ich aus der Tür heraus und sehe auf eine menschenleere, dunkle Straße. Mein Auto steht vor den Toren der Firma Megastar und ich habe keine Ahnung, in welcher Ecke New Yorks ich mich befinde. Gern würde ich mir ein Taxi heranwinken, aber es fährt nicht mal ein

Fahrrad an mir vorbei. Es weht ein kühler Abendwind, die Luft riecht feucht. Bestimmt gibt es noch Regen. Ich verschränke die Arme vor meiner Brust, um mir auf diese Art etwas Wärme zu spenden. Langsam gehe ich voran und schaue nachdenklich zu Boden. Ununterbrochen denke ich an Dannys Abgang und gehe die Sätze, die wir gesprochen haben, immer wieder durch. Zu gerne würde ich verstehen, was ich falsch gemacht habe.

Plötzlich nehme ich schnelle Schritte hinter mir wahr. Ich drehe mich nicht um und drücke meine Tasche fest an mich. Die Dunkelheit und diese verlassene Gegend werden mir bewusst. Erst jetzt erkenne ich, wie hilflos ich in dieser Situation bin und ein vermeintlicher Überfall auf mich ein Leichtes wäre. Auch wenn Einsamkeit in Grönland mein bester Freund war, so sollte man sich in einer Großstadt wie New York tunlichst davor hüten. Hier ist es angebracht, nicht allein und schon gar nicht als Frau durch einsame Gassen zu schlendern, vor allem nicht in der Nacht. Vor mir kann ich eine gut ausgeleuchtete Kreuzung ausmachen, eine Hauptstraße, viele Autos. Die Schritte hinter mir nähern sich. Ich steigere mein Tempo. In der Ferne sehe ich ein paar Menschen. Gleich hab ich's geschafft. Doch eine Hand greift auf meine Schulter und hindert mich an einer Flucht.

„Nein!!!", schreie ich angsterfüllt und schlage mit meiner Handtasche um mich, während ich mich umdrehe.

Eine dunkle männliche Gestalt versucht, erneut nach mir zu greifen. Treffsicher versetze ich ihr ein paar Hiebe mit der Tasche. Als sie sich duckt, hoffe ich auf meine Chance zu entkommen.

„Hör auf damit!", ruft mir die Person entgegen. Ich denke nicht daran und versuche, meinen Schlägen mehr Effet zu geben. Doch nun greift der Kerl kraftvoller nach mir und drückt mich gegen eine Hauswand.

„Verdammt noch mal, lass das sein!", schreit mich eine Stimme an, die mir bekannt vorkommt. Ich stelle meine Kampfhandlungen ein und erkenne im düsteren Schein der Straßenlaterne Danny Greyeyes' Gesicht. Atemlos stehen wir uns gegenüber und ich überlege, weshalb er mir gefolgt ist.

„Es tut mir leid, wenn ich dich erschreckt habe", durchbricht er die Stille. Von Erschrecken kann keine Rede sein, ich war in Todesangst.

„Schon gut", antworte ich, als wäre alles halb so wild gewesen.

„Wirklich?"

Ich nicke.

Mir läuft ein Schauer über den Rücken. Ich weiß nicht genau, ob die Nähe zu Danny Greyeyes dies verursacht oder die kalte Luft an diesem Abend, die mir durch Mark und Bein geht. Zähneklappernd stehe ich da, von Danny weiterhin gegen die Wand gedrückt.

„Jetzt erkenne ich dich wieder", bemerkt er verblüfft.

Ja, ich bin das neunzehnjährige Mädel, das eben noch mit dir in diesem noblen, aber warmen Lokal saß. Könnte ich bitte nach Hause gehen?

„Wie schön, dass du mich nach so kurzer Zeit wiedererkannt hast. Das passiert mir nicht oft", spotte ich.

Danny lacht und sein Haar stößt dabei im Takt auf seinen Schultern auf und ab.

„Du bist mit mir auf der Treppe zusammengestoßen. Das warst du!"

Sein Blick dringt tief in meine Augen ein.

„Da muss ich dir erneut im Dunkeln begegnen, um diesen Zufall zu bemerken. Was für eine Ironie!"

Er muss aus Nordgrönland stammen, da lernt man bereits im Kindesalter, sich in der ewig andauernden Dunkelheit des Winters zurechtzufinden.

„Ich würde gerne weitergehen, sonst bin ich bald mit der Wand, an die du mich drückst, verschmolzen", gebe ich schlotternd von mir. Kaum habe ich das letzte Wort ausgesprochen, werde ich auf den Gehweg gezogen.

„Entschuldige, ich werde dich nach Hause bringen, sonst holst du dir in deinem zarten Kleidchen einen Schnupfen."

Zum aufmerksamen Gentlemen verwandelt, zieht er seine Jacke aus und legt sie mir über die Schultern. Seine Körperwärme scheint sich komplett in dieser Jacke gesammelt zu haben, denn sie ist so warm, als hätte sie eben über einer Heizung gehangen.

„Besser?", fragt er sorgsam.

„Ja, danke, viel besser."

Schweigsam gehen wir nebeneinander den Weg entlang.

„Ich dachte, du wärst längst weg. Wieso bist du noch hier?", frage ich einige Zeit später.

Meine Frage bereitet ihm sichtlich Unbehagen, denn er fährt sich mehrmals mit den Händen durchs Haar.

„Ehrlich gesagt bin ich bloß ein paar Schritte diesen Weg hinuntergegangen, bis mir die kühle Luft einen klaren Kopf verschafft hat. Ich hatte ein schlechtes Gewissen, weil ich dich im Lokal zurückgelassen hab. Deshalb bin zurückgegangen und hab hinter der Tür auf dich gewartet. Mir ist klar geworden, dass du Recht hattest mit dem, was du sagtest. Ich wollte es nur nicht zugeben. Deine direkte Art bin ich nicht gewohnt. Ich habe mich gefragt, warum ich mit dir sofort über meine Vergangenheit sprach. Darüber rede ich für gewöhnlich nicht – jedenfalls nicht so schnell. Du bist der erste Mensch, der mich deswegen nicht bedauerte. Es hat mich wohl gekränkt."

Verschämt schaue ich zu Boden und spüre, wie das schlechte Gewissen an mir nagt. Also doch, mir fehlt es an Einfühlungsvermögen. An diesem Charakterfehler muss ich unbedingt arbeiten. Es liegt mir fern, andere Menschen nach kurzer Begegnungsphase zu verletzen.

„Sorry, ich hatte kein Gespür für deine Sensibilität", gestehe ich ein.

Danny springt mir unerwartet in den Weg und stoppt mich mit einem Schultergriff.

„*Mir* fehlte es an Taktgefühl dir gegenüber. Ich habe dich nicht ernst genommen, war dir gegenüber überheblich und anmaßend. Wenn sich jemand entschuldigen muss, dann ich. Du hast ordentlich was einstecken müssen. Es ist wahrhaftig nicht leicht, dich zu provozieren."

Im Prinzip schon. Nur bin ich zu schweigsam, um zu protestieren.

Mein Körper verwandelt sich zu Wackelpeter. Die Beine zittern im Takt mit den Armen. Es ist kühl für einen Sommerabend.

„Hey, du frierst ja immer mehr. Komm her!"

Danny schließt mich in seine Arme. Dieses Verhalten verblüfft mich. Mit den Händen reibt er mir wärmend den Rücken. Ein Taxi biegt in unsere Straße ein, genau in diesem Augenblick. Soll ich etwas sagen und ihn bei seinen wärmespendenden Maßnahmen stören? Zum ersten Mal nach langer Zeit genieße ich die Nähe zu einem anderen Menschen. Ich wusste nicht, dass das so schön sein kann. Erinnerungen werden wach.

Das Taxi schleicht wie eine große gelbe Schildkröte heran. Wann ist es endlich an uns vorbeigezogen? Jetzt sieht er's auch. Stumm schaut er ihm nach und rubbelt dabei weiter meinen Rücken. Es war ihm genauso gleichgültig wie mir. Nun ist es weg.

„Wird dir schon wärmer?", fragt er arglos, als würden seine Rubbeleien das Einzige sein, was mich am Frieren hindern könnte.

„Ja", schwindle ich. Weiß nicht, warum. Vielleicht hoffe ich, zukünftig öfter auf diese Art gewärmt zu werden.

„Du verkohlst mich doch", flüstert er lächelnd, „deine Lippen sind ganz blau."

Wie kann er das bei dieser Dunkelheit erkennen? Ich bewundere sein gutes Sehvermögen. Wir lächeln uns an.

„Ich habe dauernd an die Begegnung mit dir im Treppenhaus denken müssen. Wenn ich gewusst hätte, dass du das warst ..."

„Wärst du dann freundlicher zu mir gewesen?", frage ich ungeniert.

Als hätte er meine Frage nicht gehört, redet er weiter.

„Da war irgendetwas auf dieser Treppe mit dir. Du strahlst so was aus."

Was denn? Bin ich radioaktiv? Sein warmer Daumen streicht über meine Lippen. Mein Unbehagen weicht einem neuen Gefühl, was mich von innen wärmt. Daher vergesse ich, dass mir kalt ist, vergesse die einsame Straße und alles um mich herum. Ich befinde mich in anderen Sphären. Nur der einsetzende Regen hindert mich am Davonschweben. Erst vereinzelte Tröpfchen, dann scheinen alle Wolken über New York auf einmal auf uns herabzustürzen.

Der Wolkenbruch kündigt sich durch einen kräftigen Donnerschlag an und lässt es fast im selben Augenblick für einen Moment taghell erscheinen. Lachend laufen wir zur Kreuzung und finden einen Schutz bringenden Unterstand. Kaum stehen wir unter diesem winzigen Dach, lässt Danny keine Zeit verstreichen, um mich erneut zu umarmen. Ich kann es nicht glauben, wo ist meine Mauer – mein Schutzwall vor Verletzungen dritten Grades?

Wieder naht ein gelbes Auto. Danny läuft auf die Straße und hebt seinen Arm.

„Taxi!!", ruft er in den Regen hinein.

Das Taxi fährt vor und Danny öffnet die hintere Tür. Rasch komme ich unterm Dach hervor und springe auf die Rückbank. Danny folgt mir kurz darauf und knallt die Wagentür zu. Bevor ich etwas sagen kann, übermittelt er dem Fahrer eine Adresse, die nicht die meine ist. Die Regentropfen prasseln so laut aufs Dach, als würden sie durch die Decke hindurchschießen wollen. Ich weiß, dass sie es nicht schaffen werden, also könnte ich mich sicher fühlen, trotzdem beunruhigt mich etwas.

„Wohin fahren wir?", frage ich aufgeregt. Meine Finger beginnen ein nervöses Spiel und zappeln unruhig auf meinem Schoss.

„Lass dich überraschen!", antwortet Danny verschlagen.

Angespannt lasse ich seine bereits selbstverständlich gewordene Umarmung wieder zu.

Meine Unbeschwertheit, die mich eben noch überwältigt hat, löst sich mit jedem Kilometer, den wir ins Unbekannte fahren, auf. Ich mag keine Überraschungen, vor allem nicht, wenn ich sie nicht kenne. Nun ärgere ich mich, dass ich Dannys Annäherungen nicht von Anfang an abgeblockt habe. Bisher bin ich gut damit gefahren, keine Beziehungen mehr in meinem Leben zuzulassen. Ich hatte fünf komplikationslose Jahre: keine Kompromisse, keine Verletzungen. Wozu brauche ich einen Mann an meiner Seite? Meine letzte Romanze hatte mich meine beste Freundin und das gewohnte Leben gekostet. Wer zahlt schon gern so einen hohen Preis für ein bisschen Glück? Und überhaupt … was soll ich mit einem Rockstar? Ich bin total unmusikalisch. Das einzige Instrument, das ich spielen kann, ist eine Triangel. Also: Was soll ich mit einem Rockstar und was soll er mit mir?

„Halten Sie bitte an!", rufe ich dem Taxifahrer zu.

„Wie bitte?!?", staunt Danny. „Auf keinen Fall. Fahren Sie weiter!"

„Anhalten!", versuche ich es erneut.

„Hören Sie nicht auf sie. Sie weiß nicht, was sie will."

Aber sicher weiß ich das!!! Oder etwa nicht? Jedenfalls wusste ich das die letzten Jahre genau. Weshalb sollte es jetzt nicht mehr so sein? Möchte ich etwa in meinem tiefsten Inneren wirklich etwas anderes, als ich will?

„Dann sag mir bitte, wohin wir fahren!", fordere ich Danny nachdrücklich auf.

„Wir fahren zu mir", beantwortet er mir widerwillig meine Frage, um mich offensichtlich ruhigzustellen.

Moment mal, das geht mir ein bisschen schnell. Oder interpretiere ich in diese Sache mehr hinein als nötig? Könnte es nicht sein, dass mir Danny lediglich seine Gitarrensammlung zeigen möchte? Warum sträube ich mich plötzlich gegen seine Nähe? Eben habe ich sie noch genossen. Ich baue meine Mauer um mich herum wieder auf. Wenn nicht gleich was passiert, bin ich damit fertig, bevor wir sein „Zu-mir" erreicht haben. Als würde Danny meine Gedanken kennen, rückt er näher, um mich an den Schultern zu sich heranzuziehen.

„Du bist rätselhaft. Die meisten Fans würden einiges dafür geben, um mit dir tauschen zu können. Ich tue dir schon nichts."

Doch, du hast mir bereits was getan: meine Schutzwand durchbrochen. Ich wüsste zu gern, warum ich das zugelassen habe. Na ja, im Grunde konnte ich nichts dagegen machen, es ist einfach so passiert.

Wir fahren eine halbe Unendlichkeit durch mir unbekannte Straßen. Da mir allerdings achtzig Prozent der Straßen New Yorks unbekannt sind, ist dies nicht weiter ungewöhnlich. In einer ruhigen Villengegend am Stadtrand hält das Taxi vor einem beeindruckenden Domizil. Danny drückt dem Fahrer einen Schein in die Hand und steigt aus. Skeptisch sitze ich im Wagen und bestaune diese gewaltige Residenz.

„Komm raus!", fordert Danny ungeduldig.

Ich beuge mich der Situation und krabble aus dem Fahrzeug. Er schnappt sich meine Hand und führt mich durch ein Tor, das sich wie von Geisterhand öffnet und hinter uns sofort schließt. In seiner anderen Hand mache ich eine Fernbedienung aus. Ein Vorgarten, groß wie ein Fußballfeld, ist mit einem Mal hell erleuchtet und gibt den Blick auf herrlich angelegte Blumenbeete frei. Hunde bellen ein paar Meter von uns entfernt. Sie sind angeleint – besser so. Denen sollte man sicher nicht zu nahe kommen. Zwar bin ich mit Hunden aufgewachsen, diese Kläffer jedoch sind ein anderes Kaliber.

Das Haus, auf das wir zulaufen, hat in etwa so viel Fläche wie das Dorf, in dem ich aufgewachsen bin. Nette Hütte. Ist für eine Person gewaltig viel Platz. Ich wüsste nicht, was ich mit Dutzenden Zimmern anfangen sollte. Mir langt eine bescheidene Wohnung, schließlich will ich nicht residieren, sondern nur wohnen.

Wir durchschreiten die Eingangstür, die zuvor mit einem Code entriegelt werden muss, und befinden uns im Inneren der Behausung. Wow, wie nobel … alles vom Feinsten! Marmor an den Wänden und auf dem Boden. Die Möbel waren wahrscheinlich so teuer wie das Haus und der Kamin ist gigantisch. Ich bin beeindruckt – aber nicht meine Welt. In solch einem Prunkhaus würde ich mich nicht wohlfühlen. Sein Heim hatte ich mir anders vorgestellt: mehr Individualität und Persönlichkeit, ein paar Fotos an den Wänden oder Sammlungen von verschiedensten kulturellen Gegenständen – Dinge, die mehr über seine Herkunft verraten. Mich würde interessieren, welcher Abstammung er ist, oder ist er gar ein Mischling wie ich?

„Möchtest du etwas trinken?", fragt er, während er seine Schuhe lässig in die Ecke feuert.

„Falls der Weg zur Küche nicht zu weit ist, gerne."

Er sieht mich an, als hätte ich eine andere Sprache gesprochen. Sollte ich es mal auf Grönländisch versuchen?

„Na, gefällt dir meine Bude nicht? Da wärst du aber die Erste."

Warum, die Wievielte bin ich denn?

Unbewusst beurteile ich denkbare Fluchtmöglichkeiten. Mir wird klar, dass ich mich in einer Festung befinde und eine Flucht ausgeschlossen scheint.

„Nun ja", überlege ich, „es ist wirklich riesig, auch etwas unpersönlich und seelenlos."

„Ha, seit wann hat ein Haus eine Seele?"

„Es hat so viel Seele, wie der Bewohner ihm verleiht. Aber dieses Haus ist ausdruckslos", weiß ich seine spöttische Frage zu beantworten.

„So, dieses Haus ist also ausdruckslos." Danny bewegt sich in meine Richtung, als hätte er vergessen, dass er mir etwas zu trinken aus der weit entfernten Küche holen wollte. „Wie verleiht man denn deiner Meinung nach einer Siebenmillionen-Dollar-Villa Ausdruck, hm? Und wozu sollte das nötig sein?"

Er verschränkt die Arme vor seinem Körper und bleibt vor mir stehen. Ich schaue ihn an, als hätte ich seine Frage nicht verstanden. Hab ich auch nicht. Ist doch klar, wie man einem Haus eine Seele verleiht – mir zumindest.

„Indem du deine Persönlichkeit mit ihr teilst. Ein Zuhause sollte ein Ort sein, an dem man Ruhe und Kraft findet, wenn man nicht mehr im Einklang mit sich selbst ist."

Dannys Stirngrübchen vertiefen sich zu einer gewaltigen Gletscherspalte.

„Verstehe kein Wort."

Was gibt's daran nicht zu verstehen?

„Dein Haus ist perfekt, schön anzusehen wie ein Bild aus einem Hochglanzmagazin eines Möbelhauses, mehr aber auch nicht."

Danny lacht hochmütig.

„Mehr muss es auch nicht sein. Ich benutze es eh nur als Schlafgelegenheit. Die meiste Zeit bin ich unterwegs."

„Ziemlich bescheidene Schlafgelegenheit. Anscheinend wachsen die Ansprüche mit dem Vermögen."

Während ich das sage, drehe ich mich einmal um die eigene Achse und lasse den übertriebenen Luxus ein zweites Mal auf mich wirken.

„Was bist du so schnippisch? Es würde dir auch so gehen, wüsstest du sonst nichts Sinnvolles mehr mit deinem Geld anzufangen."

„Bestimmt nicht. Eher würde ich mein Geld karitativen Zwecken zur Verfügung stellen, falls ich keine sinnvolle Verwendung dafür hätte", widerspreche ich fassungslos.

Inzwischen bin ich nicht unvermögend durch den Erfolg meiner Bücher, aber ich wäre niemals auf die Idee gekommen, mir nutzlosen Wohnraum zuzulegen, geschweige denn, mich mit Dingen zu umgeben, deren Einzelwert es mit einem Kleinwagen aufnehmen könnte. Meine Eltern lehrten mich, die Qualität des Lebens nicht an materiellen Gütern zu bemessen, sondern die Lebensfreude mitunter in der Betrachtung eines Sonnenuntergangs, einer blühenden Blume oder in der bloßen Wahrnehmung der eigenen Existenz zu finden. Meine Lebensphilosophie ist eine andere. Geld spielt in meinem Leben eine untergeordnete Rolle.

„Du schaffst es noch, mir ein schlechtes Gewissen einzureden, bloß weil ich lebe, wie ich lebe. In deinem zarten Alter muss man wahrscheinlich so wirklichkeitsfremde Standpunkte vertreten. Das wird sich noch ändern. Zeig mir einen vermögenden Menschen auf diesem Globus, der freiwillig in einer Bruchbude haust, um seinen Idealen nicht untreu zu werden."

„Das ist meine Lebenseinstellung und keine wandelbare Meinung. Daran würde sich auch nichts ändern, wäre ich plötzlich steinreich."

Dannys beharrliches Lächeln über meine Betrachtungsweise der Dinge gibt mir wiederholt das Gefühl, für naiv gehalten zu werden. Bald fühle ich mich tatsächlich wie eine Neunzehnjährige.

„Ich hole dir jetzt was zu trinken. Darfst du schon Alkohol trinken oder sollten wir erst deine Eltern um Erlaubnis fragen?"

Deine dummen Bemerkungen kannst du dir sparen!

„Danke, aber ich trinke keinen Alkohol. Es ist mir lieber, wenn ich weiß, was ich sage."

„Ist das ebenfalls eine deiner vielen Lebenseinstellungen?", erkundigt er sich provozierend und verlässt grinsend den Raum.

Unbeeindruckt davon gehe ich zum raumhohen Fenster und sehe in den dunklen Hof des Vorgartens. Wieso bin ich hier? Was erwarte ich von dieser Begegnung mit Danny? Es gibt Parallelen zwischen uns und doch ist er anders als ich. Seine Welt ist unwirklich und nicht greifbar für mich. Möglicherweise bin ich bloß neugierig darauf, möchte erfahren, wer er ist. Aber was will *er* von mir? Weshalb hat er mich hierhergebracht? Er möchte bestimmt nichts über mich herausfinden, er denkt ja, alles über mich zu wissen. Ich verstehe mich selbst nicht. Mir ist doch klar, worum es hier geht. Ein Mann in seiner Position, der alles hat und stets bekommt, was er will, möchte bestimmt nicht nur mit mir reden. Und ich? Will ich morgens in einem Bett aufwachen, in dem schon etliche Frauen zuvor aufgewacht sind – mich in einen Mann verlieben, der sich später nicht mal an meinen Namen erinnert? Womöglich weiß er ihn bereits jetzt nicht mehr. Er hat ihn nicht ein einziges Mal wieder in den Mund genommen. Ich bin eine Frau mit Prinzipien und sollte ich mich jemals erneut verlieben wollen, dann nur, wenn es eine Aussicht auf Zukunft gäbe. Das hier ginge über eine Liaison nicht hinaus und wäre daher absolut indiskutabel. Ich sollte jetzt gehen!

Als ich mich umdrehe, lande ich überraschend in Dannys Armen, der unbemerkt hinter mir gestanden haben muss. Bevor ich etwas sagen kann, spüre ich seine warmen Lippen auf meinen und erstarre vor Verblüffung. Mir bleibt die Luft weg. Ich versuche zu atmen, aber es geht nicht. Meine Gedanken laufen Amok, als seine Hand meinen Rücken hinabfährt. Meine Körperfunktionen setzen aus. Alles läuft auf Stand-by. Es gelingt mir nicht, seinen Kuss zu erwidern, ich bin total blockiert. Wie eine Asthmakranke röchle ich nach Sauerstoff und versuche, ihn von mir wegzudrücken.

„Was ist los mit dir? Muss ich dir etwa erklären, wie ein Kuss funktioniert?", amüsiert er sich.

Wie? Jetzt interpretiert er wieder alles falsch.

„Ich weiß sehr wohl, wie man küsst!", verteidige ich mich.

„Ah ja, und was hindert dich daran? Sollen wir solange warten, bis du volljährig bist?"

Gleich platzt mir der Kragen!

„I C H bin, wie ich längst erwähnte, achtundzwanzig und deine taktlose Geringschätzung meiner Person möchte ich nicht länger erdulden. Daher schlage ich vor, dass ich gehe!"

Gereizt bemühe ich mich, seiner Umarmung zu entkommen, aber sie gleicht einer Fesselung.

„Hey Malina, du kannst ja direkt wütend werden. Hab ich es endlich geschafft, dich aus der Reserve zu locken."

Verdutzt gebe ich meine Gegenwehr auf. Er hat meinen Namen ausgesprochen – als hätte er zuvor meine Gedanken gelesen.

„Ach, du kennst meinen Namen noch? Ich hätte nicht gedacht, dass du dich an solche Nebensächlichkeiten erinnerst", gebe ich streitsüchtig von mir.

Was ist los mit mir? Meine sonst selbstverständliche Friedsamkeit gerät außer Kontrolle. Ich bin auf Angriff programmiert. Noch *eine* provokante Bemerkung und du bekommst den Krieg, den du heraufbeschwörst!

Dannys Gesichtszüge entgleiten. Sein Lächeln gefriert.

„Was denkst du von mir?", fragt er gekränkt. Seine Verwandlung bleibt unbemerkt bei mir. Zu sehr bin ich mit meiner Kampfbereitschaft beschäftigt, die mir fremd ist. Neuerdings lerne ich mich von einer unbekannten Seite kennen. Ich erblicke mein Spiegelbild in einer silbernen Vase und gehe darauf zu. Ein verzerrtes Gesicht biegt sich mir entgegen. Wer bin ich eigentlich? Ich möchte meine Prinzipien über Bord werfen und mich einfach meinen Gefühlen hingeben. Er will nur eine Nacht? – Die soll er haben! Lucy würde garantiert auch nichts anbrennen lassen. Morgen führe ich mein gewohntes Leben fort und er seines. Keiner würde in die Welt des anderen passen, aber es spricht nichts dagegen, einmal auszubrechen und zu vergessen, wer man ist und wohin man gehört. Also gut, Danny Greyeyes, ich spiele dein Spielchen mit.

Ich löse mich von meinem Spiegelbild und gehe lächelnd auf Danny zu, aber auf halbem Wege kommen mir wieder Zweifel und ich bleibe stehen.

„Was geht in deinem Köpfchen vor?", fragt Danny scharfsichtig und übernimmt die andere Hälfte des Weges. Seine Arme legen sich um mich herum und bandagieren meine Hüften förmlich, während er mich kräftig an sich drückt. Wie elektrisiert warte ich auf die Berührung seiner Lippen, doch er sieht mich bloß mit einem ausdrucksvollen Blick an.

„Malina. Was für ein schöner Name. Kennst du denn auch seine Bedeutung?"

Ich dachte, du willst mit mir schlafen und nicht mit mir reden?

„Es ist der Name der Sonnengöttin meines Heimatvolkes", antworte ich und hoffe auf Fortführung leidenschaftlicher Maßnahmen. Unvermutet bricht Mr. Greyeyes in schallendes Gelächter aus. Habe ich was Falsches gesagt? Was war daran so komisch?

„Darf ich fragen, was dich erheitert?"

Danny beruhigt sich nur langsam und setzt sich erschöpft auf einen Sessel.

„Du bist gut darüber informiert, dass meine Eltern Inuit waren, aber dass du meine Herkunft als die deine verkaufst, ist haarsträubend", entgegnet er.

Fassungslos stehe ich da und verdaue die soeben erlangten Informationen über Danny Greyeyes, die eine erneute Parallele aufdecken. Ist das Zufall? Kaum zu glauben.

„Aber so ist es!", versuche ich zu erklären.

„Tatsachen verdrehen ist anscheinend deine Spezialität. Erst dein falsches Alter und nun tischst du mir solche Lügen auf."

Jetzt hab ich aber endgültig genug!

„Es spielt offenbar überhaupt keine Rolle, was ich dir über mich erzähle, da du mir ohnehin nichts glaubst", werfe ich ihm enttäuscht an den Kopf. „Und was du nicht über mich weißt, reimst du dir zusammen. Du glaubst, ich wäre ein dummes, einfältiges Mädchen und ..."

„Das glaube ich nicht!", unterbricht er mich empört. „Im Gegenteil, würde ich so denken, wärst du heute Abend nicht hier."

Nicht? Nun durchblicke ich gar nichts mehr. Ich sollte unbedingt gehen, das wird mir zu kompliziert. Zielsicher gehe ich zu dem Stuhl, auf dem meine Handtasche liegt, und greife nach ihr. Während ich zum Ausgang gehe, drehe ich mich um: Danny sitzt reglos im Sessel und schaut mir fragend nach. Was für ein verrückter Tag!

Also nicht, oder doch?

Ich laufe durch den unbeleuchteten Vorgarten und überlege, wie ich es schaffe, das Tor am Ende des Gartens zu durchqueren, ohne einen Vorschlaghammer zu benutzen. Denn leider habe ich versäumt, mir die Fernbedienung aus Dannys Besitz zu erbeuten, und stehe jeden Augenblick vor einer schier unlösbaren Aufgabe. Als ich das Tor erreiche, höre ich leises Getapse hinter mir. Ein grimmiges Knurren lässt mich zusammenzucken. Zögernd drehe ich mich um und blicke in die glühenden Augen eines Ungeheuers.

„Oh, was bist du für ein süßes Hündchen. Trotzdem ... komm mir nicht zu nahe, ich hab den schwarzen Gürtel! Ich beiße zurück, hörst du?"

Leere Drohungen scheinen ihn nicht abzuschrecken. Meine Knie wackeln wie Pudding. Bloß nicht nervös werden. Wenn der das merkt, bin ich Hackfleisch. Kann ich vor meiner Hinrichtung noch ein paar Grüße loswerden? Ich grüße meine Mutter, meinen Vater, meinen Bruder, Lucy und den Rest der Welt. Wie wäre es vorher noch mit einer Henkersmahlzeit? Ich meine, steht mir die denn nicht zu?

Ein Pfiff ertönt. Das Monster läuft weg. Erleichtert atme ich auf. Die Anspannung lässt schlagartig nach und ein deutlicher Kräfteverfall setzt ein. Ein großer Stein wird von mir als Sitzgelegenheit beschlagnahmt. Das war aber knapp.

Für einen Moment hatte ich mich schon im Fleischkühlregal gesehen.

„Hey", flüstert mir Danny ins Ohr, der zu mir geeilt ist und sich neben mich kniet. Sorgenvolle Stirngrübchen lassen sich deutlich in der Dunkelheit erkennen. Gelten die mir?

„Komm bitte zurück ins Haus, okay?"

Was bleibt mir anderes übrig? Die Mauern von Alcatraz sind nichts gegen diese Festung. Das Dobermannhündchen taucht wieder auf und beschnüffelt mich freudig als wären wir die besten Freunde. Kannst dir dein scheinheiliges Schnuppern sparen, du blöder Köter!

Danny nimmt meine Hand und führt mich auf sicherem Wege zurück zum Eingang der Villa. Sein Untier folgt uns bis zur Tür und schlägt dann eine andere Richtung ein. Gott sei Dank, das Viech ist weg!

Durch den Flur zieht mich Danny zu einem Zimmer im unteren Teil des Hauses. Es ist ein wunderschöner, gemütlicher Raum mit einem Schreibtisch, einigen Bücherregalen und vielen Dekorationsstücken an den Wänden, die seine Persönlichkeit widerspiegeln. Nach so etwas hatte ich bisher vergebens Ausschau gehalten. Vor den Büchern in den Regalen stehen prächtige Schnitzereien, ähnliche, wie mein Vater sie fertigt. Ich gehe auf eine Figur zu und nehme sie in die Hand.

„Ein Tupilak. Kanadische Inuit-Kunst", bemerke ich.

„Du kennst dich aber aus", staunt Danny nicht schlecht. „Woran erkennst du das?"

„Die Figur wurde aus hartem Stein geschnitzt. Das ist ein auffallendes Indiz. Aber auch der Stil verrät einiges über die Herkunft. Es ist eher eine rohe, grobgliedrige Figur, typisch für die südwestliche Region Kanadas."

Danny nickt beipflichtend.

„Interessant. Völlig korrekt."

Ich weiß.

„Mein Vater hat seine Schnitzereien vorzugsweise aus Walross-Elfenbein gefertigt. Doch die Tupilak-Schnitzereien sind mir aus allen Regionen geläufig."

„Dein Vater ist Künstler?", erkundigt sich Danny interessiert. „Wie kommt er in New York an Walross-Elfenbein ran?"

Ich muss schmunzeln.

„Er lebt direkt an der Quelle."

„Verstehe, offenbar hat er gute Bezugsquellen. Gib mir doch seine Adresse, ich werde ihn die nächsten Tage mal besuchen. Eventuell kaufe ich ihm das eine oder andere Stück ab."

Äh, besuchen? In Grönland? Hat er mich richtig verstanden?

Vorsichtig stelle ich die Figur zurück ins Regal.

„Mein Vater ...", beginne ich meinen Satz, werde jedoch durch Dannys Zeigefinger am weiteren Sprechen gehindert, den er auf meine Lippen legt. Somit komme ich abermals nicht dazu, eine seiner falschen Annahmen zu korrigieren.

„Jetzt nicht", bemerkt er leise und streichelt mir das Gesicht. „Was für leuchtend blaue Augen. Woher hast du sie?"

„Von meiner Mutter."

So wie alles andere auch.

Unsere Gesichter nähern sich langsam an. Sein warmer Atem punktiert meine Nase. Zögernd berühren sich unsere Lippen und ich spüre kleine Flammen durch meinen Körper lodern. Er umschließt meinen Mund mit seinem und lässt seine Zunge sanft in meinen Mund gleiten. Sachte, beinahe furchtsam küssen wir uns, es könnte etwas dazwischen kommen und unseren einzigartigen Moment zerstören. In seinen Armen schmelze ich dahin, fühle mich unbeschwert und voller Euphorie. Das könnte ewig so gehen, denke ich und erwidere seinen Kuss weltvergessen, während Danny fordernd zur Sache geht. Mein Gott, ich bin wie aufgeputscht. War etwas in meinem Getränk? Mein Atem wird schwerer, mein Herz immer schneller. Jetzt möchte ich mich fallen und alles geschehen lassen. Nichts ist mehr wichtig, nur noch Danny und ich, seine Zärtlichkeiten, seine Liebkosungen ... bis uns unverhohlen das Telefon dazwischenfunkt.

Danny schaut genervt auf seine Armbanduhr.

„Wer kann das um diese Uhrzeit sein? Tut mir leid, bin sofort zurück. Nicht bewegen und vor allem nicht wieder weglaufen."

Er geht zum Telefon, während ich leise hinterherschleiche. Ein Adam ist in der Leitung, sein Manager. Während des Gesprächs verwandelt sich Dannys gute Laune in Zorn. Mit diesem Mienenspiel könnte er seinem Ungeheuer im Garten glatt Konkurrenz machen. Er wird zunehmend schweigsamer, bis er nichts mehr erwidert und das Gespräch stumm beendet. Seine Gesichtsmuskeln zucken und deuten eine bevorstehende Explosion an. Was hat das zu bedeuten? Welcher Film läuft da gerade? Ich will mitreden können.

„Ich möchte, dass du jetzt gehst."

Was? Einfach so? Ohne Erklärung?

„Darf ich fragen, warum?", hake ich nach.

Danny lacht verbittert.

„Das weißt du doch genau."

Ich weiß gar nichts. Dieser Wetterumschwung ist mir zu gepfeffert.

„Tut mir leid, ich bin absolut ahnungslos."

„Erspar mir weitere Lügen und geh!"

Ich staune über diese Unterstellung.

„Gut, ich werde gehen, aber zuvor habe ich wohl das Recht zu erfahren, um welche angeblichen Lügen es geht. Was immer dir dein Adam über mich erzählt hat, du solltest auch meine Seite hören."

Angestrengt grübele ich nach, was Mr. Adam Fox über eine unscheinbare Person wie mich zu berichten hat. Fast bin ich geschmeichelt.

„Du bist Malina Bergstroem."

Ja, und?

„Eine bekannte Buchautorin."

Haben wir zwar nicht drüber gesprochen, aber noch keine Lüge in Sicht.

„In deinen Büchern geht es um Indianervölker."

Ein bisschen banal ausgedrückt, aber kann man so sagen.

„Und nun bin ich dein Studienobjekt? – Du hast dich als Fan ausgegeben, mir vorgegaukelt, du wärst eine andere."

Das habe ich nicht ein einziges Mal!

„Was willst du über mich wissen, hm? Hast du vor, auch über mich ein Buch zu schreiben und damit ordentlich abzukassieren? War's das, was du wolltest? Die Gewinnerin dieses Abendessens war eigentlich eine andere, wie viel hast du ihr dafür gezahlt?"

Ich erkenne, wie sinnlos es wäre, mich zu verteidigen. Dieser Mensch urteilt in einer rasanten Geschwindigkeit und lässt keine Gelegenheit aus, sich dadurch selbst zu verletzen.

„Du willst die Wahrheit doch nicht hören", ergreife ich endlich das Wort. „Es passte dir in den Kram, aus mir einen naiven Teeny zu machen. Ich hätte dir gern mehr von mir erzählt, doch du hattest schon eine Schublade für mich parat."

Ich sehe mich um und suche nach meiner Handtasche, denn ich beabsichtige, auf der Stelle zu gehen.

„Du hattest alle Zeit der Welt, mir zu erzählen, wer du bist", entgegnet er unversöhnlich.

Meine Handtasche steht auf dem Telefontischlein neben Danny. Mist, ausgerechnet da. Auf keinen Fall möchte ich dieser fehlgeleiteten Seele noch einmal zu nahe kommen. Hilft nix, ohne meine Ausrüstung geh ich nicht. Ich flitze auf ihn zu und schnappe mir mein Hab und Gut. Als ich mich für den unbesonnenen Rückzug umdrehen will, stellt er sich mir in den Weg.

„Du hast mich enttäuscht", sagt er leise.

Wenn hier einer das Recht hat, enttäuscht zu sein, dann ich!

„Menschen in deiner Situation ziehen wohl schneller als andere voreilige Schlüsse. Ich bedaure dich. Wie gelingt es dir nur, so Freundschaften aufzubauen?"

Okay, das stand mir gerade nicht zu. Ich nehme aber nichts zurück. Meine Gefühle wurden soeben verletzt, da rutscht einem schon mal leichtfertig was raus, was man später unter Umständen bereut. Doch nicht in diesem Moment. Darum widerrufe ich meine Worte auch nicht.

„Mach dir da mal keine Sorgen, ich habe genug Freunde."

Mir doch egal, wie viele Freunde du hast!

Bockig husche ich an ihm vorbei. An der Tür bleibe ich stehen und drehe mich um. Danny befindet sich reglos an der gleichen Stelle und biegt seinen Oberkörper in meine Richtung. Schade, dass alles so enden muss.

„Ich habe dir nichts vorgespielt. Die Frau, die du heute kennengelernt hast, bin ich auch. Wenn du meine Bücher gelesen hättest, wüsstest du, dass es völlig hirnrissig ist, zu glauben, ich hätte eines über dich schreiben wollen. Ich bin Völkerkundlerin und keine Klatschreporterin."

Mit gesenktem Blick verlasse ich den Raum und gehe.

Als ich das Tor im Mondlicht erreiche, öffnet es sich von allein. Über dem Eingang erkenne ich eine installierte Kamera. Kurz überlege ich, hineinzuwinken, verkneife es mir aber. Dieser Tag war ein wirklich lehrreicher. Ich gehe mit der Überzeugung nach Hause, ohne Mann zufriedener zu sein – halbwegs jedenfalls. Die andere Hälfte sehnt sich eben doch nach mehr. Aber der halbe Gedanke darf an diesem Abend für bedeutungslos erklärt werden. Vielleicht kann ich irgendwann einmal darauf zurückkommen – sehr viel später. Die Enttäuschung mit Danny muss erst verdaut werden … dieser Schmerz in der Bauchgegend.

Ich gehe in irgendeine Richtung. Weiß ja wieder mal nicht, wo ich bin. Gut, dass der Abend so endete. Wenn ich ehrlich bin, hätte ich eine Bettgeschichte ohnehin nicht einfach abhaken können auf meiner spärlichen geistigen Männererfahrungsliste. Die einzige dort protokollierte Beziehungsepisode liegt nun einige Jahre zurück und hatte zu erheblichen Frakturen meines empfindsamen Gemüts geführt. Klar wäre ich gern lässiger in Liebesangelegenheiten – bin ich aber nicht. Ich habe mir eingeredet, eine Liebesnacht würde mir gefallen und ich könnte sie danach locker vergessen. Doch so funktioniere ich nicht. Gut, dass der Abend auf diese Weise endete – sehr gut.

An einer Abzweigung bleibe ich stehen und überlege, welcher der drei möglichen Wege richtig ist. Das tut jetzt nichts zur Sache, ich muss mir mein Hirn über andere Dinge zermartern! Gedankenversunken gehe ich weiter geradeaus.

Was für ein verrückter Gedanke, ich könnte über Danny ein Buch schreiben wollen. So interessant bist du auch nicht, Danny Greyeyes. Ein Buch über einen Rockstar – nicht mal, wenn er ein Häuptling wäre, käme ich auf diese Idee.

Meine Zähne klappern heftig gegeneinander und ich fürchte, sie könnten zerspringen. Hätte ich bloß vorher gewusst, was mich an diesem Tag erwartet, ich wäre zu Hause geblieben oder hätte wenigstens an eine Jacke gedacht. Nun habe ich lediglich noch einen bescheidenen Wunsch: ein Taxi.

Kaum nimmt mein Wunsch Form an, biegt tatsächlich ein gelber Wagen in die Straße ein. Zu gern wüsste ich, wie sich in diese gottverlassene

Gegend ein Taxi verirrt. Egal, erleichtert winke ich das Fahrzeug heran.

„Wo soll's denn hingehen, junge Lady?"

Ich übermittle dem Fahrer meine Adresse und schaue den Rest der Fahrt teilnahmslos aus dem Fenster. Die Lichter der Straße ziehen wie lange Leuchtfäden an mir vorbei. Ich sehe nichts, starre nur ins Leere.

„Da haben Sie aber Glück, Miss, dass ich Sie in diesem Straßenlabyrinth gefunden habe. Warum haben Sie nicht vor dem Haus auf mich gewartet?"

Wovon redet er?

„Ich verstehe nicht, waren Sie denn nicht zufällig dort?"

„Glauben Sie etwa, ich fahre zum Spaß in dieser einsamen Gegend umher?"

Nein, das kann ich mir nicht vorstellen. So egal scheint es Danny nicht zu sein, wie ich nach Hause komme. Danke, Danny Greyeyes, doch eine gute Tat bügelt dein lausiges Verhalten nicht aus. Ich antworte dem Taxifahrer nicht mehr, denn ich möchte keine Unterhaltung führen, sondern bloß vor mich hindenken. Was für ein Tag!

Wer war der Kerl?

Am nächsten Morgen jagt mich das schrille Gebimmel an der Haustür aus dem Bett. Mit verleimten Augen schaue ich auf meinen Wecker. Bereits halb elf. Eigentlich hatte ich nicht vor, den halben Morgen zu verschlafen, trotz der vorangegangenen kurzen Nacht. Mein gestriges unermüdliches Gedankenkarussell ließ es schlichtweg nicht zu, dass ich in den Schlaf fand.

Ich steige schwerfällig aus dem Bett und werfe mir den Morgenmantel über. Als ich die Tür öffne, bleibt mir das Gähnen im Halse stecken. Danny Greyeyes leibhaftig steht an meiner Pforte und hält mir zur Begrüßung eine Zeitung vor die Nase.

„Hier!" Er wirft sie mir freundlicherweise vor die Füße. „War es das, was du wolltest, mehr Publicity für dich und dein neues Buch?"

Irritiert über diesen Überfall und Dannys unkultiviertes Verhalten, zuzüglich der Tatsache, ihn vor meiner Haustür im Schlafgewand wiederzubegegnen, bücke ich mich wortlos nach der Zeitung. Ich bemühe mich, nicht darüber nachzudenken, wie Danny an meine Adresse herangekommen ist und was ihn dazu bewogen hat, mich persönlich aufzusuchen.

„Du brauchst nicht lange zu blättern, es steht gleich auf der Titelseite", giftet er mich an.

Zögerlich klappe ich die Zeitung auseinander und erschaudere, als mir mein eigenes Gesicht neben Dannys nahezu in Lebensgröße vom Papier entgegenspringt. Die Schlagzeile unter diesem gigantischen Foto erschüttert mich noch mehr:

Der Frauenliebling und die medienscheue Buchautorin ein Paar.

Da wissen die aber mehr als ich. Wie kann Danny bloß annehmen, dass ich das gewollt habe? Ich bin froh, wenn ich meinen Namen möglichst selten irgendwo lesen muss.

„Das hast du dir ja fein ausgedacht", beschuldigt er mich wiederholt.

Ich frage mich nur, was ihn daran stören würde, wäre es tatsächlich meine Absicht gewesen? Es kann ihm doch egal sein, hätte ich durch das Zusammentreffen mit ihm einen Vorteil – jedenfalls wäre es für ihn kein Nachteil. Wo ist also dein Problem, Danny Greyeyes? Der einzige Mensch, der von nun an eines hat, bin ich selbst. So viel Aufmerksamkeit um meine Person ist für mich im höchsten Maße unerfreulich.

„Danke, dass du dafür persönlich vorbeigekommen bist. Kann ich dir sonst noch irgendwie helfen?", frage ich bissig und schließe die Tür ein wenig, mit der Absicht, sie jeden Augenblick zufallen zu lassen. Ich glaube kaum, dass ich mir seine schroffe Art länger gefallen lassen möchte.

Danny stellt unerwartet seinen Fuß in die Tür und erzwingt sich den Zutritt zur Wohnung. Hey, hey, das geht nun aber entschieden zu weit! Sein hemmungsloser Einmarsch in meine vier Wände könnte einer kriminellen „Zuwiderrechtshandlung" – oder so ähnlich – gleichkommen. Sprich Hausfriedensbruch. Also stände es mir zu, jetzt zu schreien.

„Warum ausgerechnet du? Erklär's mir bitte! Wie kann ein anscheinend lammfrommes Wesen wie du so ausgekocht sein? Konnte ich mich denn derartig in dir täuschen?"

Bevor ich etwas darauf erwidern kann, wird die angelehnte Haustür von außen aufgestoßen und Namid, mein Bruder, steht kampfbereit auf der Schwelle.

„Hey, du Strolch", spricht er Danny an, „sieh zu, dass du Land gewinnst und lass deine Pfoten von meiner Schwester!"

Es wäre besser, die Lage direkt aufzuklären, aber mir fällt in diesem Durcheinander keine Erklärung ein. Was ist das überhaupt für eine Situation? Ein Raubüberfall kann ausgeschlossen werden und eine Vergewaltigung läuft auch nicht so diszipliniert ab. Ich habe noch alle Kleider an und zu einem Entreißen selbiger wäre es wohl nicht gekommen.

Danny schaut entgeistert zu meinem Bruder, der wiederum seine Brust bedrohlich anschwellen lässt. Namid kann ja nicht wissen, dass Danny möglicherweise harmlos ist. Doch kann ich mir da sicher sein? Sein Zorn wirkt etwas zügellos, daher wäre es keine schlechte Idee, ihn aus meinen Gemächern zu verbannen. Ich wüsste nur gern, weshalb Danny mich nicht einfach vergisst, so wie alle Frauen in seinem Leben. Wieso taucht er heute hier auf? Wer bin ich schon, dass ich einer zweiten Begegnung mit einem Rockstar würdig wäre?

„Mach schon, raus mit dir!", fordert Namid ein zweites Mal. Danny sieht zwischen ihm und mir hin und her.

„Das ist dein Bruder?", fragt er verdutzt.

Ja, und ich bin überaus froh, dass es ihn gibt. Solange ich denken kann, hat er sich todesmutig in alle möglichen Konflikte, die mich betrafen, eingemischt und mir heldenhaft zur Seite gestanden. Die Rolle des großen Bruders liegt ihm irgendwie. Allerdings bezweifle ich, dass ich in diesem Augenblick wirklich gerettet werden muss.

Bevor Namid die Gelegenheit bekommt, seine erprobten Fäuste sprechen zu lassen, räumt Danny stumm das Feld. Leider kann ich nicht erkennen, welcher Ausdruck ihm dabei ins Gesicht geschrieben steht. Dies wäre ein wesentlicher Hinweis auf sein Gedankengut gewesen. Wieso mir das auf einmal wichtig erscheint, ist mir schleierhaft.

„Wer war das? Was wollte der Kerl von dir? Und was muss ich heute von dir in der Zeitung lesen?", erkundigt sich Namid, während er sich ein gemütliches Plätzchen auf dem Sofa sucht.

„Ach, du hast es auch schon gelesen?", frage ich verunsichert, wohl wissend, dass es kaum mehr einen Menschen geben wird, der nicht über etwas informiert ist, was mir selbst bis eben unbekannt war: nämlich urplötzlich mit Danny Greyeyes „ein Paar" zu sein.

Namid lässt bequem seine Beine auf dem Tisch nieder und zündet sich eine Zigarette an. Dass diese Wohnung von Nichtrauchern bewohnt wird, hat ihn nie interessiert. Ich gehe in die Küche und suche nach einem Aschenbecher, finde aber keinen, daher stelle ich ihm eine leere Fischdose vor die Füße. Namid greift sich die Dose, ohne eine Miene zu verziehen, und akzeptiert sie als Aschenbecherersatz. Ich rümpfe die Nase.

„Was hat das alles zu bedeuten? Ich kenn dich doch, Schwesterchen, du würdest dich nie im Leben mit so einem Kerl abgeben."

Verlegen bedecke ich mit der rechten Hand mein Gesicht und schaue stumpf zu Boden. Der verkrümelte Läufer erinnert mich an meine häuslichen Pflichten.

Ich würde nicht mit so einem Kerl ...? Bestimmt meinte er, ich würde nie mit irgendeinem Kerl ... Er weiß genau, dass ich die letzten Jahre nahezu im Zölibat gelebt habe, daher muss ihm diese Schlagzeile geradezu absurd vorkommen.

„Es bedeutet nichts. Das heißt, ich weiß nicht genau, was es bedeutet, ich hab's selbst eben erst durch Danny erfahren."

Mein Bruder erstarrt zu einem Standbild.

„Der Typ eben war dieser Danny Greyeyes? Warum hast du nichts gesagt?"

Ja, ganz recht, warum hab ich nichts gesagt?

„Ich weiß nicht. Dannys plötzliches Auftauchen, mein Bild in der Zeitung – ich war verwirrt!"

Es zischt, als Namid seine Zigarette in den Resten der Fischsauce ausdrückt. Er beugt sich nach vorn, um den vermeintlichen Aschenbecher auf den Tisch zu stellen. Sein langes schwarzes Haar fällt ins Leere und schwingt vor seinen Schultern.

„Seid ihr nun zusammen oder nicht?", erkundigt er sich interessiert.

„Nein ... oder vielleicht ... eher nicht. Keine Ahnung."

Was stellt er mir so schwere Fragen? Wenn ich das bloß selbst wüsste. Zusammen sind wir keinesfalls. Ich würde es als ein kaum erwähnenswertes Versehen bezeichnen, mit unsanfter Besinnungsphase, die zu einem vorzeitigen Ende der aufkeimenden Romanze führte. Kurzes Romänzchen mit ohne Folgen. Ja, so könnte man dazu sagen.

„Was denn nun?", fragt Namid. „Habe ich mich also gerade zum Narren gemacht? Läuft nun was zwischen euch oder nicht?"

„Nichts mehr. Ich meine natürlich nichts, ohne ‚mehr'. Sei unbesorgt, das war nur ein Fehler, sonst nichts."

Ich wickle mir den Gürtel des Morgenmantels um die Finger und sehe aus dem Fenster. Namid erhebt sich von der Couch und schenkt sich in der Küche ein Glas Wasser ein.

„Schade", bemerkt er glatt.

Schade? Besser, ich frage nicht nach, wie er das meint. Ich kann's mir schon denken. Namid lässt nichts anbrennen. Er wechselt seine Frauen wie andere ihre Schlüpfer. Mein Leben muss ihm absolut freudlos vorkommen, dabei bin ich ein extrem zufriedener Mensch. Männer schaffen bloß Probleme. Kaum lerne ich einen kennen, steht mein Leben auf dem Kopf. Gefühlschaos, eine „schlaflose Nacht ohne Schlaf" und mein Bild in einem Käseblatt. Das lässt auf weiteren Ärger schließen. Meine vertraute Ruhe schmilzt dahin wie ein Sahneeis in der Sonne.

Lucy ist schuld. Ja, genau, wenn sie nicht gewesen wäre, hätte dieses Zusammentreffen mit Danny niemals stattgefunden. Beste Freundinnen sind riskant, hab ich's doch gewusst! Nur dass mir Lucy keinen Mann weggeschnappt, sondern einen herbeigeschafft hat. Trotzdem wird es schwierig, sie in allen Punkten für schuldig zu erklären. Ich kann die Möglichkeit nicht ausschließen, selbst eine Verantwortung für diese Misere zu tragen. Warum habe ich mich auf diesen Blödsinn eingelassen? Weshalb bin ich mit zu Danny gefahren? Dies sind Indizien für ein gewisses Maß an Eigenverschulden.

„Liebst du ihn etwa?", erkundigt sich Namid unerwartet.

Also, diese Frage geht eindeutig zu weit. Wie könnte ich einen Mann nach so kurzer Aufwärmphase lieben? Bevor ich mich verliebe, muss der

Nordpol eisfrei sein. Ich bin praktisch der Nord-pol.

„Ich weiß nicht", höre ich mich antworten.

Das war nicht ich! So etwas würde ich im Traum nicht sagen. *Ich weiß nicht* würde ja bedeuten, dass ich das Aufkeimen schlummernder Gefühle nicht ausschließe. Das ist faktisch ausgeschlossen, dessen bin ich sicher.

„Falls du meine Hilfe brauchst, weißt du ja, wo du mich findest, Schwesterchen."

Eigentlich nicht, doch in der Regel ist Namid da, sobald ich den geringsten Kummer entwickle. Das scheint er zu wittern.

„Ja, danke, aber ich komm schon klar – glaub ich. Bin ich sonst immer, warum sollte das nun anders sein? Ich muss bloß einiges sortieren – meine Gefühle, mein Leben. Alles ist gut – denke ich."

Was fasele ich da?

Namid kommt zu mir herüber und wickelt seine Beschützerarme um mich herum.

„Du bist etwas durch den Wind. Möchtest du darüber reden?"

Würde ich gern, doch worüber genau? Dass ich mich verletzt fühle und Danny Greyeyes aus mir eine berechnende Killerlady gemacht hat? Oder soll ich über meine verwirrten Gefühle sprechen, die mir Sorge bereiten? Ich könnte einen Mülleimer gebrauchen, aber sind nicht in der Regel beste Freundinnen für die Müllentsorgung da? Gut, Namid ist mein Bruder, jedoch auch ein

Mann und Männer würden ihr Geschlecht keinesfalls verraten. Es ist denkbar, dass er bei der eigenen Schwester eine Ausnahme machen würde, aber kann ich da sicher sein?

„Später vielleicht. Wenn ich deinen Rat brauche, stehe ich auf deiner Matte, verlass dich drauf."

„Das ist typisch für dich", hält mir Namid vor. „Warum glaubst du immerzu, es wäre besser, alles mit sich selbst auszumachen? Nach der Trennung mit Phil hast du kein Wort über deinen Kummer verloren."

Phil. Diesen Namen habe ich fünf Jahre nicht gehört, geschweige denn in den Mund genommen. Es schnürt mir sofort die Kehle zu, sobald ich diesen Namen ausgesprochen höre.

Ich erachte es als unnötig, andere Menschen mit meinen Problemen zu beladen. Das beste Mittel zu vergessen, ist, nicht mehr daran zu denken. Und damit man nicht ständig daran denkt, spricht man eben nicht darüber. So einfach ist das. Damit bin ich stets gut gefahren. Was ist daran falsch?

„Du hast Recht", ergebe ich mich. „Aber glaub mir, ich bin okay."

Namid nickt. In seiner Brieftasche kramt er nach einer Visitenkarte und legt sie auf den Tisch.

„Ich bin wieder umgezogen. Meine neue Adresse."

Mein Bruder zieht umher wie ein Vagabund. Falls er jemals sesshaft werden sollte, dann nur wegen einer Frau. Der Frau, die er bislang nicht gefunden hat.

Nachdem ich mich von Namid verabschiedet habe, versuche ich, mir mit einer Dusche die Gedanken abzustreifen. Der Genuss des warmen Wassers währt nur kurz, denn das aufdringliche Klingeln des Telefons lässt mich aus dem Badezimmer sputen. Mein Verleger ist am Apparat. Was führt ihn zu diesem regelwidrigen Verhalten? Wir reden beinahe nie miteinander. Das meiste wird schriftlich geklärt, falls es mal was zu klären gibt.

„Miss Bergstroem, sind Sie am Apparat?", fragt er verunsichert nach. Kein Wunder, meine Stimme ist ihm weitgehend unbekannt. Ich muss selbst immer genau hinhören, um mich zu erkennen. Wann hör ich mich schon reden?

„Ja." Kurz und knapp. So antworte ich am liebsten.

„Gut, hören Sie, Miss Bergstroem, ich habe es eben in der Zeitung gelesen."

Lass mich raten! Nein, ich komme nicht drauf. Sag's mir!

„Ach ja?"

„Wissen Sie, Ihre Privatsphäre geht mich ja nichts an ..."

Richtig, die geht dich nichts an. Nur mich und mich – sonst niemanden.

„... es ist nur so: Dieses zunehmende öffentliche Interesse an Ihrer Person könnte sich als nützlich erweisen. Was ich damit sagen will, ist: Wir sollten den Erscheinungstermin Ihres nächsten Buches vorverlegen und schnellstens öffentliche Auftritte für Sie arrangieren. Was halten Sie davon, Miss Bergstroem?"

Was ich davon halte?! Nichts und nochmals nichts. Auf keinen Fall! Schmeiß das Buch weg! Alles, nur keine öffentlichen Auftritte!

„Mir ist natürlich bewusst, dass Sie zu viel Trubel um Ihre Person nicht wünschen. Wir könnten darum die Signierstunden kurz gestalten. Sagen wir, jeweils eine Stunde pro Tag."

Pro Tag? Um wie viele Tage handelt es sich denn?

„Bei der Druckerei habe ich mich bereits erkundigt. Es spricht nichts dagegen, das Buch nächsten Monat in den Handel zu bringen."

So, du organisierst also alles hinter meinem Rücken und setzt mich lediglich in Kenntnis. Ich brauche demnach nur noch „Ja" zu sagen, denn ein „Nein" ist gar nicht mehr möglich. Ich liebe es, die Wahl zu haben, vor allem, wenn die Entscheidung längst feststeht. Da tut man sich nicht mehr so schwer mit der Wahl. Das nenne ich Selbstbestimmungsrecht.

„Ja, hmm ...," überlege ich laut herum.

„Sie sind also einverstanden, das ist ja großartig! Ich habe bereits in den Buchhandlungen die Werbetrommel gerührt. Mittwoch in vier Wochen findet gegen fünfzehn Uhr eine Signierstunde in der Hamilton-Buchhandlung statt. Informationen über weitere Termine lasse ich Ihnen zukommen."

„Um wie viele handelt es sich denn?", frage ich beunruhigt.

„Oh, keine Angst, ha, ha, es stehen noch nicht alle fest, ha, ha, aber mehr als fünf oder sechs möchte ich Ihnen nicht zumuten, ha, ha."

Fünf oder sechs ... So viele? *Ein* Termin ist schon eine Zumutung, aber fünf oder sechs sind glatter Mord!

Nach dem Telefonat gleite ich wie ein schlaffes Michelin-Männchen zu Boden. Was mach ich jetzt bloß? Die Entscheidung wurde glattweg für mich getroffen. Ich bräuchte dringend Nachhilfe im Neinsagen, das könnte mein Leben kolossal vereinfachen.

„Nein! Nein! Nein, nein ...! Nein, nein, nein, nein ..."

Ist doch ganz einfach. Warum klappt das nicht, wenn's drauf ankommt?

Fünf bis sechs Werbetermine für das neue Buch. Dannys falsche Annahmen über meine Absichten stoßen damit auf Nährboden.

Hinein in die Katastrophe!

„Lucy! Es ist völlig unmöglich, dass ich in diese Buchhandlung gehe. Was soll ich da? Wozu müssen die Bücher signiert werden? Ich weiß nicht mal, wie ich da hinkommen soll. Mein Auto wird nicht anspringen, das spüre ich."

Ich gehe in mein Zimmer und lasse mich aufs Bett plumpsen. Das herrliche Wetter nehme ich nicht wahr, mein Lampenfieber ruiniert meine Wahrnehmungsfähigkeit. Lucy kommt herein und setzt sich neben mich.

„Das schaffst du schon, du brauchst die Leute ja nicht anzusehen."

Nein, das bräuchte ich nicht. Ich sehe mir aber immer alle Menschen genau an.

Viel schlimmer ist, dass sie bestimmt auf mich starren werden – jeder Einzelne von ihnen. Sie werden mir die Eingeweide aus dem Leib herausglotzen. Ich hasse das! Bin ich etwa ein Gemälde? Ich will nicht angestarrt werden!

„Was ist, wenn sie sich nicht für mein Buch interessieren, sondern lediglich für die Romanze mit Danny?"

„Hey, das kann dir doch egal sein. Vergiss diesen Danny!"

„Würde ich ja gern, leider habe ich die letzten vier Wochen fast täglich ein neues Gerücht über ihn und mich lesen müssen. Dabei bin ich ihm überhaupt nicht mehr begegnet."

Lucy erhebt sich und zieht an meinem Ärmel.

„Was spielt das für eine Rolle? Du gehst jetzt in diese Buchhandlung! Ich werde dich persönlich hinfahren, damit du auch ankommst."

Sie lächelt mich an, als würde sie sich von meinem Leid nähren. Offenbar ruht eine sadistische Ader in ihr. Ich ergebe mich und stehe auf. Sie hat Recht. Eine Freundin, die Recht hat, ist ganz nützlich, aber unbequem. Bequemer wäre es, noch ein Nickerchen zu halten und danach der Signierstunde live vorm Fernseher beizuwohnen. Wozu muss ich da persönlich hin?

Lucy erklärt mir auf der Fahrt zur Buchhandlung, warum ich mich niemals live im Fernsehen von zu Hause aus betrachten könnte. Das hatte ich mir schon gedacht und wollte es im Grunde nicht so genau wissen, doch Lucy nimmt ihre Aufgabe als Freundin ernst. Sie würde nicht zulassen, dass mein Intelligenzquotient an solch einer widersinnigen Hypothese Schaden nehmen könnte.

Als wir die Buchhandlung erreichen, nehme ich sorgenvoll die Menschenmassen vor dem Eingang zur Kenntnis. Die Straße ist aufgrund des Trubels verstopft. Parkende Autos reihen sich aneinander. Alles dicht. Es scheint sich die halbe Stadt vor der Buchhandlung versammelt zu haben.

Lucy, volles Wendemanöver! Wir segeln nach Hause.

„Da kommen wir nicht durch", stellt Lucy fest. „Meine Güte, was ist hier los?!"

Siehst du, Lucy, ich hätte zu Hause bleiben sollen – im Bett – vorm Fernseher. Die Alternative ist bedrohlich.

„Vielleicht solltest du hier aussteigen und die letzten Meter laufen."

„Wie bitte?! Die Meute zerreißt mich doch in lauter kleine Fetzen, bevor ich mein Ziel erreicht habe. Ausgeschlossen, dass ich da in einem Stück ankomme."

Welch fahrlässige Idee!

„Halt bitte an, ich muss nachdenken", fordere ich Lucy auf.

Sie tut, was ich sage. Meine Daumen kreisen in Lichtgeschwindigkeit umeinander. Es denkt sich so schlecht bei dem Anblick dieser Menschenhorde.

Hintereingang – das hat doch schon einmal geklappt. Lucy schaut ruhelos auf ihre Uhr. Das blockiert meinen Denkversuch. Muss das sein? Ich weiß selbst, dass die Zeit knapp wird, das nützt mir nichts. Es werden einzig und allein Lösungsmodelle gesucht.

„Ich gehe zu Fuß", erkläre ich.

Ich öffne die Wagentür und springe aus dem Fahrzeug. Bevor ich die Tür zufallen lasse, beuge ich mich vor.

„Hör zu, Lucy, sollte ich bis heute Abend nicht wieder auftauchen, musst du meinen Eltern die traurige Botschaft meines vorzeitigen Ablebens übermitteln. Sie werden's verstehen."

Lucy lächelt gequält.

„Ich drück dir die Daumen."

Ja, das hilft bestimmt. Drück sie nur alle!

Wagemutig gehe ich auf dem Mittelgrünstreifen der Straße und überlege, zum Gehweg überzuwechseln. Was mach ich bloß, wenn sie wie ein Mückenschwarm auf mich zusausen? Vielleicht erkennen sie mich auch nicht.

Der Arm eines weit entfernten Menschen zeigt auf mich. Wie in einem Dominospiel heben die dahinter Stehenden nun nacheinander ihre Arme. Der Mückenschwarm fliegt los. So schätzungsweise unendlich viele menschliche Mücken gehen buchstäblich im Gleichmarsch zum Angriff über. Voller Panik schaue ich mich nach Ausweichrouten um. Zu spät, jeden Augenblick haben sie mich erreicht. Wie eine Horde entlaufener Irrer rufen und winken sie. Ihr Tempo steigert sich. Wenn mir nicht gleich etwas einfällt, bin ich tot.

Ein großes dunkles Auto hält neben mir mit quietschenden Reifen. Die hintere Tür wird von innen aufgestoßen und ein fester Griff zerrt mich urplötzlich vom Grünstreifen in das Wageninnere.

„Verdammt, komm sofort von der Straße weg!"

Die Tür knallt zu und der Wagen setzt rasant zurück. Unsanft rutsche ich in den Fußraum und stoße mir den Kopf.

Bevor ich eine Erklärung für die unvermutete Wendung meiner eben noch lebensbedrohlichen Situation finden kann, werde ich an den Armen in den Sitz gehoben. Benommen sehe ich zur Seite und erkenne Danny Greyeyes neben mir. Am Steuer ein mir unbekannter finsterer Mann. Hab ich was verpasst?

„Bist du von allen guten Geistern verlassen? Die warten bestimmt seit Stunden wie die Schmeißfliegen auf dich. Willst du dich von ihnen bei lebendigem Leibe zerfleischen lassen? Dir muss doch klar sein, dass du da nicht einfach hineinspazieren kannst."

Na ja, da ist was Wahres dran. Trotzdem verstehe ich gar nichts mehr.

„Ist das Zufall, dass du hier bist?", frage ich verdutzt.

Danny gibt seinem Fahrer ein Zeichen, das ich nicht recht zu deuten weiß.

„Selbstverständlich nicht. Ich werde dich am Hintereingang der Buchhandlung absetzen und auf dich warten."

„Aber weshalb denn?"

Da ist mir wohl ein Kapitel durch die Lappen gegangen. Wieso ist Danny hier? Und aus welchem Grund will er auf mich warten?

„Weil ich nicht will, dass du in Schwierigkeiten gerätst. Dir ist anscheinend nicht klar, was es bedeutet, prominent zu sein."

Nein, natürlich nicht, denn ich bin nicht prominent. Ich bin nur ich, so unbedeutend wie eine Stubenfliege.

„Ich muss nicht beschützt werden, ich kann auf mich selbst aufpassen."

Wir erreichen die Buchhandlung *von hinten*.

„Das habe ich gesehen. Du hast keine Ahnung, was dich dort erwartet. Die Leute warten bloß auf einen Fehler von dir, um ihre Sensationslust zu befriedigen. Du verstehst nicht, was es bedeutet, meine Freundin zu sein."

Habe ich eben die Worte „meine Freundin" vernommen oder höre ich schon Fata Morganen – falls man so etwas auch hören kann?

„Ich bin nicht deine Freundin!"

Was bildet er sich ein! Unerhört!

„Dann lies mal Zeitung! Dir kann nicht entgangen sein, dass das alle vermuten. Allein diese Tatsache macht dich für sie ungeheuer interessant."

Bild dir da mal nicht zu viel ein!

„Willst du damit sagen, dass sich für mich gewöhnlich kein Mensch interessiert?"

„Nein, das will ich nicht. Du verdrehst die Tatsachen!" Der Wagen hält an der *Hintertür*. „Verdammt noch mal, warum willst du mich nicht verstehen?!"

Wenn es nur darum ginge, ihn nicht verstehen zu wollen, wären wir schon einen Schritt weiter. Mir ist halt schleierhaft, was Dannys Erscheinen zu bedeuten hat. Seit gut vier Wochen habe ich nichts von ihm gehört. Nun pickt er mich vom Grünstreifen auf und erzählt mir, dass man als seine Freundin bedeutungsvoller wird, deshalb nicht allein durch den Vordereingang einer Buchhandlung gehen sollte, obwohl ich nicht seine Freundin bin und nicht vorhatte, den Vordereingang der Buchhandlung zu benutzen, sondern nur so darauf zugegangen bin. Egal, ich muss da jetzt rein! Hektisch bemühe ich mich, die Wagentür zu öffnen, aber Danny hindert mich daran.

„Malina, warte bitte einen Augenblick."

Danny beugt sich zu mir herab, sodass sein Atem mich umhüllt.

„Meinst du, dass du da drinnen klarkommst?", äußert er seine Bedenken und sieht mich mit diesem angespannten Stirngrübchenblick an.

Ich nicke stumm und wundere mich über seine Besorgnis. Warum dieser Sinneswandel? Was ist heute anders als vor vier Wochen? Ich finde die Antwort in den wenigen Sekunden nicht. Schweigend öffne ich die Wagentür und steige aus. Mir bleibt keine Zeit zurückzublicken, Mr. Hamilton, die Buchhandlung persönlich, kommt auf mich zugelaufen.

„Miss Bergstroem, endlich! Wir haben uns schon Sorgen um Sie gemacht. Gut, dass Sie den Hintereingang gefunden haben. Wir hatten ja keine Ahnung, welch gewaltiger Andrang uns erwartet. Bitte kommen Sie!"

Abgehetzt läuft Mr. Hamilton vor mir her und weist mir den Weg. Wieso verspüre ich mit einem Mal diese Ruhe in mir? Wo ist meine Unsicherheit? Ich will sofort mein Lampenfieber zurück! Das bin ich so gewohnt.

„Wir haben eine kleine Bühne für Sie vorbereitet. Die Tontechnik funktioniert zum Glück wieder. Vor einer guten Stunde ließ sie uns im Stich. Alles ausgefallen – kein Ton, kein Licht. Doch jetzt steht alles für Sie bereit."

Meine Aufregung kehrt zurück. Ich soll im Rampenlicht auf einer Bühne zu den Menschen sprechen? Davon hat mir keiner was gesagt. Aufs Sprechen wurde ich nicht vorbereitet und im Improvisieren bin ich eine Niete.

Mr. Hamilton bleibt stehen.

„Warten Sie bitte einen Augenblick, ich werde Sie ankündigen und auf die Bühne rufen. Haben Sie einen Kugelschreiber für das anschließende Signieren?"

Ich schüttle apathisch den Kopf.

„Bitte, nehmen Sie meinen!"

Er drückt mir seinen Stift in die Hand. Was geschieht hier gerade? Warum bin ich über den heutigen Ablauf kein bisschen im Bilde? Mein Verleger versicherte mir, dass es sich um eine „stumme" Signierstunde handeln würde. Ich kann unmöglich unvorbereitet da rein.

„So, dann werde ich mal", bemerkt Mr. Hamilton und tritt auf die kleine aufgestellte Bühne im Verkaufsraum.

Seine Worte über mich und das Buch vernehme ich kaum. Fragen rattern durch meinen Kopf. Was macht Danny hier? Wieso in Gottes Namen bin ich nicht darüber informiert, dass ich heute eine Rede halten soll? Was soll ich bloß tun?

Mr. Hamilton winkt mich auf die Bühne. Das Klatschen des Publikums dringt wie ein Echo von weit her an mein Ohr. Der Tod wartet da draußen auf mich. Meine Beine geraten in Bewegung – ganz von allein. Wie geht das? Ich sehe einen schwarzen Tunnel und gehe auf das Scheinwerferlicht zu. Mr. Hamilton übergibt mir das Mikrofon. Es fühlt sich an wie ein Ofenrohr. Hat Mr. Hamilton Fieber? Das Licht wird heller.

So muss sterben sein, denke ich. Das Echo aus dem Jenseits verhallt. Mir muss schnell etwas einfallen, die Blicke der Besucher schießen wie Schrotkugeln durch meinen Körper. Verzweifelt suche ich in meinem Kopf nach Worten, aber ich finde bloß ein großes, schwarzes Loch, das alles verschluckt, was sich ihm nähert. Meine Erinnerungen, mein schwer erkämpftes Wissen, Wörter jeglicher Art sind verschwunden. Es hat keinen Zweck, ich könnte kaum mehr als ein oder zwei Vokale von mir geben.

Ich beschließe, das Mikrofon vor mir auf den Tisch zu legen und davonzulaufen. Doch bevor ich dazu komme, wird mir das Mikro geschickt aus der Hand gelöst. Begeisterte Zurufe und Applaus schallen durch den Raum. Die Lichter unzähliger Handykameras blitzen auf, Blitzlichtgewitter von allen Seiten – neben mir plötzlich Danny. Er lächelt mich an, während er seinen Arm um meine Schultern legt. Einige Mädels kreischen – hüpfen wie wilde Hühner und wollen auf die Bühne springen. Was für ein Irrenhaus! Wo bin ich und was mach ich hier? Was macht Danny hier?

„Danke!", ruft er ins Mikro. „Danke für diesen Empfang. Aber die Hauptperson bin heute nicht ich, sondern meine bezaubernde Freundin Malina Bergstroem. Ihr neues Buch, das sie Ihnen heute vorstellen möchte, handelt von einem Volk, welches zu den ältesten Völkern der Erde zählt: den Aborigines. Anschaulich vermittelt dieses Buch die Missstände der Ureinwohner Australiens, wie ihre Welt mit dem Eintreffen der Europäer massiv erschüttert wurde. Einige Monate lebte sie mit einem Stamm zusammen, um seine Sitten, Rituale und Gebräuche kennenzulernen. Es ist ein gelungener und spannender Bericht. Ich bin überzeugt, er wird Ihnen genauso gefallen wie mir."

Tosender Applaus.

Überrascht blicke ich Danny an. Er hat mein Buch gelesen?

Mr. Hamilton stürzt auf die Bühne und drückt Danny die Hand.

„Meine Güte, Mr. Greyeyes, das ist aber eine Überraschung. Wären Sie so freundlich und würden mit Miss Bergstroem ein paar Autogramme schreiben? Das ist ja eine Sensation, dass ich Sie zusammen auf der Bühne habe! Ich hoffe, es stört Sie nicht, dass die Presse ein paar Aufnahmen von Ihnen beiden macht?"

Danny schaut zu mir.

„Von mir aus, aber vergessen Sie bitte nicht den eigentlichen Anlass dieser Veranstaltung. Es ist mir wichtig, dass das Buch im Vordergrund steht."

„Selbstverständlich", versichert Mr. Hamilton und bittet das Publikum für das Signieren heran.

Schnell nutze ich die Gelegenheit, um Danny eine Frage zu stellen.

„Warum?", frage ich kurz und knapp.

Eine andere Formulierung meiner dringend zu stellenden Frage fällt mir gerade nicht ein und außerdem trifft sie den Kern meines gedanklichen Durcheinanders recht gut. Mit „Warum?" stelle ich praktisch alle Fragen, die mir durch den Kopf schießen, zugleich.

Dannys zufriedenes Lächeln trifft mich mitten ins Gesicht. War *das* seine Antwort? Irgendwie hoffte ich auf eine aussagekräftigere Erklärung.

Menschen strömen auf uns ein. Ich zücke meinen Kugelschreiber und signiere alles, was mir zugereicht wird – meistens Bücher, ab und zu auch Arme, Hände und T-Shirts. Wiederholt werden Kameras auf uns gerichtet. Ich fühle mich unwohl in diesem Gedränge und bemerke, wie sich die ersten Schweißtropfen auf meiner Stirn bilden. Unauffällig schiele ich auf meine Armbanduhr und stelle bedrückt fest, dass die Signierstunde bereits in die „Signierzweitstunde" übergelaufen ist.

Mein überhandnehmendes Wärmeempfinden mag daran liegen, dass ich beinahe eine gebürtige Seerobbe bin und es daher lieber kühler mag, ich möchte jedoch nicht ausschließen, dass meine Aufregung den Stoffwechsel warmlaufen lässt. Sollte mein Kreislauf sich erneut eine kurzweilige Auszeit gönnen wollen, wäre es hilfreich, er gäbe mir zuvor ein Zeichen. Um die Lage zu sondieren, werfe ich einen Blick in die Menge, in der Hoffnung, die Schlange würde bald abreißen. Leider stelle ich mit Entsetzen fest, dass weitere Menschenmassen nachrücken. Ein Schweißtropfen löst sich von meiner Stirn und platscht mir auf die Hand. Das Scheinwerferlicht spiegelt sich in der Flüssigkeit wider. Es wäre ratsam aufzubrechen, solange mein Kreislauf noch *kreisläuft*.

Danny kritzelt neben mir beharrlich ein Autogramm nach dem anderen. Ich kneife meine Augen zusammen und probiere so, mein verschwommenes Gesichtsfeld zu schärfen. Meine Beine zittern wie angeschlagene Gitarrensaiten. Auweia, jetzt passiert gleich was! Der Boden unter mir beginnt zu schwanken. Meine Hand ergreift Dannys Arm. Er scheint zu verstehen.

„So, Leute, das war's für heute."

Lange Gesichter, ein Murren klingt durch den Raum. Mir egal, ich muss hier schleunigst raus.

Ich mache noch eine verabschiedende Geste und räume im Marschschritt das Feld – vorbei an

Danny und Mr. Hamilton sowie an irgendwelchen Regalen, bevor meine Beine mich nicht mehr tragen und wie Strohhalme abknicken. Mir wird schwarz vor Augen und ich verliere mein Bewusstsein.

Keine Ahnung, wie lange ich zwischen den Regalen rumlag, aber nun tut sich wieder was mit meinem Kreislauf. Als ich meine Augen öffne, toben flinke Pünktchen in meinem Gesichtsfeld herum. Kann mal jemand das Bild schärfer stellen?

„Um Himmels willen, Miss Bergstroem, geht es Ihnen gut?" Diese Stimme gehört Mr. Hamilton. Soll wohl ein Scherz sein! Ginge es mir gut, läge ich nicht zwischen seinen Regalen. Die Punkte verlieren sich und ich erkenne Danny über mir. Mit Stirngrübchenblick kniet er neben mir und streichelt meinen Kopf.

„Na", bemerkt er sanft.

Na ... da bin ich wieder. Du kannst mir gerne ein Weilchen über den Kopf streicheln. Das mag ich.

„Geht's langsam?", erkundigt er sich.

Nein, noch lange nicht, so ungefähr eine Stunde Kopfstreicheln nicht – oder länger.

Leider nicke ich mit dem Kopf. Das mit der richtigen Motorik im entscheidenden Moment muss ich noch üben.

Danny hilft mir auf die Beine. Mr. Hamilton macht einen deutlich verstörten Eindruck.

„Miss Bergstroem, ich bin untröstlich. Hätte ich gewusst, dass Sie ... also, wie soll ich mich ausdrücken ...? Ihr Verleger riet mir davon ab ... na ja, eine große Veranstaltung zu organisieren. Er wies mich darauf hin, dass Sie ... nun ja, etwas unentspannt sind bei öffentlichen Auftritten. Ich konnte doch nicht ahnen ..."

Mr. Hamilton hat mir diesen Schlamassel eingebrockt. Na, vielen Dank auch!

„Malina war über den heutigen Ablauf nicht informiert?", fragt Danny entrüstet. „Sie haben sie ins offene Messer laufen lassen, nur um Ihren Laden vollzubekommen?"

Hey, es ist meine Aufgabe, mich darüber zu ärgern. Was hast du damit zu tun? Ich finde es zwar nett von dir, aber warum? Ja genau, wir haben das Warum noch nicht geklärt. Es wird langsam Zeit für eine Erklärung.

„Was soll ich sagen, Mr. Greyeyes? Es tut mir leid."

„Sparen Sie sich Ihre Scheinheiligkeit! Ihr seid alle gleich skrupellos, einer wie der andere. Hauptsache, die Kasse klingelt. Das wird Folgen für Sie haben!", droht ihm Danny und drückt mich zum Ausgang.

Nein, das wird es nicht! So schlimm war es nun auch nicht. Und du hast gar nichts damit zu tun. Was mischst du dich da ein?

Kraftlos schlurfe ich zum Wagen. Danny öffnet mir die Tür und ich lasse mich schlapp auf die Sitzbank fallen. Was zu essen wäre nicht schlecht.

Ach ja, ich hatte mal wieder aufs Frühstück verzichtet, da mein Magen – wie so häufig – nicht gegenwärtig war. Was soll man machen ohne ein Verdauungsorgan? Aber jetzt scheint es zurück zu sein und macht sich bemerkbar. Hab ich einen Hund verschluckt? Danny setzt sich neben mich und der finstere Fahrer fährt rabiat los. Mein Magen dreht sich wie eine Waschtrommel und sorgt für weitere Übelkeit.

„Mir wird schlecht", mache ich Danny klar.

Er öffnet alle Fenster mit einem Knopfdruck und streicht mir erneut über den Kopf. Könnte sein, dass das hilft. Bitte mehr. War mir eben noch übel? Meine Gedanken schweben im Vakuum, ich denke an nichts. Als meine Unpässlichkeit verfliegt, nimmt mein Gehirn wieder seine Arbeit auf. Nun würde mich mal interessieren, wohin es geht. Werde ich entführt?

„Wohin fahren wir?", frage ich mit gedämpfter Stimme. Genauso gedämpft, wie eine Stimme gerade sein kann, wenn einem zwar übel ist, man es jedoch vergessen hat, weil andere Umstände in den Vordergrund treten – wie Kopfstreicheln oder Entführungsängste.

„Wart's ab!", bekomme ich zur Antwort.
Wo liegt „Wart's ab"?

„Ich möchte es aber gerne wissen!", drängle ich weiter. Auf keinen Fall kann ich meine Entführung einfach abwarten. Sollte ich gekidnappt werden, muss ich es wissen.

„Es gibt da etwas, das ich mit dir besprechen möchte."

„Ja?", frage ich. Was könnte Danny Greyeyes mit mir zu besprechen haben? „Das kannst du doch auch hier machen."

Meine Güte, meine Neugierde war mir immer eine große Last. Ich kann sie nicht unterdrücken, auch nicht unter größten Mühen.

„Wir sind gleich da, dann wirst du alles erfahren", erklärt mir Danny schmunzelnd.

Der Wagen hält vor einer gelben Villa. Auf dem goldfarbenen Schild an der Tür steht „Rechtsanwalt Dr. Smith".

Wüsste nicht, was ich bei einem Anwalt sollte.

„So, wir sind da."

Danny steigt vor mir aus dem Fahrzeug. Ich klettere hinterher und schaue mich um. Nette Gegend – eine Villa neben der anderen, viel zu vornehm. Ich bin in einem fünfundsechzig Quadratmeter großen Holzhäuschen aufgewachsen. Wir hatten ein Außenklo und ich musste mir ein Zimmer mit Namid teilen. In einer Villa würde ich mich nicht wohlfühlen.

Mit Anwälten hatte ich bisher nichts zu tun und glaube auch nicht, dass das von Nöten ist. Ich denke, ich mach mich nun vom Acker. Während Danny auf den Eingang zugeht, bleibe ich am goldenen, auf Hochglanz polierten Schild stehen.

„Was ist mit dir?", wundert er sich. „Komm schon!"

Püh, ich denke nicht daran! Keine Ahnung, was ich hier soll.

Ich beschließe, einen anderen Weg einzuschlagen und nach Hause zu gehen.

„Hey, bleib sofort stehen! Wo willst du hin?"

„Tut mir leid, aber ich gehe. Mir gefällt diese Geheimniskrämerei nicht. Du willst mir nichts erklären, dann will ich da auch nicht hinein."

„Mir war nicht klar, dass du so dringend nach einer Erklärung verlangst. Du bist wirklich ungeduldig. Wenn du mit mir da reingehst, werden sich deine Fragen beantworten."

Warum macht er es bloß so spannend? Also gut, ich werde ihn begleiten, aber nur, weil er mir vorhin aus der Klemme geholfen hat.

„Gut, ich hab's mir überlegt."

Wie könnte ich auch „Nein" sagen. Mein Sprachwerkzeug ist nicht auf dieses Wort ausgelegt.

Dannys vertrauensvolles Lächeln mildert die gespannte Stimmung zwischen uns. Zögernd gehe ich auf ihn zu.

„Danke", erwidert er beruhigt und drückt den Klingelknopf.

Die Tür wird von einer steifen Dame mittleren Alters geöffnet, deren Lachmuskulatur bestimmt seit geraumer Zeit in Ruhestand getreten ist. Sie weist uns den Weg durch einen Flur, der so weit erscheint, dass man vermuten könnte, sich in einem Haus ohne Zimmer zu befinden. Am Ende des Ganges treffen wir auf eine Flügeltür und betreten ein geräumiges Arbeitszimmer. Am Fenster des Raumes thront ein Schreibtisch so mächtig wie die Ladefläche eines LKW-Anhängers. Ein beleibter, nicht mehr jugendlich wirkender Mann in schwarzem Dreiteiler kommt herein.

„Mr. Greyeyes, schön, dass Sie vorbeischauen", sagt er, während er uns entgegenkommt. „Und Sie sind unverkennbar die hübsche Miss Bergstroem."

Er streckt mir seine fleischige Hand zu. „Ich habe alle Ihre Bücher gelesen und bin ein wahrer Fan Ihrer Publikationen."

Ach ja?

„Bitte setzen Sie sich. Kann ich Ihnen einen Kaffee anbieten?"

Danny nickt.

„Und für Sie, Miss Bergstroem?"

Ich habe nicht vor, mich hier länger als zehn Minuten aufzuhalten. Für diese geringfügige Zeitspanne benötige ich keine lebensverlängernde Beköstigung.

„Danke, aber ich bin nicht durstig."

Mr. Smith bestellt zwei Tassen Kaffee über eine Gegensprechanlage.

„Sehr wohl", antwortet die Gegensprechanlage.

„Da Sie beide gemeinsam erscheinen, gehe ich davon aus, dass Miss Bergstroem mit allen Punkten einverstanden ist und das vorbereitete Vertragswerk heute zur Unterzeichnung kommt?"

Mein Rückgrat versteift sich und zwingt mich zu einer kerzengeraden Haltung. Versteinert lasse ich meinen Blick von Mr. Smith zu Danny wandern, der mir ein unschuldiges Schmunzeln schenkt. Bis jetzt hat sich nicht eine einzige Frage beantwortet. Stattdessen kommen ständig neue hinzu.

„Um was geht es eigentlich?", erkundige ich mich nervös.

Meine Finger wirbeln wie Häkelnadeln hastig umeinander.

„Nein, Mr. Smith, das ist ein Missverständnis", ergreift Danny das Wort. „Ich wollte Miss Bergstroem jetzt über alles informieren."

Na schön, dann mal raus mit der Sprache!

„Da bin ich aber gespannt."

Meine Sitzhaltung wird zunehmend angespannter, als hätte ich eine Eisenstange im Kreuz. Danny lehnt sich locker zurück und überschlägt seine Beine.

„Ich möchte, dass du ein Buch über mich schreibst, Malina."

Danke, das genügt! Mehr brauchst du nicht zu sagen. Wo ist der Ausgang?

Ich erhebe mich gereizt. Mr. Smith steht ebenfalls auf.

„Bemühen Sie sich nicht, Mr. Smith. Ich finde allein den Weg nach draußen. Danny, Mr. Smith, einen schönen Tag wünsche ich noch."

Der Kaffee kommt zur Tür herein – wie passend. Ich gehe ihm und seiner Serviererin entgegen. Verdutzt nimmt sie das Tablett an ihre Brust, um mir im Türrahmen Platz zu schaffen. Bemerkenswert große Pforte. Es passen tatsächlich zwei Personen und zwei Tassen Kaffee gemeinsam hindurch.

Was bildet sich Danny ein? Glaubt er im Ernst, ich spiele seine Ghostwriterin? Soll er doch seine Memoiren alleine zusammendichten.

Laute Schritte verfolgen mich. Der Dielenboden vibriert.

„Malina, warte bitte! Warum hörst du mich nicht zu Ende an?"

Gereizt bleibe ich stehen und drehe mich um.

„Als ich dich das letzte Mal gesehen habe, hast du mir eine Zeitung vor die Füße geworfen und mir vorgeworfen, ich wolle mir mit deiner Prominenz mehr Aufmerksamkeit für mein Buch erschleichen. Was ich auch über mich gesagt habe, hast du infrage gestellt, sogar mein Alter. Mein Vater ist übrigens kein Schnitzkünstler in New York, sondern lebt mit meiner Mutter in Grönland in einem Einhundert-Seelen-Dorf, in dem ich ziemlich einsam mit meinem Bruder aufgewachsen bin. Und ich kann sehr wohl nachvollziehen, wie es sich anfühlt, wegen seiner Hautfarbe diskriminiert zu werden. Ich habe es nämlich selbst erlebt. Du glaubst wohl, du wärst etwas Besonderes, weil du prominent bist, und du meinst sicher, du könntest dir alles erlauben, indem du rücksichtslos die Gefühle anderer Menschen verletzt. Du kannst nicht vier Wochen später in mein Leben platzen und all diese Geschehnisse übergehen und so tun, als wäre nichts gewesen. Falls du bloß ein einziges meiner Bücher gelesen haben solltest, wüsstest du, dass ich keine Biographien über Menschen schreibe."

So, nun habe ich mir mal richtig Luft gemacht. Das sollte ich öfter tun.

Dannys Stirngrübchenblick trifft mich. Muss das sein? Das raubt mir sämtliche Entschlossenheit. Mit kleinen Schritten geht er auf mich zu und bleibt vor mir stehen.

„Ja, es stimmt, ich bin ein Idiot", gibt er zu. „Das ist mir jetzt klar. Ich wollte dir alles in Ruhe erklären, doch offenbar habe ich keine Zeit dafür. Es tut mir sehr leid, das musst du mir glauben. Inzwischen habe ich sie alle gelesen. Deine Bücher sind großartig. Dein erstes über dein Leben in Grönland hat mich besonders fasziniert. Ich verstehe endlich, wer du bist."

So? Das weiß ich nicht mal selbst. Es könnte gewisse Vorteile mit sich bringen, jemanden zu kennen, der mich kennt.

„Du schreibst mit so viel Hingabe über das Leben anderer Völker. Es gelingt dir, alles anschaulich zu erläutern und die Gefühle der Menschen in deinen Texten wiederzugeben. Du belebst ihre Kultur wieder und gibst ihnen ein Gesicht, das sie durch den Verlust ihrer Freiheit verloren haben.

Ich möchte, dass du auch mein Gesicht ins rechte Licht rückst. Was spricht dagegen, Malina? Du hast dich für die Recherche deiner Bücher unter andere Völker gemischt, um sie zu studieren. Nun bitte ich dich, für einige Zeit bei mir einzuziehen, um *mich* zu studieren."

Entsetzt sehe ich ihn an. Ich glaube nicht, dass ich gerade was von „einziehen bei Danny" gehört habe, aber es könnte nicht schaden, das mal genauer zu hinterfragen.

„Du willst, dass ich bei dir wohne?"

„Aber ja, wie willst du mich sonst näher kennenlernen? Beurteile mich nach deinem Empfinden."

„Warum möchtest du das?"

„Weil es mir wichtig ist, dass die Leute da draußen den richtigen Danny Greyeyes kennenlernen und nicht seine Fassade oder das, was die Medien aus ihm gemacht haben. Ich bin davon überzeugt, dass du die Begabung besitzt, Menschen im richtigen Licht darzustellen."

Mr. Smith stößt dazu und mischt sich in unser Gespräch ein.

„Miss Bergstroem, bitte kommen Sie zurück ins Büro und schauen sich das Vertragswerk genauer an. Sie werden feststellen, dass Mr. Greyeyes dafür gesorgt hat, dass alles fair und zu Ihren Gunsten formuliert wurde."

Nun gut, ich kann ja mal einen schnellen Blick drauf werfen. Gemeinsam gehen wir in das verlassene Büro, in dem der Kaffee seinen Duft entfaltet hat. Dabei kommt mir mein Hunger in Erinnerung.

Mr. Smith reicht mir einen dreiseitigen Vertrag zu. Ich nehme ihn entgegen und kämpfe mit meinen Zweifeln. Ohne meinen Magen zuvor halbwegs gefüllt zu haben, gelingt es mir wahrscheinlich nicht, ihn zu lesen. Meine Konzentration lässt durch meinen einsetzenden Hunger zu wünschen übrig. Angestrengt lese ich den ersten Absatz.

Was mache ich, wenn mein Magen sich vor Verzweiflung selbst verdaut?

Meine Augen huschen über den zweiten Absatz hinweg.

Kann man auch ohne ihn leben?

Dritter Absatz.

Ich wüsste gerne, wie die Verdauung ohne Magen funktioniert.

Zweites Blatt, erster Absatz.

Oder hat man dann keinen Hunger mehr?

Zweites Blatt, zweiter Absatz.

Ein Leben ohne ein Verdauungsorgan hätte gewisse Vorteile.

Zweites Blatt, dritter Absatz.

Ich könnte ganz viel essen, ohne satt zu werden.

Drittes Blatt, erster und zweiter Absatz in einem Rutsch.

Das klappt ja wie geschmiert. Gleich bin ich durch.

Letzter Absatz.

Fertig!

Was habe ich denn gerade gelesen?

„Also, was sagen Sie, Miss Bergstroem?"

Hm, müsste es eben noch mal überfliegen, wenn ich etwas dazu sagen soll. Mir blieben bloß die Worte „drei Monate" in Erinnerung, alles andere waren nur aneinandergereihte Buchstaben. Wichtiger wäre jetzt die dringende Beschaffung einiger Nahrungsmittel. Ungeduldig schaue ich zur Tür.

„Du kannst mir vertrauen, Malina. Ich will, dass alles ehrlich zwischen uns abläuft. Für den Fall, dass das Buch ein Erfolg wird, bekommt jeder seinen gerechten Anteil. Für die gemeinsame Zeit gehen sämtliche Spesen auf mich, egal welcher Art. Für dein leibliches Wohl wird gesorgt."

Ja, „leibliches Wohl" ist das Stichwort. Kann ich was zu essen bekommen?

Mr. Smith reicht mir seinen Kugelschreiber. Ich nehme ihn und spiele mit dem Druckknopf. Klick ... klack ... klick ... klack.

„Miss Bergstroem, es wäre töricht, nicht zu unterzeichnen. Sie werden beide davon profitieren."

Ich nicke gedankenverloren. Warum nicke ich? Keine Ahnung, was Mr. Smith oder Danny gerade zu mir gesagt haben. Klick ... klack. Mein Hunger beeinträchtigt mein Hörvermögen. Klick ... klack. Das Einzige, was ich vernehme, ist das wütende Knurren meines Magens.

Danny wirkt erleichtert über meine zweifels-
freie Reaktion. Mit einem zufriedenen Lächeln
setzt er zur Unterschrift an und schiebt mir die
unterzeichneten Seiten zu.

„Nun fehlt bloß noch Ihre Unterschrift,
Miss Bergstroem."

Vorübergehend kehrt meine Urteilskraft zurück und mir wird klar, worum es geht.

„Ich weiß nicht recht, ob ich das will. Ich ..."

„Miss Bergstroem, ich dachte, über diesen
Punkt wären wir schon hinaus. Sind Sie sich nicht
im Klaren darüber, was das für Ihre Karriere bedeuten könnte?"

Hunger kann sehr schmerzhaft werden. Über
was soll ich mir im Klaren sein? Mein Magen
scheint blindwütig mit Spießen gegen die Innen-
wand zu piksen.

„Unterschreiben Sie einfach und denken Sie
nicht zu viel darüber nach."

Wenn mir das Denken bloß gelingen würde.
Meine Hand führt den Kugelschreiber über das
Papier und krakelt meine Unterschrift neben Dannys. Doch im selben Augenblick kehrt mein Verstand zurück und mit Entsetzen stelle ich fest, was
ich soeben getan habe. Ich habe mich tatsächlich
beschwatzen lassen und diesen Vertrag unter-
zeichnet. Unter normalen Umständen wäre mir
das nie passiert. Ich habe keinen blassen Schimmer, was auf diesem Papier geschrieben steht.
Wahrscheinlich habe ich meine Seele verkauft. Oh
Gott, gib her! Ich muss es zerreißen!

Mr. Smith nimmt die Seiten bereits an sich, meine Hände greifen ins Leere. Oh nein, was hab ich getan?!

„In den kommenden Tagen werde ich Ihnen beiden eine Kopie zukommen lassen. Ich wünsche Ihnen viel Glück!"

Vor der Villa wartet der dunkle Wagen mit dem finsteren Fahrer auf uns. Danny geht vor, um mir die Tür zu öffnen.

Ich denke nicht daran, mit dir irgendwo hinzufahren! Lieber verhungere ich, als jemals wieder in dieses Auto zu steigen, du widerlicher Betrüger!

Trotzig setze ich meinen Weg in eine andere Richtung fort.

„Also gut, wie du willst. Aber vergiss nicht, ab der nächsten Woche verbringen wir die kommenden drei Monate gemeinsam – ob du nun willst oder nicht."

Was, schon nächste Woche? Für drei Monate? Wie konnte ich das überlesen?

Der Einzug

Ich gebe zu, ich war an diesem Tag aufgrund verschiedener Aspekte nicht ganz bei der Sache. Trotzdem aber hätte sich Lucy mir gegenüber nicht so sarkastisch geben müssen, als ich ihr von meinem Unheil berichtete. Von einer Freundin erwarte ich Verständnis und Trost, Solidarität, wenn's drauf ankommt. In dieser Angelegenheit hatte sie kläglich versagt. Meine Bemühungen, ihr meine Kränkung nicht anmerken zu lassen, scheinen zu misslingen. Am Tage meines Auszuges sitze ich deprimiert auf meinem Koffer und grüble, wie ich dieser Sache mit Danny noch kurzfristig entgehen kann, ohne Vertragsbruch zu begehen.

Lucy kennt mich gut und weiß genau, dass es kein gutes Zeichen ist, wenn ich meinen Mund überhaupt nicht mehr aufbekomme. Im Normalfall ist das ein Indiz für besonders viel Katzenjammer. Sie zieht sich einen Stuhl heran und setzt sich mir und meinem Koffer gegenüber.

„Malina, du solltest versuchen, es Danny zu erklären. Vielleicht versteht er ja, dass du das nicht kannst."

Ich antworte Lucy nicht. Mein Mund ist wie verschnürt.

Vergiss nicht, ich habe da was im Delirium unterschrieben!

Die Kopie der Übereinkunft wurde mir inzwischen zugestellt. Endlich konnte ich in allen Einzelheiten nachlesen, was mich erwartet. Die angesetzte Vertragsstrafe würde mich bei Nichteinhaltung verschiedener Punkte ruinieren. Rein äußerlich war ich an diesem Tage im Vollbesitz meiner geistigen Fähigkeiten, deshalb wäre ein Anfechten des Vertrages zwecklos.

Es erwarten mich drei Monate Freiheitsentzug. Diese Zeit werde ich im Rampenlicht der Öffentlichkeit verbringen müssen, denn das Vertragswerk verpflichtet mich, Danny zu offiziellen Veranstaltungen zu begleiten. Spätestens dann werden alle Zeitungen von einem Liebesverhältnis überzeugt sein.

Sollte es mir gelingen, in diesen drei Monaten mein vorzeitiges Ableben zu verhindern, werde ich mir danach ein ruhiges Plätzchen auf dem Nordpol suchen, mir ein Iglu bauen und selbstgenügsam mein restliches Leben in Abgeschiedenheit verbringen. Mehr will ich nicht, nur meine Ruhe.

„Drei Monate sind schnell vorbei. Bestimmt tut's dir am Ende sogar leid, wenn alles vorüber ist."

Was sind das für unqualifizierte Bemerkungen? Ich werde jubeln, sobald die Zeit rum ist. Falls das allerdings die letzten drei Monate meines Lebens sind, sollte ich mich gebührend von Lucy verabschieden und nicht im Groll mit ihr auseinandergehen. Möglicherweise sehen wir uns nie wieder.

Zu höchster Erkenntnis gelangt, erhebe ich mich von meinem Koffer, um Lucy zum Abschied in den Arm zu nehmen.

Mach's gut, du treue Seele. Leb wohl und vergiss mich nicht!

„Ich werde dich vermissen, Malina. Meld dich ab und zu bei mir, okay?"

„Mach ich."

Deprimiert schnappe ich mir meinen Koffer und gehe.

Das Taxi fährt mich zu Dannys bescheidenem Domizil. Als wir dort ankommen, mustert mich der Taxifahrer kritisch im Rückspiegel.

„Wow, junge Lady, sind Sie sicher, dass Sie hier hinwollen?"

Klar, bin ich das. Hätte ich es sonst gesagt?

Ich reiche der mir zugestreckten Hand einen Schein hin.

„Der Rest ist für Sie", gebe ich großmütig von mir.

„Vielen Dank, Miss."

Da Danny von nun an für sämtliche Spesen aufkommen wird, kann ich ruhig großzügig sein Geld unter die Leute bringen.

Das Tor zum Haus steht offen. Ich ziehe meinen verbeulten Koffer hinter mir her und frage mich, was mich erwarten wird. Ich hatte mit Danny seit jenem folgenschweren Tag nicht mehr gesprochen und habe keinen Plan für den weiteren Ablauf.

Mit geballter Faust hämmere ich gegen die gewaltige Tür. Kurz darauf erblicke ich ein in der Sonne aufblitzendes Klingelknöpfchen. Ich halte den Fingernagel meines kleinen Fingers daneben, um die Größe abzuschätzen. Ein kleiner Hinweis auf oder neben dem Knöpfchen könnte ihm zu mehr Beachtung verhelfen und dem Klingler, in diesem Fall mir, einen gewissen Vorteil verschaffen: nämlich den, sich im Nachhinein nicht fragen lassen zu müssen, warum man den Klingelknopf nicht benutzt hat.

Sesam öffnet sich und eine mürrische Dame in schwarzem Kleid mit weißem Schürzchen steht mir gegenüber und versprüht eine trockene Aura.

„Warum benutzen Sie denn nicht die Klingel? Ich hätte Ihr Klopfen beinahe überhört.“

Ja, genau das meine ich.

„Sind Sie Miss Bergstroem?“

Ich nicke.

„Bitte kommen Sie herein. Mr. Greyeyes ist unterwegs. Ich werde Ihnen schon mal Ihr Zimmer zeigen.“

Folgsam schlendere ich der spröden Dame hinterher und schaue ihr gedankenverloren auf den Hintern. Wenn hier alle so freundlich sind, wird diese Zeit kein Zuckerschlecken.

Sie führt mich in ein helles, gemütliches Gästezimmer in der ersten Etage mit einem angrenzenden Badezimmer. Dieser Raum ist wie für mich geschaffen: prunklos und nicht zu extravagant. Ein leer geräumter Schreibtisch in der Ecke mit Blick aus dem Fenster. Der könnte für meine Arbeit ausgesprochen zweckdienlich sein.

„Mr. Greyeyes' Schlafzimmer liegt direkt neben Ihrem."

„Danke", sage ich bloß und schaue sie fragend an.

Ist das wichtig?

„Mein Name ist übrigens Mary, ich bin die Hausdame. Sollten Sie irgendwelche Wünsche haben, rufen Sie ruhig nach mir. Bis zwanzig Uhr ist immer jemand im Haus. Die morgendliche Schicht beginnt um neun – nur zu Ihrer Information."

Schön, dann bin ich ja über das Wesentliche aufgeklärt.

Ohne ein weiteres Wort verlässt Mary das Zimmer.

Na fein, jetzt werde ich mich erst mal häuslich einrichten. Mit einem Ruck hebe ich den Koffer aufs Bett und öffne ihn. Zwischen meiner Wäsche suche ich nach meinem Laptop und stelle ihn auf den Schreibtisch am Fenster mit dem herrlichen Ausblick ins Grüne. Hier werde ich sicher so manche Stunde verbringen. Ich stemme mich gegen den bulligen Schreibtisch, um ihn näher zum Fenster zu rücken. So, das reicht, nun habe ich alles im Blick.

Nachdem ich meine Kleidung im Schrank verstaut habe, begebe ich mich auf eine spontane Forschungsreise durchs Haus. Es gibt bestimmt eine Menge zu entdecken. Leider komme ich nicht weit, da mich Mary unterwegs abfängt.

„Ach, Miss Bergstroem, ich habe Sie im ganzen Haus gesucht. Mr. Greyeyes rief gerade an und erkundigte sich, ob Sie inzwischen eingetroffen seien. Er lässt Ihnen ausrichten, dass er spät zurück sein wird und Sie nicht auf ihn warten möchten."

Ich kann nicht behaupten, dass mich das stören würde. Es gibt wirklich Schlimmeres – zum Beispiel drei Monate in diesem entsetzlichen Haus leben zu müssen.

„Danke, ich werde sicherlich nicht auf ihn warten."

Als nach zwanzig Uhr das gesamte Personal den Feierabend angetreten hat, begebe ich mich auf neugierige Wanderschaft. Ich schleiche von Zimmer zu Zimmer und entdecke unterm Dach ein riesiges Atelier, das mit der Größe einer Turnhalle konkurrieren könnte. Es hängen einige Gitarren an den Wänden und ein aufgebautes Schlagzeug macht den Eindruck, als wäre es eben noch benutzt worden. In der Mitte des Raumes glänzt ein schwarzer Flügel so majestätisch wie die Titanic auf offener See. Es handelt sich offenbar um einen Übungsraum, in dem Danny mit seiner Band manche seiner Stücke entwickeln wird.

Unplanmäßig lande ich während meines Streifzuges durchs Haus in Dannys Arbeitszimmer. Nicht, dass ich das vorgehabt hätte – ganz und gar nicht – ich schnüffele nicht in den Angelegenheiten anderer Leute – normalerweise nicht –, aber meine innere Stimme stiftet mich zu diesem unrechten Verhalten an. Ich kann nichts dafür – wie gesagt, die Stimme ...

Ich setze mich absichtslos an seinen Schreibtisch und rede mir ein, zufällig hier zu sitzen. Plötzlich zieht meine Hand eine Schublade auf und wühlt darin herum. Ich finde ein paar langweilige Zettelchen, nichts wirklich Reizvolles. Meine Hand öffnet eine zweite Schublade und ich erblicke einen zerknitterten Briefumschlag. Sofort taucht meine Nase tiefer in das Schubfach hinein und es dauert nicht lang, bis der Brief wie von Geisterhand in meinen Fingern landet. Eine Weile starre ich unschlüssig darauf, bis ich mich zu einer kurzen, unverfänglichen Einsicht in das Schriftstück entscheide. Mit einem Rundblick prüfe ich, ob die Luft rein ist, bevor ich den Zettel aus dem Umschlag befreie. Das Papier ist so verschlissen, dass ich Angst habe, es könnte mir in den Fingern zerbröseln.

Konzentriert lese ich die Zeilen. Wenn mir das mal am Tage der Vertragsunterzeichnung gelungen wäre, dann säße ich jetzt nicht hier.

Der Verfasser schrieb mit blauer Tinte und äußerst unleserlich. Die letzten Sätze des Briefes muss ich mir mehrmals durchlesen, sie bedrücken mich. Unterschrieben wurde von einer Elisabeth. Erst am Ende begreife ich: Elisabeth war seine Freundin in der Schule. Kurz nach dem Tod seiner Eltern hat sie mit ihm Schluss gemacht. Wie unsensibel!

Geschwind falte ich das dünne Papier wieder zusammen und stecke es in den Umschlag. Sorgsam lege ich ihn an seine alte Stelle und schiebe das Schubfach zu. Ich sollte mich schämen. Seit wann schnüffele ich in fremden Sachen herum?

Endlich erlange ich die Kontrolle über meine unbeherrschte Neugierde zurück. Schuldbewusst wechsle ich ins Wohnzimmer über und bemühe mich fortan, die Finger von sämtlichen Gegenständen des Hauses zu lassen.

Gelangweilt setze ich mich auf das große Sofa und schaue zum Kamin, in dem bereits ein paar Holzscheite vorbereitet liegen. So ein kleines Feuerchen könnte durchaus gemütlich sein. Auf dem Kaminsims entdecke ich ein paar Streichhölzer, also beschließe ich, mir in der Küche einen Apfelsaft einzuschenken und den Kamin danach zu entfachen.

Als der Kamin kurze Zeit später knistert und knackt, schalte ich das Licht im Haus aus und setze mich im Schein des Feuers mit meinem Glas auf das gegenüberstehende Sofa. Solche Abende könnten mir gefallen, sehr entspannend. Prompt werde ich schläfrig und kuschle mich unter eine Wolldecke, die zusammengelegt über der Lehne ruhte. Die Flammen wärmen mein Gesicht und bald schlummre ich ein.

Das klickende Geräusch eines Feuerzeuges lässt mich erschrocken aus dem Schlaf fahren. Danny sitzt mir in einem Sessel gegenüber und zündet sich eine Zigarre an.

„Oh, pardon, ich wollte dich nicht wecken. Du scheinst es dir gemütlich gemacht zu haben. Das freut mich."

Zieh mal keine falschen Schlüsse!

„Du brauchst nicht zu denken, es könnte mir hier gefallen. Ich versuche lediglich, mir meinen nicht freiwilligen Aufenthalt in deinen Wänden so angenehm wie möglich zu gestalten."

Danny lehnt sich lächelnd zurück und zieht genüsslich an seiner Zigarre.

„Du wusstest doch, worauf du dich einlässt, schließlich hast du den Vertrag gelesen", behauptet er.

Nein, das habe ich nicht, jedenfalls nicht am Tage der Vertragsunterzeichnung – nicht bewusst. Hätte ich diese fatalen Zeilen gelesen, säße ich jetzt nicht hier fest.

„Und wie hast du dir den weiteren Ablauf vorgestellt?", frage ich mürrisch.

„Ich werde dir einen Plan über meine Termine in der folgenden Woche zukommen lassen. Es ist bestimmt in deinem Sinne, wenn wir die kommenden drei Tage allein verbringen. Wir können dann in aller Ruhe behutsam beginnen."

Sicher, das ist völlig in meinem Sinn. Ich kann mir beileibe nichts Besseres vorstellen, als meine Zeit ununterbrochen mit ihm zu verbringen. Wie schön!

„Am Wochenende könntest du mich auf eine Feier begleiten, wenn du magst."

Mit einem spöttischen Grinsen schließt er seinen letzten Satz ab. Er weiß natürlich genau, dass es keine Rolle spielt, ob ich mag oder nicht, denn meine Unterschrift unter diesem heimtückischen Vertrag verpflichtet mich, ihn zu allen Anlässen zu begleiten.

„Ja, ausgesprochen gern, vielen Dank für das Angebot."

Na warte, ich werde schon dafür sorgen, dass dir das Lachen vergeht.

Verärgert erhebe ich mich vom Sofa.

„Gute Nacht!", bemerke ich eisig und gehe.

Als ich im Bett liege, wälze ich mich von einer Seite auf die andere und denke ununterbrochen über meine aussichtslose Situation nach. Wenn ich bloß wüsste, wie ich diesem Vertrag entrinnen könnte. Der dumpfe Klang von Schritten im Flur wird vom Teppichboden verschluckt. Ach ja, Dannys Schlafzimmer liegt neben meinem. Hoffentlich verwechselt er nicht die Türen. Den Geräuschen nach zu urteilen, hat er sein Schlafgemach betreten. Ich presse mein Ohr an die kalte Wand, um nichts zu verpassen. Aber wenig später ist es mucksmäuschenstill. Falls er tot sein sollte, werde ich es morgen früh erfahren. Ich schließe meine Augen und zwinge mich zum Einschlafen, doch immerzu lausche ich in die Stille hinein und finde keine Ruhe. Erst als die ersten Vögel ihr Morgenlied anstimmen, gleite ich in den Schlaf.

Am nächsten Morgen sitzen wir schweigend zusammen am Frühstückstisch. Während Danny vertieft die Zeitung studiert, starre ich auf den prall gefüllten Brotkorb. Leider habe ich keine Ahnung, wo sich mein Magen wieder aufhält. Ich würde ja gern essen, doch nach dem Schlucken soll die Nahrung nicht ins Leere fallen. Mir ist durchaus klar, dass man einen Tag nicht ohne Frühstück beginnen sollte, aber ich krieg einfach nichts runter, nicht mal einen klitzekleinen Krümel. Unverrichteter Dinge erhebe ich mich und schlendere zum Fenster. Das Wetter ist unübertrefflich – Sonne satt, und das schon seit Tagen. Ich wüsste gewiss einiges mit dem herrlichen Sonnenschein anzufangen, wäre ich bloß nicht zu diesem blödsinnigen Buch verpflichtet.

Danny sieht auf die Uhr.

„Was hältst du von einem kleinen Spaziergang im Park?"

„Glaubst du ernsthaft, wir könnten dort unerkannt bleiben? Das ist eine unvernünftige Idee."

Danny schmunzelt, als er einen Schluck Kaffee aus seiner Tasse schlürft.

„Ich meine ja auch den Park ums Haus herum. Pack dir Block und Stift ein, du solltest dir erste Notizen machen."

Ich denke nicht daran! Das lass mal schön meine Sorge sein. Bin ich der Autor oder du?

Stumm laufen wir durch den bunten Garten. Am Ende des Weges erblicke ich einen Pavillon, auf den Danny geradewegs zusteuert. Gleichgültig folge ich ihm. Dort angekommen bin ich verblüfft über den wunderschönen Anblick herrlicher Blumen. Mehrfarbige Rosenstöcke wachsen um das Gartenhaus herum und stehen in voller Blüte. Wir setzen uns schweigend an einen verzierten metallischen Gartentisch. Der süße Duft der Rosen lässt mich einen flüchtigen Augenblick alles vergessen. Ein warmer Sonnenstrahl trifft mein Gesicht und bezaubert vom eingefangenen Moment schließe ich meine Augen. Ich atme die Sommerluft tief in mich hinein und halte vorübergehend die Luft an. Eine Hand berührt meinen Arm und holt mich aus meinem kurzweiligen Paradies zurück.

„Es freut mich, dass du meine Gesellschaft genießt, aber ohne ein Gespräch wirst du keinen Stoff für dein Buch erhalten."

Empört ziehe ich meinen Arm weg und rücke meine Sitzposition zurecht.

„Deine Gesellschaft ist für mich unter diesen Umständen alles andere als ein Genuss und ein Bild kann ich mir auch ohne viel Gerede über dich machen. Alle wichtigen Informationen kannst du mir ebenso gut aufschreiben oder aufs Band sprechen. Dafür müssen wir nicht jede Sekunde miteinander verbringen", gebe ich kratzbürstig von mir.

„Na schön", Danny beugt sich verstimmt über den Tisch, „ich hatte eigentlich vor, dich die kommenden drei Monate zu schonen. Mir ist nicht entgangen, dass dir öffentliche Auftritte nicht liegen. Unter diesen Umständen allerdings brauche ich ja darauf keine Rücksicht zu nehmen. Mach dich auf einen prall gefüllten Terminkalender gefasst! Alles andere lass ich dir dann wie gewünscht über ein Schreibbüro zukommen."

Verärgert erhebt er sich und stampft davon, während ich mich beleidigt in eine andere Richtung drehe.

Wow, was für eine überzeugende Darbietung! Falls er glaubt, er könnte mich mit seiner Drohung in die Knie zwingen, hat er sich getäuscht. Ich halte schließlich die Feder in der Hand und wenn er sich nicht beträgt, könnte ich unter Umständen über kleinere Randbemerkungen in meinem Buch nachdenken. Der Vertrag regelt nämlich nicht, wie ich meine Sichtweise über ihn formulieren muss. Kleine Vertragslücke, die mir nun zugutekommt. Händereibend lehne ich mich zurück. Er will Krieg, dann bekommt er ihn auch!

Der Sturz ins kalte Wasser

Am Samstagmorgen finde ich einen Zettel auf dem Frühstückstisch:

Heute Abend Cocktailparty. Neunzehn Uhr Abfahrt. Abendgarderobe erbeten.

Wie du wünschst. Da meine Garderobe kein Abendkleid hergibt – denn wann brauch *ich* schon ein Abendkleid? –, werde ich mir eines auf deine Spesen besorgen. Das wird sicherlich ein netter Einkaufsbummel.

Nach dem Frühstück rufe ich mir ein Taxi und steuere die edelsten Geschäfte New Yorks an. Selbstverständlich bitte ich den Taxifahrer, auf mich zu warten, während das Taxameter ununterbrochen läuft. Mal sehen, wie hoch eine Taxirechnung unter diesen Bedingungen werden kann. Die Verkäuferinnen haben alle Hände voll mit mir zu tun, denn ich probiere zügellos ein Kleid nach dem anderen an.

Wie es am Ende eines langen Einkaufsbummels so kommt, fahre ich mit einem Kofferraum voller Tüten in mein Übergangsheim zurück. Schließlich kann ich nicht zu jedem Anlass dasselbe Kleid tragen, das würde auffallen. Also habe ich vorgesorgt und mir die komplette Garderobe für die kommenden Wochen in einem Abwasch verschafft. Das war ein Spaß! Ich muss grinsen, als ich mit meinen Dutzenden von Tüten das Haus betrete. Danny erwartet mich bereits und stemmt seine Arme in die Hüften.

„Wo warst du die ganze Zeit? Du hättest mir eine Nachricht hinterlassen können, dass du vorhast, die halbe Stadt aufzukaufen."

Grienend gehe ich an ihm vorbei.

„Die halbe Stadt" wird dir bald von deinem Konto abgebucht.

In meinem Zimmer sortiere ich den Inhalt der Tüten in meinen Kleiderschrank. Nach diesen drei Monaten werde ich die Klamotten an Mittellose spenden. Was soll ich damit am Nordpol?

Punkt neunzehn Uhr stehe ich abmarschbereit im Foyer und warte auf Danny. Angespannt spiele ich mit dem Stoff meines Kleides. Was erwartet mich auf dieser Feier? Danny wird mich links liegen lassen und ich werde zusehen müssen, wie ich mich in dieser elitären, selbstgefälligen Partyglamourwelt behaupte. Sie werden bald erkennen, dass ein Gespräch mit einem Goldfisch spannender ist als meine Gesellschaft.

Dannys schnelle Schritte verraten, dass wir spät dran sind. Ungerührt nehme ich sein unpünktliches Erscheinen zur Kenntnis und warte auf weitere Anweisungen von ihm. Er bleibt stehen und lässt seinen Blick an mir herunterwandern. Ich scheine mit der Auswahl meines Kleides seinen Geschmack getroffen zu haben. Seine Blicke ziehen mich förmlich aus. Verlegen krame ich in meinem Handtäschchen herum.

Dannys anzügliches Schmunzeln hilft mir nicht unbedingt bei der Bewältigung meiner ohnehin schon erheblichen Nervosität, sondern führt zu einem Anstieg meiner Pulsaktivität. Ein Pulsmessgerät würde unter diesen Umständen heiß laufen.

In seinem schwarzen Nadelstreifenanzug wirkt er befremdend auf mich. Bisher war sein Outfit eher leger. Doch seine ungezwungene und sportliche Weise, sich darin zu präsentieren, wirkt überzeugend.

„Schön, du bist pünktlich. Das ist sehr erfreulich. Dann wollen wir mal!", bemerkt Danny kühl.

Vor der Tür wartet der dunkle Wagen mit dem finsteren Fahrer auf uns. Ich steige vor Danny ins Fahrzeug und rücke so weit nach hinten, wie es geht. Danny setzt sich mir in der imposanten Limousine gegenüber und redet während der Fahrt kein Wort mit mir. Ich kann nicht behaupten, dass mir diese Schweigenummer Probleme bereitet, aber zugegebenermaßen löst sie auch nicht diese strapaziösen Spannungen zwischen uns.

Wir erreichen eine Villa außerhalb der Stadt. Den Luxus, den sie verbreitet, wittert man bereits aus der Ferne. Es gelingt mir nicht, sie zu bewundern, obwohl sie durchaus Stil und Eleganz verkörpert. Von der übertriebenen Größe ganz zu schweigen. Der Hof ist mit unzähligen Autos der bereits eingetroffenen Gäste zugestellt.

Der finstere Fahrer lässt uns direkt am Eingang aussteigen. Ein Hausangestellter kommt uns entgegen und führt uns in den Garten. Mir stockt der Atem. Die gesamte High Society des Landes ist dort versammelt. Menschen erster Güteklasse stehen zusammen und halten Smalltalk. Dutzende Angestellte schwärmen um sie herum, um sie mit allen Annehmlichkeiten zu versorgen.

Ein freundliches älteres Paar eilt zu uns heran. Erst jetzt erfahre ich, dass Mr. und Mrs. Daniels dieses Fest anlässlich ihres vierzigsten Hochzeitstages geben. Sie werden zu den reichsten Unternehmern der Gegend gezählt.

Höflich gratuliere ich den beiden und ärgere mich darüber, dass mir Danny kein Sterbenswörtchen gesagt hat. Vielleicht hätte ich ein kleines Geschenk besorgt – selbstverständlich auf Dannys Rechnung – oder aber mir wäre noch eine passende Ausrede eingefallen, ihn nicht begleiten zu müssen. Hochzeitstage feiert man doch nicht mit unbekannten Personen – und ich bin Mr. und Mrs. Daniels durchaus fremd.

Mütterlich nimmt mich die Dame des Hauses bei der Hand, um mich weiteren Gästen vorzustellen. Ich kann nicht bestreiten, dass sie sympathisch auf mich wirkt. Trotz aller Vorbehalte – ich mag Mrs. Daniels. Allerdings wäre ich ihr dankbar, wenn sie mich einfach in einer dunklen Ecke abstellen würde. Stattdessen wirft sie mich der gesamten Partygesellschaft zum Fraß vor. Ich weiß, sie meint es gut, aber ich fühle mich vorgeführt.

Alle stieren gierig auf mich und drängen mir ein Gespräch auf. Leider ist mein Mund verschnürt wie ein Paket und es gelangen kaum mehr als drei oder vier Worte heraus. Dass sie alle wissen, wer ich bin, verunsichert mich zutiefst. Ein Kellner hält mir ein Tablett voller Getränke entgegen.

„Nehmen Sie sich einen Aperitif, Miss Bergstroem", fordert mich Mrs. Daniels auf.

Kurz überlege ich, ob ich ihrer Aufforderung Folge leisten soll, denn Alkohol habe ich in meinem kontrastarmen Leben erst zweimal getrunken und jedes Mal hatte es eine komische Wirkung auf mich. Ich bin skeptisch, ob ich das erneut riskieren sollte – vor allem in dieser steifen Gesellschaft. Nein, besser, ich lasse die Finger von diesem unheilvollen Gesöff.

„Nun nehmen Sie schon, Miss Bergstroem, nicht so schüchtern."

Mrs. Daniels erhascht wahllos ein Glas vom Tablett und reicht es mir. Beherzt nehme ich es entgegen, sehe mich aber im selben Moment nach einem passenden Blumenkübel für eine unsachgemäße Entsorgung der Spirituose um. Sie drückt mich voran zu den nächsten Gästen, denen sie mich unbedingt vorstellen möchte. Ich sehe mich nach Danny um, kann ihn jedoch unter den zahllosen Menschen nicht ausmachen. Wie erwartet schert er sich einen Kehricht um mich.

Mrs. Daniels bleibt plötzlich stehen und winkt aufgeregt in die Menge hinein.

„Ach, da ist ja mein Sohn!"

Ein gut aussehender Mann in legerer Kleidung wird von Mrs. Daniels liebevoll begrüßt.

„Miss Bergstroem, darf ich Ihnen meinen Sohn Richard vorstellen. Er ist unser einziger Junge und mein ganzer Stolz."

Ach herrje, sie muss verpasst haben, dass ihr Junge inzwischen zu einem erwachsenen Mann herangereift ist. Mr. Daniels junior strahlt mich mit einem charmanten Lächeln an und reicht mir zur Begrüßung die Hand.

„Miss Bergstroem, freut mich außerordentlich, Ihre Bekanntschaft zu machen. Ich habe einiges über Sie gehört."

Ich lächle beunruhigt und schaue in seine leuchtenden Augen.

„Was haben Sie über mich gehört?", frage ich zaghaft.

Richard Daniels lacht amüsiert.

„Keine Angst, Miss Bergstroem, meine Kenntnisse über Sie beschränken sich auf den Inhalt Ihrer Bücher. Den vielen Meldungen in den Medien über Ihr Privatleben schenke ich wenig Beachtung. Nicht mal ein Drittel entspricht der Wahrheit."

Ja, genau!

Mrs. Daniels rüttelt mich am Arm.

„Entschuldigt mich bitte einen Augenblick, ich glaube, ich muss ein paar neue Gäste begrüßen."

Sofort verspüre ich ein Vakuum in meinem Bauch. Mein Magen zieht sich zusammen bis auf die Größe einer Erbse. Mir wird klar, dass ich nun gezwungen bin, mich mit ihrem Sohn zu unterhalten. Ich grüble angestrengt und suche nach einem Gesprächsthema. Doch sobald ich mich in einer derartigen Zwangslage befinde, ist in meinem Kopf uneingeschränkte Leere. Keine Chance, auch nur ein einziges Wort aus meinem Speicher abzurufen. Ratlos nehme ich einen Schluck aus meinem Glas, dessen Inhalt mir bis eben noch Kopfzerbrechen bereitete.

„Sagen Sie, haben Sie sich inzwischen ein Projekt für ein neues Buch überlegt?", erkundigt sich Richard Daniels interessiert.

Ich verschlucke mich am Getränk und muss mich einem Hustenreiz hingeben. Was soll ich darauf erwidern? Nein wäre gelogen und Ja auch. Schließlich habe ich mir dieses Projekt nicht überlegt. Das wäre mir niemals in den Sinn gekommen. Mr. Daniels klopft mir ein paar Mal auf den Rücken.

„Geht es Ihnen besser?", fragt er fürsorglich.

„Oh ja, vielen Dank. Wissen Sie, ich trinke sonst keinen Alkohol."

Er nickt verständnisvoll.

„Dann sollten wir Ihnen besser ein anderes Getränk besorgen."

Er hält mir galant seinen Arm hin. Zögernd hake ich mich bei ihm unter und lasse mich von ihm zu einer ruhigeren Stelle des Gartens führen. Einen Angestellten, den er zu uns heranwinkt, bittet er um ein Glas Mineralwasser, danach setzt er seinen Weg mit mir zu einem idyllischen Teich fort. Ich genieße für einen Augenblick die Verschnaufpause von der Menschenkulisse, doch die Tatsache, die Ruhe mit einem mir fremden Mann erleben zu müssen, bereitet mir Unbehagen.

„Ich finde, dass Sie eine ausgesprochen interessante Frau sind, Miss Bergstroem."

So? Ob er mich verwechselt?

„Wie kommen Sie eigentlich zu Ihrem ungewöhnlichen Nachnamen?"

„Es ist der Name meiner Mutter. Sie ist Schwedin. Und da mein Vater keinen amtlichen Nachnamen besaß, wählten sie eben den Namen meiner Mutter als Familiennamen."

Mr. Daniels lächelt verwundert.

„Weshalb fehlte Ihrem Vater der Nachname? Das verstehe ich nicht."

„Viele Inuit benannten sich in der Vergangenheit lediglich nach Gegenständen oder Landschaften. Einen Nachnamen hatten sie halt nicht. Mein Vater stammt aus einem sehr abgeschiedenen Ort an der Ostküste. Bis dorthin waren zu jener Zeit die westlichen Gebräuche noch nicht durchgedrungen. Mittlerweile ist das aber anders."

„Interessant! Ich würde gern mehr über Sie erfahren."

„Das musst du leider auf ein anderes Mal verschieben, Richard!", höre ich Danny aus dem Hintergrund dazwischengehen.

Verblüfft schaue ich mich um und sehe in sein wutverzerrtes Gesicht.

„Miss Bergstroem ist nämlich meine Begleitung heute Abend. Tut mir leid, sie dir wieder entreißen zu müssen, aber es gibt da etwas, das ich mit ihr zu klären habe."

Unsanft packt mich Danny am Arm und zieht mich davon, ohne dass mir eine Gelegenheit bleibt, mich von Mr. Daniels zu verabschieden. Er verschleppt mich in einen weiteren ruhigen Winkel des Gartens, abseits des Trubels. Mich meinem Schicksal unwillig fügend, fahre ich ihn an.

„Was erlaubst du dir mit diesem Auftritt?"

„Muss ich dich an deine Pflichten erinnern? Du hast die Aufgabe, in meiner Nähe zu bleiben, um mich besser kennenzulernen. Kannst du mir mal verraten, wie dir das gelingen soll, wenn du lieber mit irgendwelchen Kerlen herumschäkerst?"

Empört entreiße ich ihm meinen Arm, den er bis eben festhielt, um mich an einer möglichen Flucht zu hindern.

„Ich schäkere nicht herum. Mr. Daniels und ich haben uns lediglich unterhalten."

„Eine Unterhaltung – na klar! Darum fand sie auch abseits der Veranstaltung statt. Glaubst du etwa, dass Richard Daniels nur ein harmloses Gespräch mit dir führen wollte? Wie naiv bist du eigentlich?"

Seine Meinung über mich scheint wahrhaft geringschätzig zu sein. Wieso regt er sich so auf? Es ist immer noch meine Entscheidung, mit wem ich rede. Immerhin hat sich Richard Daniels geradezu reizend um mich gekümmert. Was man von Danny nicht behaupten kann.

„Du warst ja verschwunden und hast dich nicht um mich geschert. Ich kann doch nichts dafür, wenn mich Mrs. Daniels ihrem Sohn vorstellt."

Dannys Mienenspiel gleicht dem eines Gladiators in der Arena. Anscheinend bereitet es ihm große Schwierigkeiten, seine Beherrschung nicht zu verlieren.

„Damit das für die Zukunft klar ist: Du bleibst bei allen Anlässen an meiner Seite! Und *nur* an meiner Seite! Falls du erneut auf Abwege geraten solltest, werte ich das als Vertragsbruch. Habe ich mich klar und deutlich ausgedrückt?"

Dieser Vertrag legt mir offenkundig Handschellen an, oder ist es Danny, der mich gnadenlos in Ketten legen will?

„Bin ich etwa deine Gefangene? Ich werde mich wohl noch mit anderen Menschen unterhalten dürfen?"

„Ich wusste nicht, dass dir etwas daran liegt, dich mit fremden Personen zu unterhalten. Bisher hatte ich eher den Eindruck, dir wäre Konversation unangenehm."

Ja, da hat er ausnahmsweise mal Recht. Trotzdem ist es allein meine Sache, mit wem ich rede.

Bevor ich etwas auf seine letzte Bemerkung erwidern kann, kommt Mrs. Daniels zu uns heran.

„Meine Lieben, warum verstecken Sie sich an diesem einsamen Ort? Kommen Sie, das Buffet ist eröffnet."

Danny legt mir seine Hand auf den Rücken und drückt mich leicht voran.

„Komm, wir wollen doch Mrs. Daniels nicht enttäuschen."

Den Rest des Abends verbringe ich schweigend an Dannys Seite. Ich beobachte ihn und stelle anerkennend fest, dass er ein guter Gesprächsführer ist. Er weiß zu unterhalten, sich geschickt in Szene zu bringen oder aber dezent zurückzunehmen. Seine Wortwahl ist überlegt und seine Feinfühligkeit macht ihn ebenso zu einem guten Zuhörer. Sicher könnte ich in dieser Hinsicht eine Menge von ihm lernen. Aber die Mühe wäre vergebens, denn die Schweigsamkeit wurde mir in die Wiege gelegt. Mein Vater redet ebenso wenig wie ich. Keine Ahnung, was meine Mutter an ihm findet. Sie selbst wurde von der Natur mit einem allzu lebhaften Mundwerk ausgestattet, das lediglich im Schlaf stillsteht. Den lieben langen Tag redet sie wie aufgezogen auf meinen Vater ein. Trotzdem genießt er ihre Gegenwart. Das muss wahre Liebe sein.

Kurz nach Mitternacht läutet Danny zum Aufbruch. Ich bin heilfroh, denn es fällt mir zunehmend schwerer, das Gähnen zu unterdrücken.

Danny gingen wohl die Ideen aus, wie er mich vor Richards aufmerksamen Blicken abschirmen sollte. Sobald er sein Augenmerk auf mich richtete, stellte sich Danny in sein Gesichtsfeld, um ihm die Sicht auf mich zu versperren. Höchst undurchsichtige Verhaltensweise! Ich glaube nicht, dass in unserem Vertrag geschrieben steht, wie oft andere Männer nach mir schauen dürfen. Auch kann er dies kaum verhindern. Weshalb sollte er das auch wollen?

„Miss Bergstroem, es war mir eine außerordentliche Freude, Sie kennenzulernen", beteuert Mrs. Daniels zum Abschied. „Ich hoffe, wir werden uns von nun an öfter begegnen."

„Darüber würde ich mich sehr freuen", entgegne ich ihr ehrlich.

Mrs. Daniels' Herzlichkeit scheint zweifellos echt zu sein, daher mochte ich sie gleich zu Beginn.

Auf der Rückfahrt lasse ich mich müde in den Sitz sinken. Danny sieht schweigend von der gegenüberliegenden Sitzbank herüber.

„Ich hoffe, dich den Rest des Abends nicht enttäuscht zu haben", bemerke ich bissig.

Seine verhaltene Reaktion auf meine zynische Anspielung wundert mich. Allein sein knappes Blinzeln lässt mich erkennen, dass er meine Worte wahrgenommen hat. Doch die erwartete Gegenreaktion bleibt aus. Seine Stirngrübchen graben sich nachdenklich in die Haut, während er mich pausenlos ansieht. Gern würde ich mich mal unter sein Gehirnzellenvolk mischen und inkognito ermitteln. Trotz meiner Neugierde dränge ich Danny zu keinem Gespräch, sondern verfalle in meine gewohnte Schweigsamkeit.

Endlich erreichen wir das Haus. Danny und ich klettern aus dem Fahrzeug und gehen stumm hinein. Ich will mich müde auf mein Zimmer stehlen, als mich Danny überraschend zurückbittet.

„Ich möchte dich etwas fragen", sagt er mit hilfloser Gestik.

Er sieht aus wie ein verletztes Kind und nicht wie ein kampflustiger Kontrahent, daher schlucke ich meinen Groll über ihn herunter und sehe ihn abwartend an.

„Hast du vor, Richard Daniels wiederzusehen?"

Diese unerwartete Frage lässt mich erbleichen. Hat er darüber im Wagen nachgedacht? Es hat ihn also beschäftigt, ob ich Gefallen an einem Mann gefunden haben könnte? Verstehe. Er bringt einen glatt auf Ideen. Bis eben hatte ich nicht eine Sekunde an diese Möglichkeit gedacht.

„Weshalb ist das wichtig für dich?"

Ungeduldig tänzelt er auf der Stelle umher. Seine Gesichtsmuskeln beginnen zu zucken.

„Würdest du mir bitte einfach auf meine Frage antworten!"

Diese Ausfragerei beginnt lästig zu werden. Das ist immerhin meine Sache und geht ihn nicht das Geringste an. Ich bin hier, um über ihn zu schreiben und nicht, um über mich zu reden.

„Das wird mir zu doof. Ich geh ins Bett", antworte ich überfordert und setze meinen Weg nach oben fort.

Auf meinem Zimmer angekommen, schäle ich mich aus meinem Kleid. Die schwüle Luft an diesem Abend veranlasst mich zu einer kühlen Dusche. Sie sollte helfen, meine chaotischen Gefühle zu ordnen. Seine Frage wühlt mich auf, denn sie gibt mehr preis, als ihm bewusst sein wird. Dennoch würde ich mich unter den gegebenen Umständen nicht auf Danny einlassen. Zu sehr fühle ich mich von ihm durch diesen hinterlistigen Vertrag betrogen.

Nach der Dusche wickle ich mich in ein Handtuch und trete aus dem Bad in mein Zimmer. Erschrocken fahre ich zusammen, als Danny unerwartet im Raum steht. Wortlos kommt er auf mich zu. Ich möchte ihm ausweichen und gehe einige Schritte zurück, doch die Wand hält mich auf.

„Was willst du hier?", frage ich verwirrt.

Sein Arm stützt sich gegen die Wand und der glühende Blick seiner dunklen Augen lässt eine aufflammende Leidenschaft erkennen. Unbeherrscht zieht er mich an sich und drückt seine Lippen auf meine. Ich ergebe mich ihm sowie seinem überraschenden Überfall und erwidere zögerlich seinen Kuss. Seine Arme umfassen mich fester und klemmen mir die Luft ab.

Wären die Umstände nicht diese, die sie sind, würde ich mich zweifellos allem hingeben. Aber die Sachlage ist nun mal die, dass Danny mir mit diesem Vertrag Fesseln angelegt hat und ich mich in seinem Haus praktisch gegen meinen Willen aufhalte. Keinesfalls lasse ich zu, dass mir mein Stolz auch noch genommen wird.

Mit aller Macht stemme ich mich gegen Danny und drücke ihn von mir weg. Irritiert sieht er mich an.

„Es ist also doch Richard Daniels!"

Was? Wie kommt er denn jetzt darauf?

Zu Eis erstarrt, lässt er von mir ab. In seinen Augen spiegelt sich Verbitterung wider, die mir Gänsehaut bereitet. Die drohende Stille zwischen uns lässt mich die Luft anhalten. Danny mustert mich unsicher. Er scheint nach einer Antwort zu suchen und lässt seinen Blick ruhelos durch mein Gesicht wandern. Als ich wieder zu mir finde, verlässt er das Zimmer.

Verstört fahre ich mir mit den Händen durchs Haar und lasse mich die Wand herunterrutschen, bis der Boden mich auffängt. Die Minuten vergehen und ich sitze zerstreut da. Wie kann er es wagen, so willkürlich mit mir umzugehen? Er hat mir nicht mal die Möglichkeit gegeben, es ihm zu erklären. Weshalb verurteilt er mich immerzu vorschnell? Nie erhalte ich die Chance, mich zu rechtfertigen.

Wenn er mit all seinen Mitmenschen auf diese Weise verfährt, wäre es erstaunlich, würde er auch nur einen einzigen von ihnen genau kennen.

Ich sollte morgen mit ihm reden. Seine Vermutung, Richard Daniels könnte der Grund meiner Zurückweisung sein, ist schlicht absurd. Mit meinen festen Vorsätzen gehe ich zu Bett.

Trügerische Ruhe

Ich kann es kaum glauben, als ich am nächsten frühen Morgen aus dem Fenster meines Zimmers sehe. Danny verlässt mit wütendem Schritt das Haus, geht auf eines der geparkten Autos zu und steigt ein. Der Motor heult auf und mit quietschenden Reifen rast er vom Hof.

Die Suche nach einem Zettel oder einer kleinen Nachricht im Haus bleibt vergeblich. Warum sollte für ihn auch gelten, was er mir aufdiktiert hat? Dann brauche ich zukünftig wohl auch keine Meldungen mehr zu machen, weshalb ich das Haus verlasse.

Ich trotte zum Telefon und verabrede mich mit Lucy für diesen Sonntagnachmittag vor einem angesagten Café in der City.

„Hey, Malina, endlich! Erzähl, wie geht's dir? Verträgst du dich mit ihm?", erkundigt sich meine Freundin, als sie mich zur Begrüßung umarmt.

Ach, Lucy, wie schön, ein vertrautes Gesicht zu sehen. Du ahnst ja nicht, wie sehr du mir fehlst und mein altes Leben. Wenn die Zeit mit Danny nur schon vorbei wäre. Ich sehne mich nach meinen Eltern und ich wüsste gern, was mein Bruder gerade so treibt. Ich fühle mich isoliert von der Außenwelt.

Wir betreten das Café und setzen uns an einen ruhigen Tisch am Fenster.

„Muss ich mir Sorgen machen um dich? Du wirkst so anders."

„Nein, nein, keine Angst, alles in Ordnung. Ich vermisse dich bloß – dich und mein altes Leben. Ich sehne den Tag herbei, an dem ich wieder frei bin."

„Ihr kommt also nicht miteinander klar? Erzähl schon, wie läuft's?"

Auf einmal sprudelt alles aus mir heraus. Ohne Atempause erzähle ich jedes Detail der Geschehnisse. Selbst als der bestellte Milchkaffee serviert wird, texte ich sie weiter zu. Lucy rührt in ihrer Tasse und lauscht aufmerksam. All mein angestauter Kummer strömt wie ein Wasserfall aus meinem Mund.

„Stell dir vor, dann hat er sich heute ohne ein Wort aus dem Staub gemacht. Keine Ahnung, wie es nun weitergehen soll."

So, das war mein letzter Satz. Etwa eine Stunde feinstes Gesprächsmaterial, ohne mir zuvor Notizen gemacht zu haben – frei erzählt. Das fällt mir erst jetzt auf.

Lucy schüttelt befreiend ihren Kopf und reibt sich mit beiden Zeigefingern die Ohren. Das könnte ein Indiz für eine Überlastung ihrer Sinne sein. Sorry, was ist denn mit mir los?

„Malina, ich erkenne dich nicht wieder. Du redest ja ohne Punkt und Komma. Dannys Gegenwart scheint einen guten Einfluss auf dich zu haben."

Wie bitte, hat sie mir nicht zugehört? Das Zusammenleben mit ihm ist ein Inferno! In meiner derzeitigen Situation erwarte ich mehr Mitgefühl von ihr, jedenfalls wenn sie von sich behaupten will, eine gute Freundin zu sein. Alles hätte ich gern gehört, nur nicht, dass er einen Einfluss auf mich hat – schon gar nicht einen guten.

„Du solltest nicht aufgeben, Malina, vielleicht ist er es sogar wert."

Was wert? Okay, er hat jede Menge Geld, also ist er genau genommen auch viel wert, aber so meinte sie das sicher nicht, oder?

„Ich verstehe dich nicht", bemerke ich.

„Schreib dein Buch über ihn, du kannst das. Er ist bestimmt kein schlechter Mensch. Lern ihn erst einmal näher kennen. Versuch es wenigstens!"

Klar, das wäre das Vernünftigste. Mir bleibt auch kaum was anderes übrig – der Vertrag!

„Du hast Recht", ergebe ich mich.

Sie hat ständig Recht. Ich hasse das!

Als wir uns verabschieden, ist es bereits zwanzig Uhr. Mir war gar nicht aufgefallen, wie schnell die Zeit vergangen ist. Trotzdem fehlt mir die Lust, schon zurückzufahren. Darum entscheide ich mich zu einem Spaziergang an diesem herrlich lauen Sommerabend, um in aller Ruhe über den gestrigen Abend nachzudenken. Wenn er bloß nicht ohne ein Wort davongelaufen wäre. Ich hätte ihm meine Gefühle erklären kön-nen – glaube ich. Was gibt's da zu erklären? Ge-fühle hat man oder man hat sie nicht. Hab ich sie? Wenn sich dieser Vertrag nicht so sehr in meine Gehirnwindungen eingebrannt hätte, wüsste ich eine Antwort auf diese Frage.

Ein Taxi setzt mich gegen zweiundzwanzig Uhr vor Dannys Haus ab. Die Tür knarrt wie die Scharniere einer alten Truhe, als ich sie öffne. Vom Foyer aus kann ich Danny im Wohnzimmer ausmachen und gehe entschlossen zu ihm. Der Rauch seiner Zigarre schwebt wie ein weißer Schleier durch das Zimmer. Seine Augen ruhen auf dem brennenden Kamin und obwohl er mich längst bemerkt hat, würdigt er mich keines Blickes.

„Ich würde gern mit dir über etwas reden", beginne ich mutig den ersten Satz.

Stumm nimmt er einen Zug von der Zigarre und stößt den Dampf in meine Richtung aus, wobei er mir endlich seine Aufmerksamkeit schenkt und mich ansieht. Ich wedle mit der Hand vor meinem Gesicht herum, um mich von der übermächtigen Nikotinwolke zu erlösen. Leider mit mäßigem Erfolg. Fast wünschte ich mir, dass er seinen Blick wieder abwenden würde, denn es ist mir unangenehm, von ihm gemustert zu werden. Was wollte ich ihm gerade sagen?

Um der Situation mehr Entspannung zu verleihen, setze ich mich zu ihm aufs Sofa – allerdings an das andere Ende. Zu meiner eigenen Sicherheit befinden sich eine Wolldecke und Kissen zwischen uns. Ob ich noch den Kaminvorleger dazupacken sollte?

„Es wäre schön, würden wir für die kommende Zeit Frieden schließen. Und ... unserem Buch (habe ich gerade *unserem Buch* gesagt?) käme es bestimmt zugute, wenn wir uns auch mal zusammensetzen, um ein wenig über dich zu sprechen."

Wollte ich darüber heute Abend mit ihm reden? Ging es mir nicht um etwas anderes? Ich kann mich dunkel daran erinnern, den gestrigen Vorfall zur Sprache bringen zu wollen. Wenn's drauf ankommt, bin ich blockiert wie ein verstopftes Abflussrohr.

„Verstehe", antwortet Danny flüchtig.

Unsicher kaue ich an meinen Nägeln herum. Im Grunde bin ich keine „Nägelkauerin", aber in diesem Augenblick schon. Es gibt mir mehr Sicherheit. Würde ich rauchen, hätte ich keine Veranlassung für diese überbrückende Maßnahme.

Könnte er nicht deutlicher werden? *Verstehe* klingt zwar recht vielversprechend, aber hilft mir auch nicht weiter. Verunsichert beginne ich noch mal anders.

„Du hattest Recht, wenn aus diesem Projekt etwas werden soll, müssen wir zusammenarbeiten. Es nützt mir wahrhaftig nicht viel, wenn ich sämtliche Informationen über dich nur schriftlich erhalte. Ich muss dir auch Fragen stellen können, um ein besseres Bild über dich zu gewinnen."

Nachdenklich sieht mich Danny an und für eine Weile vergisst er sogar, an seiner Zigarre zu ziehen.

„Woher kommt dein Sinneswandel?", fragt er skeptisch.

Hm, so genau weiß ich das auch nicht. Gewiss ist Lucy schuld daran. Oder aber ich bin, ohne es zu wissen, einem geheimen Gehirnwäsche-Experiment der CIA ausgesetzt gewesen, bei dem wahllos Testpersonen von der Straße entführt wurden. Ja, das muss während meines Spaziergangs passiert sein.

„Ohne Zusammenarbeit geht es nun mal nicht, das sehe ich jetzt ein. Wie wäre es, wenn wir uns gleich morgen zusammensetzen würden?", schlage ich beherzt vor.

Dannys Kopfschütteln beunruhigt mich. Habe ich erneut nach dem falschen Ansatz gegriffen?

„Morgen geht es nicht", wehrt er ruppig ab.

„Gut, dann übermorgen?"

„Ja, vielleicht."

Ich wüsste zu gern, was „ja, vielleicht" nun zu bedeuten hat. Möglicherweise kommt es nicht darauf an, was ich sage, da Danny schlichtweg keine Unterhaltung mit mir wünscht. Ich störe unverkennbar. Dann spricht wohl nichts dagegen, wenn ich jetzt auf mein Zimmer gehe.

„Ja, vielleicht" schreibe ich auch gar nichts über Danny, außer, dass er der egozentrischste Mensch aller Zeiten ist. Dafür brauche ich lediglich eine einzige Seite meines Buches, denn die würde absolut ausreichen, um diesen Menschen zu beschreiben. Das wird ein Bestseller. Jeder wird es haben wollen, weil es schnell und mühelos zu lesen geht. Man liest es buchstäblich zwischendurch. Ein Quicky! Bestimmt gelingt es mir, alles in einem einzigen Satz zu formulieren.

„Du kannst mir ja Bescheid geben, sobald dein Terminkalender es zulässt", erwidere ich spöttisch und erhebe mich von der Couch.

„Ja, klar. Wenn ..."

Verwundert blicke ich ihn an.

„Solltest du kein Interesse mehr an dem Buch haben, kannst du es ruhig gleich sagen. Wir würden uns einige gemeinsam verschwendete Zeit ersparen", gebe ich gereizt von mir.

„Wenn du das so siehst."

Himmelherrgott, dieses einsilbige Verhalten ist ja regelrechte Folter! Könnte er nicht endlich sagen, was er denkt und wie er sich das künftige Miteinander vorstellt?

„Wie geht's nun weiter?", frage ich irritiert.

„Sag du's mir."

Ich, wieso ich? Warum kann er nicht auch mal den Mund aufmachen.

„Was willst du von mir hören?"

Danny lächelt bitter und beugt sich zum Tisch vor, um den abgebrannten Teil seiner Zigarre in den Aschenbecher abzuklopfen.

„Das weißt du ganz genau", antwortet er erbost. „Tu nicht so, als wäre dir der gestrige Abend aus dem Gedächtnis gelöscht worden!"

Doch, du wirst es nicht glauben, aber das ist mir heute beim Spaziergang tatsächlich passiert. Man hat mich gegen meinen Willen meiner Erinnerungen beraubt – einfach so. Darum hatte ich vorhin spontan vergessen, was ich dir eigentlich sagen wollte. Aber jetzt, wo du es so ansprichst, fällt es mir wieder ein.

„Hör zu", beginnt Danny, nachdem ich weiterhin nichts auf den gestrigen Vorfall zu sagen weiß, „am besten wir vergessen alles, was gestern gewesen ist, und konzentrieren uns auf das Buch."

Also, ich hätte es nicht besser ausdrücken können. Das wäre mir sehr recht. Bevor das Buch nicht fertig ist, weiß ich ohnehin nicht, was ich will. Ich muss erst einen freien Kopf bekommen. Und wie soll das gehen, wenn meine Freiheit sich auf ein Minimum beschränkt?

Mit einem kurzen Nicken stimme ich Dannys Vorschlag zu. Freudlos nimmt er meine stumme Antwort zur Kenntnis.

An den folgenden zwei Tagen bekomme ich Danny ungeachtet unserer Übereinkunft nicht zu Gesicht. Es wurmt mich, dass er mir nicht erzählt, wo er sich rumtreibt. Ich will nicht, dass mich das beschäftigt, und suche nach Wegen, mich abzulenken. Mit einer einstudierten Meditationsübung versuche ich, mich von meinen unerwünschten Gedanken zu befreien, und setze mich im Schneidersitz auf mein Bett. Ich schließe die Augen und lege meine Hände mit dem Handrücken auf die Knie. Dabei konzentriere ich meine Gedanken auf eine einsam im Meer treibende Eisscholle. Langsam beginne ich zu entspannen und schwebe über der weißen Eisplatte. Die Wellen wiegen mich auf dem Wasser und alles scheint in absoluter Harmonie. Doch was ist das? Erschüttert reiße ich meine

Augen auf. Was hat Danny auf meiner Eisscholle zu suchen? Kann ich denn nirgends meine Ruhe finden? Immerzu kreisen meine verwünschten Gedanken um ihn herum. Das ist äußerst hinderlich.

Auf einmal höre ich es an der Eingangstür schließen. Mit einem schnellen Blick auf meine Armbanduhr kontrolliere ich die Uhrzeit. Schon nach elf. Wo war er nur? Ich hüpfe vom Bett und eile die Treppe hinunter. Danny wirft gerade seine Jacke über einen Stuhl und schenkt sich im Wohnzimmer ein Glas Cognac ein. Langsam schleiche ich mich an ihn heran.

„Wo warst du so lange?", frage ich unüberlegt.

Überrascht dreht er sich um.

„Ich glaube nicht, dass ich dir Rechenschaft ablegen muss."

„Nein, das ist natürlich nicht nötig", erwidere ich kleinmütig. „Ich dachte nur, wir würden in nächster Zeit mit unserer Arbeit beginnen."

Mit gesenktem Blick setze ich mich auf einen Sessel und zensiere beiläufig die geschmacklose Farbe der Auslegware. Auf einer Skala von eins bis sechs erhielte sie von mir eine glatte Vier mit einem dicken Minuszeichen.

„Das machen wir auch, Malina. Gleich morgen Abend erhältst du erneut die Möglichkeit, mich zu einer zwanglosen Festlichkeit zu begleiten. Ein bisschen Presse und das Fernsehen werden dabei sein, aber das macht dir ja inzwischen nichts mehr aus."

Mit einem Schluck leert er das Glas und stellt es zurück aufs Tablett.

„Es wäre schön, wenn du dich gegen sechs Uhr abends im Foyer einfinden könntest. Gute Nacht!"

Gleichgültig geht er an mir vorbei.

Das hat gesessen! Von Rücksicht keine Spur mehr. Jetzt hämmert er mit aller Macht auf mich ein. Niedergeschmettert lasse ich mich im Sessel zurückfallen. Und ich blöde Kuh biete ihm auch noch an, Frieden zu schließen, um im Einvernehmen dieses Buch fertigzustellen. Du kriegst mich nicht klein! Ich werde es dir schon zeigen! Glaub ja nicht, das bisschen Presse morgen könnte mir Angst machen!

Alkohol ist auch keine Lösung

Pünktlich, wie ich es von mir gewohnt bin, stehe ich im allerfeinsten Zwirn, den ich während meines kostspieligen Stadtbummels erworben hatte, im Flur und warte. Danny lässt mich gewiss vorsätzlich warten, aber ich werde mir meinen Groll nicht anmerken lassen. Viel mehr bin ich unzufrieden über diese nicht enden wollende Anspannung zwischen uns. Ich kann nicht leugnen, dass mir die Kontroversen mit ihm zu schaffen machen. Trübsinnig lehne ich mich gegen die Wand und inspiziere den Kronleuchter an der Decke. Ich wünschte, wir könnten noch einmal ganz von vorne beginnen.

Als Danny schließlich dazustößt, bin ich vertieft in meine Gedanken. Ich zucke zusammen, als er mich anspricht.

„Na fein, du bist bereits hier. Dann kann es ja losgehen."

In der Tat, zufällig warte ich geschlagene dreißig Minuten auf dich. Doch das soll dich nicht weiter stören. Das gehört wahrscheinlich zu deiner neuen Schikaniertaktik. Ich werde sie mit Fassung ertragen.

Selbstbewusst steige ich in die Limousine ein. Danny folgt mir kurz darauf und fordert den finsteren Fahrer auf loszufahren. Während der Fahrt telefoniert Danny ununterbrochen. Ich höre nicht hin und schaue abwesend aus dem Fenster. Ein Gespräch lässt mich aber meine Ohren spitzen. Es wirkt nicht so formell wie die anderen – persönlicher. Seine Stimme wird auffallend leiser, fast taucht er während des Telefonats in die Sitze ein und beugt sich tiefer nach unten. Die Fahrtgeräusche und sein leises Geflüster verhindern, dass ich den Inhalt des Gesprächs verstehe. Es erreichen mich lediglich Wortfetzen, aus denen ich mir keinen Reim machen kann. Ich spüre eine aufkeimende Eifersucht. Mein Bauch schmerzt, als hätte ich spitze Steine verschluckt.

Sollte sich ein Mann am anderen Ende der Leitung befinden, wäre Danny aller Wahrscheinlichkeit nach schwul. Da aber nach grober Einschätzung einiges gegen eine Homosexualität spricht, muss er mit einer Frau sprechen. Nie und nimmer würde so ein Telefonat zwischen zwei Männern ablaufen. Mir kommt meine Zurückweisung in Erinnerung, mit der ich Dannys Versuch verhindert habe, mir näher zu kommen. Warum habe ich es nicht zulassen können? Das ist mir jetzt nicht mehr klar.

Kurz bevor wir unser Ziel erreichen, beendet Danny das Telefonat. Ich sehe ihn abwägend an und probiere, in seinen Gesichtszügen herauszulesen, was in ihm vorgeht.

„Was siehst du mich so an?", erkundigt er sich verwundert.

Wahrscheinlich hätte ich meine Ermittlungen unauffälliger vornehmen sollen. Es ist nicht meine Absicht, dass er sich bespitzelt fühlt.

Blinzelnd wende ich meinen Blick aus dem Fenster und erschrecke bei dem Anblick der Menschenmassen, die vor dem Eingang des Festhauses versammelt sind.

„Du wolltest sicher immer mal eine Galaveranstaltung besuchen", gibt Danny spöttelnd von sich.

Natürlich wollte ich das. Eine Galaveranstaltung?! Großer Gott, alles, was Rang und Namen hat, wird dort versammelt sein! Abgesehen von den vielen Journalisten und Mitarbeitern sämtlicher Klatschzeitungen. Ich bin verloren! Wie komme ich hier bloß wieder weg? Der Wagen hält und unsere Tür wird von außen geöffnet. Jetzt hilft nur eines: dreimal tief durchatmen und mir vorstellen, ich wäre auf einer schneeweißen Eisscholle, umgeben von putzigen kleinen Robben. Alles nur Robben – nichts weiter. Die tun mir nichts, sind völlig harmlos.

Danny lässt mir den Vortritt. Klar, ich bin ja auch die Dame. Kann ich nicht ausnahmsweise heute der Herr sein? Bloß dieses eine Mal, bitte! Ungehalten fordert mich Danny ein zweites Mal auf, aus dem Wagen zu steigen. Also gut, ich schaffe das … ich schaffe das! Mein rechtes Bein verlässt das Fahrzeug. Blitzlichtgewitter von allen Seiten. Hey, das war doch nur mein Bein! Ihr Hohlköpfe habt mein Bein fotografiert! Es gelingt mir erstaunlicherweise, aus dem Auto zu steigen. Sofort werde ich von Fotografen umringt. Muss ich mich nun in Pose stellen? Welcher Teil meines

Körpers ist eigentlich meine Schokoladenseite? Hab ich so was überhaupt? Danny folgt mir und ergreift meinen Arm. Unbemerkt von den Kameras, drückt er mich voran. Kreischende Menschenhorden hinter den Abzäunungen. Lauter entlaufene Irre. Nein, nichts weiter als niedliche Robben. Sieh nicht so genau hin, geh einfach weiter!

Kaum haben wir den Festsaal erreicht, wird uns ein Tablett mit Champagner zugereicht. Schnell greife ich nach einem Glas, ich brauche dringend etwas, woran ich mich festhalten kann. Verkrampft umklammere ich es und sehe mich um.

In der Ferne beobachte ich, wie einige aufreizend gekleidete Damen heiter für einen Kameramann posieren. Sie kichern belustigt. Man merkt ihnen ihre Unbeschwertheit an. So könnte ich niemals sein. Mich freiwillig vor eine Kamera zu stellen, würde mir nicht einfallen.

Wir gehen auf eine Menschentraube zu, deren vereinzelte Trauben uns wild zuwinken. Müsste ich sie kennen? Nein, aber Danny. Welch helle Wiedersehensfreude! Überschwänglich begrüßen die Damen meinen Begleiter.

„Daaannyyy, schön, dich hier zu sehen. Wie geht es dir? Oh, du hast ja deine neue Freundin mitgebracht."

Häh?

Man schenkt mir keine weitere Beachtung. Danny wird von ihnen voll in Beschlag genommen. Falls ich jetzt überflüssig sein sollte, würde ich es gerne wissen. Es macht mir wirklich nichts aus zu gehen.

„Wir hoffen, du sitzt an unserem Tiiisch. Es wäre eine Schande, dich nicht in unserer Näähe zu haaben."

Was sind das für blasierte Mädels? Falls Danny diese Sorte Mensch zu seinen besten Freunden zählen sollte, wundert mich sein verdrehtes Meinungsbild über Frauen nicht. Ihr aufgesetztes Lachen quält meine empfindlichen Ohren. Wo lernt man so was? Sie haken sich bei ihm unter, eine links, die andere rechts, und führen ihn zu den Tischen.

Also, jetzt wüsste ich wahrhaftig gern, welche Rolle mir von nun an zuteilwird. Falls dieses lächerliche Schauspiel irgendein Kameramann auf der Linse hat, mache ich mich garantiert zum Gespött der Leute, wenn ich diesem Dreiergespann treudoof hinterherwatschle. Ratlos über mein weiteres Vorgehen sehe ich mich um. Während meines Rundumblickes fallen mir keine Kameras auf, die zufällig gerade unerwünschte Filmaufnahmen von mir machen könnten, daher folge ich Danny und seinem frisch erstandenen Harem unauffällig. Als er mit seiner Weibercrew einen der eingedeckten runden Tische erreicht hat, dreht er sich tatsächlich kontrollierend nach mir um. Er hat mich nicht vergessen, interessant! Sollte ich mich ebenfalls wie die anderen beiden Damen um ihn ringen? Oder reicht es, wenn ich mich unbemerkt auf meinen Platz setze? Welcher könnte meiner sein? Ich entdecke goldene Platzkärtchen und lese meinen Namen in verschnörkelter Schrift. Es ist der Stuhl direkt neben Danny, aber eine der Haremsdamen tauscht ungeniert ihr Namensschild gegen meines. Gäbe es jetzt eine Veranlassung, etwas zu sagen, oder sollte ich es stillschweigend hinnehmen? Ich entscheide mich für die letztere Wahl, denn auch Danny sieht keinen Grund, Beschwerde einzulegen. Er genießt unverkennbar die vielen Schmeicheleien, die ihm zuteilwerden. Die hätte ich ihm natürlich so nicht bieten können, dazu müsste ich erst einmal lernen, wie man raffiniert heuchelt. Ein unnützes Talent meiner Ansicht nach, daher fehlt mir dafür absolut die Begabung. In Grönland werden solche Charakterzüge nicht benötigt. Einer Robbe ist es egal, ob ich sie mag oder nicht, wenn ich mein Gewehr auf sie richte.

Ich nehme meinen Platz ein und linse auf das Kärtchen meines Tischnachbarn. Es ist mir peinlich, dass mir dieser Name unbekannt ist. Wahrscheinlich sitze ich gleich neben einem Bill-Gates-Verschlag und weiß es nicht mal.

Als alle ihre Plätze eingenommen haben, lerne ich meinen Tischnachbarn kennen: einen älteren, äußerst sympathischen graumelierten Herrn mit einem leichten Akzent, den ich nicht zuordnen kann. Ich rede nicht viel mit ihm, aber er mit mir. Er hat mir viele Geschichten zu erzählen aus seinem ereignisreichen Leben. Seine Berichte interes-

sieren mich und lenken mich ab von diesem uner-
träglichen Techtelmechtel zwischen Danny und
seinen Haremsdamen. Wenn doch bloß das Buffet
eröffnet würde, ich könnte meinen abermals leer
gehungerten Magen leicht befüllen. Selbstverständlich war es die Nervosität, die mir heute
sämtlichen Appetit raubte. Daher gelang es mir lediglich, eine Notration zu mir zu nehmen. Bedau-
erlicherweise ist diese längst aufgebraucht und
meine Antriebsmaschinen fordern Nachschub.

Während es mir zunehmend schwerer fällt,
den Erzählungen meines freundlichen Tischnachbarn zu folgen, spiele ich unruhig mit dem Stiel
meines immer noch randgefüllten Champagnerglases. Wann gibt's endlich Manna?

Eine rotgelockte Grazie in einem roten Abendkleid betritt verspätet den Saal. Ich habe nichts gegen rotes Haar, aber dazu passt einfach kein roter
Fummel. Die beiden Farbtöne schreien doch förmlich vor lauter Disharmonie. Hört sie das denn
nicht?

Sie winkt jemandem an unserem Tisch zu. Interessiert schaue ich in die Runde. Wen könnte sie
meinen? Danny schaut auf und gibt ihr ein Zeichen. Danny? Sie geht auf ihn zu, während er sich
erhebt, und sie hochbeglückt empfängt. Sie küsst
ihn auf die Wange, wieso darf sie das? Eine Ha-
remsdame räumt das Feld. Rotkäppchen setzt sich
neben Danny. Sofort bestellt er ihr etwas zu trinken. Ein bisschen zu aufmerksam, wie ich finde.
Sie beginnen ein lockeres Gespräch und sehen

sich dabei tief in die Augen. Meine Finger um-klammern den Stiel meines Champagnerglases so fest, dass er zu zerbrechen droht. Es brodelt sich was in mir zusammen. Ich glühe und in meinem Bauch formiert sich ein Lavastrom, der gleich un-kontrolliert aus mir herausbricht.

Sie kichert wie eine Henne, die sich gerade ein Ei herauspresst. Was findet Danny an ihr? Zuge-geben, ihre Ausstrahlung ist beeindruckend trotz des roten Fehlgriffs in die Kleiderkiste. Aber sie passt überhaupt nicht zu ihm – soweit ich das be-urteilen kann.

Auf einmal kommt mir das geheimnisvolle Telefonat im Auto in Erinnerung. Das war *sie* ge-wesen! Zweifellos! Meine Standhaftigkeit in Sa-chen Alkohol, die ich mir zu meiner eigenen Si-cherheit auferlegt habe, lässt nach und ich nehme einen großen Schluck aus meinem Champagner-glas. Der Schreck muss irgendwie herunterge-spült werden. Als das gefährliche Getränk meinen Magen erreicht, spüre ich es bereits in meinen Gliedern kribbeln. Kein Wunder, auf leeren Ma-gen wirkt das Zeug doppelt so teuflisch und bei mir allemal. Weshalb meine Gefühle Achterbahn fahren, will ich mir nicht eingestehen, das würde mich noch verletzlicher machen. Lieber halte ich mein Innenleben vor mir selbst unter Verschluss. Vielleicht sitze ich es ja aus. – Nein, niemals! Das stehe ich keine Sekunde länger durch! Sie legt wie selbstverständlich ihren Arm um ihn herum. Er-neut rinnt Champagner meine Speiseröhre hinab.

Der Alkohol zapft bereits an meinem Verstand und saugt mein logisches Denkvermögen auf. Gleich ist nichts mehr da von meinem Hirn. Schwimmt alles im Sprit herum.

Ihr Arm zieht ihn näher an sich heran und ihre Köpfe berühren sich. Jetzt reicht's! Schäumend vor Wut springe ich wie eine Rakete von meinem Stuhl und stampfe zu ihnen rüber.

„Danny, kann ich dich einen Augenblick sprechen?", frage ich mit bebender Stimme hinter ihm stehend.

Er dreht sich missbilligend zu mir um.

„Kann das nicht warten?", gibt er genervt von sich.

Wenn du willst, dass gleich ein Mord geschieht, kann es durchaus warten!

„Nein!!", antworte ich.

Strapaziert erhebt er sich und folgt mir durch den Saal. Ich entdecke eine versteckte Tür, die in einen Nebenraum führt. Genau der richtige zeugenfreie Ort, um Danny gekonnt die Meinung zu geigen.

„Wieso holst du mich vom Tisch weg? Was soll das hier?", erkundigt er sich brummig.

„Verrate du mir bitte, weshalb du mich heute Abend mitgeschleppt hast? Soll ich mir etwa einen Überblick darüber verschaffen, wie gut du beim weiblichen Geschlecht ankommst? Du wolltest, dass ich den wahren Danny kennenlerne, um über ihn zu schreiben, damit alle Welt versteht, wer du bist. Ist das tatsächlich der Danny, um den es hier geht? Willst du aus dir einen Frauenhelden machen? Und welche Rolle hast du mir zugedacht, falls ich überhaupt noch irgendeine spiele?"

Mein Blick wird wässrig, Mist! Hoffentlich rollen jetzt keine Tränen. Das wäre mir äußerst unangenehm. Bloß keine Schwäche zeigen.

„Wenn ich es nicht besser wüsste, würde ich annehmen, du wärst eifersüchtig", stellt Danny amüsiert fest.

Welch infame Behauptung! Eifersucht ist mir nahezu fremd. Auf was hätte ich auch die letzten fünf Jahre eifersüchtig sein sollen – so ganz ohne Freund? Daher weiß ich im Grunde nicht, wie sich das anfühlt. Ein mir unbekanntes Gefühl.

„Absurd deine Annahme! Wenn du unbedingt der Meinung bist, du müsstest dich der Welt auf diese Weise präsentieren, werde ich dich nicht davon abhalten. Schließlich kannst du tun und lassen, was du willst."

Danny lacht und sieht mich gleichgültig an.

„Du sagst es. Daher ist mir unklar, warum du dich so aufregst."

Ich rege mich nicht auf! In keiner Weise.

„Du hast von mir verlangt, dass ich während einer Veranstaltung nicht von deiner Seite rücken soll. Doch nun muss ich mir diesen Platz mit drei anderen Frauen teilen. Das ist demütigend und das kannst du nicht von mir verlangen!"

Meine Augen werden wieder feucht, daher sehe ich Danny verschwommen. Ich weine sonst nie und es wäre angebracht, dies jetzt auch nicht zu tun.

„Nein, du musst ihn lediglich mit Elisabeth teilen. Die anderen sind flüchtige Bekannte. Es wäre schön, wenn du nur deinen Job machen würdest und dich dezent im Hintergrund hältst. Und sollte es weitere Unstimmigkeiten zwischen uns geben, wäre ich dir dankbar, sie nicht heute Abend mit mir auszutragen."

Seine Worte rauben mir die Atemluft. Ein heftiger Druck in der Magengegend gibt mir Rätsel auf. Bin ich gerade erstochen worden?

Elisabeth?! Den Namen kenne ich doch! *Diese* Elisabeth aus dem Brief? Ich denke, sie hatte ihn sitzen gelassen. Was will sie von ihm? Und will er was von ihr?

Ich verstehe mich nicht. Warum verletzen mich seine Worte derartig? Was ist das für ein unergründlicher Schmerz in mir? Ich verliere mich in meinen Gefühlen, scheine zu ertrinken in dem gewaltigen Schmerz, der mir den Verstand entreißt. Meine Beherrschung, mein Weitblick – alles wie weggeblasen. Mein Körper droht zu explodieren. Die aufgestauten Tränen platzen heraus.

„Ich hasse dich!", bemerke ich mit einem dennoch disziplinierten Ton und verlasse das Zimmer ohne ein weiteres Wort.

Auf dem Weg zu den Waschräumen verdecke ich mein verheultes Gesicht vor den neugierigen Blicken der Presseleute so gut es irgendwie geht.

„Miss Bergstroem, wie schön auf Sie zu treffen."

Verstohlen blicke ich durch meine Hände, die von mir zur Verhüllung meines Anblicks im Gesicht positioniert wurden. Mr. Richard Daniels läuft direkt auf mich zu, sodass meine Tarnung jeden Augenblick auffliegen wird.

„Um Himmels willen, geht es Ihnen nicht gut?"

„Keine Sorge, ich hab nur etwas ins Auge bekommen. Bitte entschuldigen Sie mich."

Schnell haste ich weiter in die Richtung der Damentoilette. Das hat mir gerade noch gefehlt, dass jemand Zeuge meiner Heulerei wird.

Etwa eine Stunde schließe ich mich auf dem Örtchen ein und lasse meinen Tränen freien Lauf. Selbstverständlich gebe ich mir alle Mühe, in Ruhe einen Schlachtplan für meinen Rachefeldzug auszuhecken, aber mir fällt nichts ein – nichts, was angemessen wäre. Den heutigen Abend muss ich versuchen, einigermaßen würdevoll durchzustehen. Alles andere überlege ich mir später. Oder ich schmeiße alles hin, selbst wenn ich den Rest meines Lebens an dieser Vertragsstrafe zu bluten habe.

Als ich den Festsaal wieder betrete, herrscht ein munteres Treiben. Das Buffet ist gestürmt worden und die meisten der Gäste erlaben sich gierig am Dessert. Von Hunger ist bei mir keine Spur mehr. Stattdessen ergreife ich ein neues Glas

Champagner von einem einsam herumstehenden Tablett.

Ihr armen Gläser, seid ihr auch so abserviert worden wie ich?

Ich lächle sie an und trinke mein Glas in einem Zug leer.

„Ich muss gestehen, es ist mir eine außerordentliche Freude, Sie wiederzusehen", höre ich eine bekannte Stimme hinter meinem Rücken.

Beschwingt drehe ich mich herum, um etwas auf Mr. Richard Daniels' charmante Äußerung zu erwidern und habe dabei geringfügige Orientierungsschwierigkeiten. Mein Gleichgewichtssinn erleidet beträchtliche Störungen durch die unsachgemäße Alkoholzufuhr. Der Raum dehnt sich in eine unendliche Weite aus und zieht sich kurz darauf zusammen.

„Das sieht ja lustig aus", bemerke ich entzückt.

Mr. Daniels' Gesicht unterliegt einer ähnlichen physikalischen Veränderung. Dieser verzerrte Anblick amüsiert mich.

„Was haben Sie mit Ihrem Gesicht gemacht, Mr. Daniels?"

Geflissentlich übersieht er meinen berauschten Zustand.

„Ich hoffe, es ist noch dasselbe, oder ist Ihnen da etwas Ungewöhnliches aufgefallen?", fragt er schmunzelnd.

„Also, wenn Sie mich so fragen, Mr. Daniels, ja. Ihr Gesicht scheint genauso wie dieser Saal allen physikalischen Gesetzmäßigkeiten zu trotzen und sich zu verformen. Das sieht wirklich komisch aus. Sie sollten lieber weglaufen, bevor es schlimmer wird."

Ich kichere hemmungslos.

„Na, wenn das so ist, würde ich mich freuen, wenn Sie mich begleiten, Miss Bergstroem."

Er bietet mir höflich seinen Arm an. Lachend hake ich mich unter und lasse mich von ihm auf die Terrasse führen, wo wir allein sind.

„Ich fand es äußerst bedauerlich, dass unsere letzte Begegnung so ein jähes Ende fand. Vielleicht könnten wir noch mal da anknüpfen, wo wir unterbrochen wurden."

An und für sich gäbe es nichts, was dagegen spräche. Nur dieser Triesel in meinem Kopf ist etwas hinderlich. Ich kann mich kaum konzentrieren.

„Gern, wenn Sie mir versprechen, keine komplizierten Fragen zu stellen ... Hicks!"

Ups!

Er lacht belustigt.

„Sie sind zauberhaft. Nein, wir müssen nicht reden, falls es Ihnen Schwierigkeiten bereitet. Wenn Sie wollen, können wir ebenso gut diesen Ort verlassen, falls Ihr derzeitiger Auftraggeber diesmal keine Einwände hat."

Trotz meiner Benebelung registriere ich den Stand seiner Information, auch wenn er die Kooperation zwischen Danny und mir zu meiner Belustigung missverstanden darstellt. Oder missverstehe ich etwas?

„Wie darf ich Ihre Bemerkung verstehen?", frage ich neugierig.

„Mir ist zu Ohren gekommen, dass Sie mit Danny Greyeyes gemeinsam an einem Buch arbeiten."

„Ja, aber woher wissen Sie das?"

Sein Gesicht ist erneuten naturwidrigen Verzerrungen ausgesetzt sowie unsere gesamte Umgebung. Seine Nase wird länger und kommt mir entgegen.

„Passen Sie auf, Ihre Nase wächst!"

Mr. Daniels fasst sich kontrollierend ins Gesicht und lacht amüsiert. Er scheint jeden Spaß mitzumachen, das gefällt mir. Zwar bin ich selbst unter normalen Umständen keine wirkliche Ulknudel, aber ich könnte in dieser Hinsicht an mir arbeiten. Die Lachfältchen um seine leuchtenden Augen scheinen ein Beweis für seine Lebensfreude zu sein. Das ist genau das, was ich jetzt brauche. Denn Dannys Verhalten am heutigen Abend hat mir den Boden unter den Füßen weggerissen.

„Was halten Sie von meinem Vorschlag?", erkundigt er sich, vom Nasenthema ablenkend.

Gab es einen Vorschlag?

„Wie?... Hicks!"

„Miss Bergstroem, ich möchte Ihnen nicht zu nahetreten, aber ich glaube, es liegt in Ihrem eigenen Interesse, wenn Sie diese Veranstaltung verlassen. Mir ist nicht entgangen, dass es Differenzen zwischen Ihnen und Mr. Greyeyes gibt. Es ist sicher besser für Sie, ich bringe sie von hier weg", schlägt er vor und greift meine Hand.

„Du wirst sie nirgendwo hinfahren!"

Danny stößt unerwartet dazu und entreißt mich seinem Widersacher.

„Du hast wahrhaftig keine Skrupel!", beschimpft er Richard Daniels. „Such dir gefälligst eine andere, mit der du deine Spielchen treiben kannst! Seit wann musst du deine Opfer mit Alkohol willenlos machen, um zu deinem Ziel zu kommen?"

Zornig zerrt er mich davon und leitet mich mit einem wachsamen Auge durch die Säle an den Kameras vorbei. Der dunkle Wagen mit dem finsteren Fahrer wartet direkt vor dem Eingang. Danny öffnet die hintere Wagentür und drückt mich unsanft in das Fahrzeug. Unerwartet steht Richard Daniels neben Danny und hält ihn am Arm fest.

„Danny, du hast mich mit deinem aufgebrachten Besuch letzten Sonntag wahrlich überrascht und ich war geneigt, deiner Bitte, Miss Bergstroem aus dem Weg zu gehen, nachzugeben. Glaub jedoch nicht, ich wäre blind. Dein heutiges Geplänkel mit den Damen gibt mir Rätsel auf. Und entgegen deiner Annahme liegt es mir fern,

mich auf ein kurzes Abenteuer mit Miss Bergstroem einzulassen. Sollte sich mir also eine weitere Gelegenheit bieten, werde ich sie nicht unge-
nutzt verstreichen lassen."

Ohne eine Gegenreaktion steigt Danny ins
Fahrzeug ein. Die Blicke beider Männer wirken
bedrohlich. War das eine Kampfansage?

„Los, fahren Sie endlich!", weist Danny seinen
Fahrer unwirsch an.

Meine unkoordinierten Gedanken haben noch
nicht alle Geschehnisse erfasst, aber eines ist bei
mir hängengeblieben: Danny ist an jenem Sonntagmorgen, als ich ihn davonbrausen sah, bei
Mr. Daniels aufgelaufen. Daher wusste er über
das geplante Buch Bescheid. Wenn ich demnach
alles richtig durchblicke, muss Danny ihm den
Umgang mit mir untersagt haben. Früher war dafür mein Bruder zuständig, jetzt bin ich jedoch erwachsen und kann auf mich allein aufpassen. Für
wen hält sich Danny bloß?

Die Wagendecke biegt sich dem Nachthimmel
entgegen. Schnell sehe ich nach unten, aber der
Fußboden beginnt sich ebenso sonderbar zu de-
formieren. Die Konturen meiner Umgebung ver-
schwimmen und sausen im Kreis um mich herum.
Mir wird schwindelig und ich verliere die Gewalt
über meinen Kopf, der kraftlos auf Dannys Schulter fällt.

„Hey, alles in Ordnung mit dir?", fragt er besorgt.

„Weißt du, Mr. Daniels kann nichts dafür. Ich habe ein einziges Glas Champagner getrunken ... Hicks! Und das eine klitzekleine Schlückchen am Tisch. Vermutlich waren es auch zwei ... Hicks! Oder drei? Ich glaub, ich bin allergisch gegen das Zeug. Das passiert jedes Mal, sobald ich auch nur daran nippe ... Hicks! Darum trinke ich gar nichts, überhaupt niemals mehr … nichts. Nie! Hicks! Aber ich hab da heute so 'ne komische Sache erlebt. Da is 'n Typ mit mir auf 'ne Galaveranstaltung gegangen ... Hicks! Und dann hat er mir einfach 'n Tritt in den Hintern verpasst. Mitten ins Gesicht ... Hicks! Ich meine, in den Hintern. Is ja auch egal, wohin. Doch das hat gesessen. Und weißt du, warum? Hicks! Weil er nämlich ziemlich genau getroffen hat. Mitten hinein – ins Zentrum. Da, wo es am meisten wehtut ... Hicks! Wahrscheinlich hab ich das verdient. Hhmmh ... das war meine gerechte Strafe. Ich wollte ja am nächsten Morgen mit ihm reden – gleich danach, also nach dem Danach … du weißt schon. Ehrenwort ... Hicks! Allerdings fuhr er dann weg und ich hatte keine Gelegenheit mehr dazu. Am Abend, wusste ich schlagartig nichts mehr … alles wie weggeblasen. Hat man dir mal eine Gehirnwäsche verpasst? Hicks! Das muss mir passiert sein. Konnt' mich an nix erinnern. Die ganze Zeit hatte ich angestrengt überlegt, was ich ihm sagen wollte. Na egal, nu is es nicht mehr wichtig ... Hicks ... nicht wichtig."

Meine Augen werden schwer und ich lasse sie friedlich zufallen.

In derselben Nacht werde ich wach und bin erstaunt, mich in meinem Bett wiederzufinden. Mein Kleid hängt ordentlich gefaltet über der Stuhllehne. Was? Wann habe ich es ausgezogen? Bleich vor Schreck drücke ich den Knopf der Nachttischlampe und linse mit einem Auge zaghaft unter die Bettdecke. Beruhigt lasse ich den Bettzipfel herunter. Meine Wäsche habe ich an.

Es ist kurz nach Mitternacht, also kann ich keine Stunde hier liegen. Ob Danny, nachdem er mich abgeladen hat, erneut zur Galaveranstaltung gefahren ist? Bestimmt, schließlich kann er seine rote Errungenschaft nicht so zurücklassen. Elisabeth … ich wünschte, ich wäre sie. Wahrscheinlich ist sie ihm im Moment so nah, wie ich es gern wäre. Ich habe meine Chance gehabt und sie verspielt, weil ich zu unerfahren mit meinen Gefühlen bin. Selbst schuld!

Ein leises Poltern nebenan lässt mich aufhorchen. Ist er etwa in seinem Schlafzimmer? Warum ist er nicht auf der Veranstaltung? Was ist mit Elisabeth? Neugierig krabble ich aus dem Bett und schleiche mich aus meinem Raum, um mich sachte an Dannys Zimmertür heranzustehlen. Vorsichtig lausche ich daran. Nichts. Eben war doch was zu hören! Mit flatterndem Herzen wage ich es, die Tür einen Spalt zu öffnen. Es dringt gedämpftes Licht durch den Schlitz, also drücke ich sie ein Stückchen weiter auf und strecke meinen Kopf hindurch. Das Schlafzimmer ist leer, aber im angrenzenden Waschraum tut sich etwas. Um einen klärenden Blick ins Bad werfen zu können, muss ich zwei Schritte nach vorn gehen und den Raum betreten. Die Dielen knacken unter meinen Füßen und verraten meine Gegenwart. Bevor ich unerkannt flüchten kann, tritt Danny aus dem Bad in den Schlafraum und sieht mich verwundert an. Wortlos steht er da – in der rechten Hand ein Handtuch, die linke stemmt er in die Hüfte. Sein Blick gleitet ab von meinem Gesicht auf tiefere Regionen meines Körpers. Schlagartig wird mir klar, dass ich es versäumt hatte, mir etwas überzuziehen, und meine Ermittlungen in Unterwäsche aufgenommen habe.

„Ich ... ich ... ich wollte ...“ *Mist, was wollte ich?* „... ich wollte nur ...“

Mir wird bewusst, dass Danny ebenfalls lediglich mit einer Unterhose bekleidet ist, also gerät auch mein Blick auf Abwege. Ich würde es ja gern verhindern, aber die Betrachtung jeder einzelnen Stelle bereitet mir erhebenden Genuss. Ist es möglich, dass ein Mensch aus einem so perfekten Guss sein kann? Die Bauanleitung für diesen Körper hätte ich gerne gesehen. Seine engen Boxershorts betonen sein knackiges Hinterteil, nur dass es nicht der Körperteil ist, von dem meine Augen nicht mehr lassen können. Gut, ich weiß selbst, dass ein Blick auf seine Kehrseite wesentlich unverfänglicher wäre, als der verbotene Ort, der

174

mich magisch anzieht. Falls der verpackte Teil genauso knusprig ist, wüsste ich schon gern, was mir aufgrund meines dummen Fehlverhaltens entgeht. Wenn ich bloß mal einen kurzen Blick hineinwerfen könnte – in die unergründlichen Tiefen seiner Boxershorts.

„Geht es dir besser?", durchbricht er die Stille mit seiner Frage.

„Ja, ich denke schon. Also bis eben noch."

Aber gerade muss ich gegen meinen erhöhten Puls ankämpfen, daher kann ich nicht sagen, ob mein wiedererlangtes gutes Befinden anhält.

„Das freut mich", bemerkt er und schmeißt sein Handtuch aufs Bett. Kurz darauf begibt er sich zu mir, geht aber an mir vorbei, um die Zimmertür zuzudrücken. Überrascht beobachte ich sein Handeln. Wieso macht er sie zu? Ich bin doch noch hier! Will er mich nicht zuerst aus seinem Zimmer verweisen, bevor er schweigend die Tür schließt? Da hat er einen gravierenden Schritt ausgelassen. Wie konnte er das übersehen?

Überrascht zeige ich mit dem Finger auf den Ausgang.

„Du hast mich vergessen. Ich meine, sollte ich nicht erst einmal hinaus, bevor du die Tür ..."

Danny lächelt mild. Sein Verhalten verunsichert mich, lässt mich rätseln, was er damit bezweckt. Oder weiß ich es nur zu gut? Passiv steht er am Eingang und sieht mich abwartend an. Sollte ich etwa den Anfang machen? Und falls ja, was soll ich tun? Flüchten ist keine Option, Danny

versperrt die Pforte, in dem er nicht einen Zentimeter von dort wegrückt. Er wird den ersten
Schritt nicht machen, einmal zu oft wurde er von
mir weggestoßen. Ich möchte nichts falsch machen, aber was kann schon schiefgehen? Er könnte
mich aus dem Zimmer werfen, aber hätte er das
vor, wäre es längst geschehen. Ich fühle, dass er
mich nicht gehen lassen möchte, also kann ich
jetzt ungehemmt tun, was ich will. Gern würde
ich einen kurzen Blick auf das verdeckte Kern-
stück werfen, deshalb setze ich mich in Bewegung
und pirsche mich an ihn heran. Er scheint verblüfft über mein Vorgehen, denn meine Hände legen sich um seine Hüften. Glaubt er etwa, ich
würde länger warten wollen? Wir stehen uns
sonst noch die Beine in den Bauch. Endlich entdecke ich das Feuer in seinen Augen wieder. Ist das
ein Zeichen für mich, mehr zu wagen? Ich betrachte seinen Oberkörper, auf dem sich ein paar
wenige Haare kräuseln. Sie laden mich ein, sie zu
berühren. Nur mit Mühe halte ich mich unter
Kontrolle, als mein Zeigefinger der behaarten
Straße am Bauch folgt, die unterm Bauchnabel
entspringt und talabwärts in den Boxershorts
mündet. Mein Blick wird von der verdeckten
Wölbung aufgehalten, die sich unter dem Stoff
auftut. Die Gesamtmenge der Ausbuchtung
scheint sich gerade vervielfacht zu haben. Mein
Forscherdrang treibt mich dazu, meine Finger an
seinem Hosenbund entlangwandern zu lassen.

Bevor ich indes auf dumme Gedanken kommen kann, greift Danny nach meiner Hand.

„Was machst du mit mir?", flüstert er mir zu. „Du bringst mich um den Verstand, Malina. Ich will dich mehr als alles andere, aber wenn du bloß mit mir spielst, muss ich es jetzt wissen."

Aber das hatte ich ja nicht zu hoffen gewagt! Habe ich ihn doch nicht an diese Elisabeth verloren?

„Ich habe niemals mit deinen Gefühlen gespielt. Lediglich meine Unsicherheit hat zwischen uns gestanden, hast du das nicht merken können? Dieser Vertrag … er ließ mich nicht mehr klar denken. Als ich ihn unterschrieb, war ich nicht bei der Sache. Ich fühlte mich unter Druck gesetzt und habe geglaubt, du wärst nicht aufrichtig gewesen. Das tut mir leid. Ich ..."

Danny streicht mir durchs Gesicht.

„Vergiss diesen Vertrag!"

Ohne ein weiteres Wort zieht er mich an sich und legt seine Lippen sanft über meine. Er küsst mich erst sachte, beinahe vorsichtig, als hätte er Bedenken, ich könnte ihn aufhalten. Dann wird sein Kuss verlangender und er lässt seine Zunge tiefer in meinen Mund gleiten. Kleine Stromstöße durchziehen meinen Körper und diesmal denke ich nicht im Traum daran, mich gegen seine Zärtlichkeiten zu wehren. Zu sehr genieße ich den Augenblick, möchte zerfließen in diesem Glück. Endlich kann ich meine Hände über seinen Rücken wandern lassen und mache an seinem Hinterteil halt, um mit den Fingern die beiden knackigen Rundungen genauestens zu inspizieren. Der letzte bekannte Po, den ich in den Händen hielt, ist inzwischen mit meiner ehemals besten Freundin verheiratet und dies liegt lange zurück. Daher gebe ich mir bei der Erforschung besonders viel Mühe. Doch diese Maßnahmen lenken mich nicht von meinem eigentlichen Interesse ab: der mir unbekannten Zone. Ich spüre Dannys Herz schneller klopfen, seine Hände ziehen mich dichter an sich, sodass ich fast verrückt werde, als ich ihn fester an mir fühle. Fordernd sucht sich meine Hand ihren Weg nach vorn. Entzückt ertaste ich die warme Wölbung und möchte sie erkunden. Leider hindert mich Danny an weiteren Exkursionen und stoppt meine Reise über seine Männlichkeit.

„Hey, du kannst es wohl nicht abwarten", murmelt er mir ins Ohr und hebt mich in seine Arme. „Komm her, ich geb dir, was du willst."

Nüchtern betrachtet ... nur Sex?

Die Sonne scheint in Dannys Zimmer, als wir am folgenden Morgen gemeinsam wach werden. Ich liege in seinen Armen und lasse verträumt die vergangene Nacht Revue passieren. Wenn's nach mir gegangen wäre, hätte diese Nacht niemals enden dürfen. Es ist ja nicht so, dass ich nicht sexuell erprobt bin – mein Intimleben in meiner ersten und einzigen Beziehung nicht durchaus akzeptabel war. Trotzdem gab es da eine erhebliche Zeitspanne von fünf Jahren Enthaltsamkeit. Man kann also sagen, ich war ausgehungert und überhaupt nicht satt zu bekommen. Dabei ist mir die letzten Jahre nicht aufgefallen, dass mir was fehlt. Erst jetzt, wo ich's mal wieder hatte – also Sex. Klingt, nüchtern betrachtet, unromantisch, aber rein sachlich gesehen ging es ja um nichts anderes. Ergänzend muss ich allerdings unterstreichen, dass Danny ein außerordentlicher Liebhaber ist und zweifelsohne hätte es mit einem anderen Mann keine Liebesnacht gegeben. Denn zu dem einen gehört für mich auch das andere. Mir ist klar geworden, dass mir Danny wichtig ist. Der gestrige Abend hat mir schließlich die Augen geöffnet: Ich bin in ihn verliebt. Meine Mauer, die mich schützend umgab, ist gefallen. Ich wage es wieder, Gefühle zuzulassen. Dass ich das noch erleben darf! Meine Zukunft hatte ich mir bereits männerlos ausgemalt. Wäre auch in Ordnung gewesen – bis gestern. Jetzt jedoch kann ich mir ein Leben ohne

„XY-Chromosom" nicht mehr vorstellen. Ob Danny bereit wäre, mein „XY-Chromosom" für den Rest meines Lebens zu sein? Was ist mit Elisabeth? Spielt sie noch eine Rolle? War ich nur ein kleines Zwischenhoch für ihn? Klüger wäre es gewesen, ich hätte zuvor eine gründliche Untersuchung in dieser bedeutenden Angelegenheit durchgeführt. Aber wer arbeitet schon mit seinem Verstand, wenn die Hormone verrücktspielen? Womöglich ist es mir jetzt passiert. Etwas, was ich auf keinen Fall zulassen wollte: ein offener Pralinenkasten zu sein. Danny hat mich vernascht, ich hab's genossen, und das war's. Nun kann ich gehen.

Seine Arme wickeln sich zärtlich um mich herum.

„Guten Morgen", haucht er mir ins Ohr und nagt an meinem Ohrläppchen.

Ja, mach nur weiter so. Ich sollte die letzten gemeinsamen Stunden mit ihm auskosten, bevor alles vorbei ist. Bekümmert schaue ich ihn an.

„Ist was mit dir?", fragt er beunruhigt.

Nein, was sollte mit mir sein? Ich habe gerade die aufregendste Nacht meines Lebens hinter mir und stelle nun fest, dass sie sich nicht wiederholen wird. Das ist bedrückend.

„Danny, ich weiß nicht, ob ich das Recht habe, dich das zu fragen, aber ist da etwas zwischen dir und Elisabeth?", erkundige ich mich zögernd.

„Ach, daher weht der Wind", bemerkt er gefasst.

Er rückt von mir ab, was mich sofort vermuten lässt, dass meine Annahme auf einen Nährboden stößt.

„Ich kenne Elisabeth seit der Schulzeit. Wir sind nur gute Freunde, nichts weiter."

Aha, sie ist es also wirklich: die Elisabeth aus dem Brief. Und schon weiß ich sofort, dass sie keineswegs bloß gute Freunde sein können, weil immerhin mal mehr zwischen ihnen war, was er jetzt kurzum für nicht erwähnenswert hält. Das macht mich natürlich stutzig. Danny kommt mir wieder näher und küsst mich auf die Nase.

„Ich sehe dir an der Nasenspitze an, dass du mir nicht glaubst."

Ach ja?

„Ehrlich gesagt bin ich unsicher", gebe ich zu.

„Sie ist nicht wichtig, glaub mir. Das Einzige, was zählt, bist du, okay?"

Okay, und wie lange zähle ich? Bis Elisabeth wieder wichtig ist?

Seine Hände wandern meinen Körper hinab und streicheln über meine Haut. Das könnte zu einer Auflebung meiner augenblicklich ruhenden leidenschaftlichen Energien führen. Ich sollte ihn warnen. Doch bevor ich etwas sagen kann, liegt er bereits über mir und küsst erregt meinen Hals. Wenn das so ist, gelingt es mir unmöglich, Widerstand zu leisten. Über Elisabeth kann ich mir später Gedanken machen. Jetzt gibt es Wichtigeres: Meine Hormone rufen!

Die letzten Stunden habe ich mein Zeitgefühl eingebüßt. Auch kann ich nicht genau bestimmen, welcher Tag eigentlich ist. Darum habe ich mich damit abgefunden, lediglich noch zu wissen, was definitiv entscheidend ist: dass ich die letzten Stunden mehr Glück empfunden habe, als die vergangenen fünf Jahre. Das macht mir Angst. Was ist, wenn mein Glück zerplatzt wie eine Seifenblase? Könnte ich jemals zurück in mein altes Leben? Es hat sich eine Tür geöffnet in eine neue Welt. Ich genieße daraus bereits eine Kostprobe und spüre, dass es kein Zurück für mich gibt. Mein altes Leben könnte mich nicht mehr erfüllen. Meine selbst auferlegte Isolation und die geliebte Einsamkeit würden mir nicht mehr genügen. Ich will mehr!

Danny und ich sitzen in der Küche und schlagen uns den Bauch voll mit allem, was der Kühlschrank hergibt. Gerade probiere ich das selbst gemachte Pflaumenmus von Mrs. Mary und kleckere dabei auf Dannys weißes T-Shirt, das ich übergezogen habe.

„Oh, da ist mir das kostbare Pflaumenmus auf dein Shirt geplumpst."

Ich kichere belustigt, als Danny begeistert versucht, mir das Mus vom Stoff zu schlecken.

„Sei nicht so verschwenderisch mit Marys Pflaumenmus. Es ist extrem wertvoll."

Er zieht mir das Shirt über den Kopf.

„Lass mal sehen, hast du hier auch was von dem Mus versteckt?"

Ich lache vor Wollust, als Danny meinen Bauch mit der Zunge nach Resten der Pflaumenkonfitüre absucht.

Auf einmal hält er inne und sieht mich nachdenklich an.

„Was ist?", frage ich abwartend.

Los, mach sofort weiter! Ich könnte noch ein bisschen Pflaumenmus in meinem Bauchnabel verstecken.

„Du bist erstaunlich", bemerkt er schwärmend. „Seitdem ich dir begegnet bin, stelle ich unentwegt mein bisheriges Leben infrage." Dieses unerwartete Bekenntnis lässt mich aufhorchen. „Alles, was du tust, scheint so ehrlich zu sein. Du gibst den Menschen, über die du schreibst, Hoffnung. Indem du ihre Geschichte und ihr Leben veröffentlichst, machst du ihre Missstände erst bekannt. Deine Arbeit ist wertvoll und wichtig. Ich bewundere sie. Ich bewundere dich."

Seine Hand streicht meine Wange hinab.

„Meinst du wirklich mich?", erkundige ich mich skeptisch.

Durchaus möglich, dass durch die letzte Nacht seine Klarsicht verschleiert wurde. Hormonell gesteuertes Denkvermögen kann gewiss mal zu einer unbeabsichtigten Fehläußerung führen. Wer könnte mich schon bewundern? Und für was? Ich bin wahrlich nichts Besonderes – eher ein Durchschnittstyp – wenn überhaupt.

„Es ist verblüffend, wie es einer hübschen Frau wie dir, die viel erlebt und geleistet hat, so sehr an Selbstwertgefühl mangeln kann."

Langsam wird es mir unangenehm, dass er ein derart unzutreffendes Bild von mir hat. Ich bin nur ich. Was ist daran anerkennenswert?

„Du überbewertest da einiges, glaube mir", erwidere ich kritisch.

Lachend schiebt sich Danny den Rest seines Marmeladenbrötchens in den Mund. Ich beobachte ihn beim Kauen. Könnte es sein, dass dies tatsächlich seine unerschütterliche Meinung über mich ist? Wie kann ich ihm nur klarmachen, dass er sich irrt? Nicht auszudenken, was passiert, wenn er eines Tages erkennt, dass ich eben doch bloß „Ich" bin und nichts weiter.

„Malina, du sollst wissen, dass du mich von Anfang an beeindruckt hast. Ich denke seither darüber nach, einiges in meinem Leben zu verändern. Doch zuvor muss ich Verschiedenes regeln. Ich hätte es längst machen sollen. Viel zu lange habe ich es vor mir hergeschoben. Jetzt aber, wo wir uns endlich so nah sind, bin ich mir absolut sicher."

Wovon redet er?

„Ich kann dir nicht ganz folgen."

„Heute Abend werde ich Nägel mit Köpfen machen und mit etwas abschließen, was mir ohnehin nichts mehr bedeutet hat. Der Himmel weiß, warum ich das nicht längst getan habe."

„Was meinst du?"

„Später. Sobald ich alles geklärt habe, erfährst du es. Es würde dich im Moment vermutlich zu sehr aufwühlen. Ich möchte dich nicht verunsi-chern."

Aber das tust du! Ich will auf der Stelle wissen, worum es geht! Los, raus mit der Sprache!

„Bitte, sprich *jetzt* mit mir darüber!", flehe ich ihn an. „Mein Vater sagt immer, dass es Unglück bringt, wenn man etwas auf die lange Bank schiebt. Womöglich erhält man keine Gelegenheit mehr dazu.

Eisern schüttelt Danny den Kopf.

„Ich glaube, dass es Unglück über uns brächte, wenn ich es nicht zuvor beendet hätte."

Was will er beenden? Was meint er nur, ver-flixt noch mal?!

Doch Danny lässt sich nicht erweichen.

„Bitte akzeptiere meinen Entschluss und ver-trau mir einfach."

Damit schließt er dieses Gespräch ab und ver-lässt die Küche.

Na fein! Wenn er mir wenigstens einen klei-nen Tipp gegeben hätte, dann würde ich nicht derartig im Dunkeln tappen. Wo will er bloß heute noch hin und wieso könnte mich das verun-sichern? Ich muss es wissen, daher werde ich da-rauf bestehen, dass er mich über seine Pläne in Kenntnis setzt. Entschlossen stampfe ich ihm nach auf sein Zimmer. Er steht bereits angezogen im Raum und duftet nach Rasierwasser. Sofort brei-tet sich ein ungutes Gefühl in mir aus und da ich eine Frau bin, hat mein Bauchgefühl fast immer Hand und Fuß. Nie ist es grundlos aufgetaucht.

Beschwörend sehe ich ihn an und hoffe auf seine Einsicht.

„Mach dir keine Sorgen! Ich bin in ein paar Stunden zurück und dann reden wir über alles."

Ich versuche es ein letztes Mal:

„Geht es um den Vertrag? Was musst du bloß klären, wovon ich nichts wissen darf?"

„Mein Gott, du verdrehst ja alles. Es geht nicht um diesen Vertrag. Vergiss ihn doch endlich! Er ist nicht mehr wichtig – er war es niemals."

Diese Äußerung verblüfft mich.

„Der Vertrag ist nicht wichtig? Aber wozu dann das alles?"

Danny tritt zu mir heran und nimmt mich in den Arm.

„Glaubst du ernsthaft, es ging mir lediglich darum, dass du ein Buch über mich schreibst?"

Eigentlich dachte ich das, ja.

„Ging es nicht?"

„Lass uns später darüber reden. Ich muss jetzt gehen."

Nein, nicht doch, wieder ein neues Rätsel! Gib mir wenigstens einen Buchstaben vor! Wie viele Kästchen hat das Lösungswort? Einen Buchstaben, nur einen einzigen, bitte!

Mit einem kurzen Wink verabschiedet sich Danny und verschwindet durch die Tür. Trübsinnig lasse ich mich aufs Bett sinken. Mir bleibt wohl nichts anderes übrig, als abzuwarten, bis er zurück ist.

Die Stunden vergehen im Schneckentempo. Immerzu bin ich damit beschäftigt, die Uhrzeit zu kontrollieren. Ich könnte die Sekunden inzwischen im exakten Takt nachsprechen, ohne die Hilfe eines Sekundenzeigers in Anspruch zu nehmen. Fast bin ich zu einer wandelnden Uhr mutiert, als das Telefon gegen dreiundzwanzig Uhr klingelt. Aufgeregt greife ich nach dem Hörer und bin verblüfft, als ich nicht die Stimme am anderen Ende vernehme, die ich erwartet habe. Eine junge Frauenstimme erkundigt sich nach mir.

„Spreche ich mit Malina Bergstroem?"

„Ja, am Apparat."

Wer ist das? Woher kennt sie meinen Namen?

„Mein Name ist Elisabeth Palmer."

Ich erstarre bei diesem Namen zu einer Säule und habe Mühe, mir mit meinen soeben verkrampften Fingern den Hörer ans Ohr zu halten. Die rote Elisabeth! Was will sie ausgerechnet von mir?

„Hören Sie, Miss Bergstroem! Was ich Ihnen jetzt sage, wird Ihnen sicher nicht gefallen. Ich möchte Ihnen nur möglichen Kummer ersparen. Sie sollten sich wegen Danny nicht allzu große Hoffnung machen. Wissen Sie, er und ich sind seit unserer Schulzeit ein Paar. Ab und zu gerät er zwar mal auf Abwege, aber am Ende kommt er stets zu mir zurück. Diese kleine Liaison zwischen Ihnen beiden ist für Danny nichts als ein nettes Abenteuer. Warten Sie heute Abend nicht auf ihn, er ist bei mir und da wird er auch bleiben. Verstehen Sie, Miss Bergstroem? Sie sollten ihn so schnell wie möglich vergessen."

Was redet sie da? Das kann doch nicht sein! Ich verstehe das nicht!

„Ich denke, dass er mir das bestimmt selbst sagen kann, Miss Palmer. Also lassen Sie mich bitte persönlich mit ihm sprechen."

„Es tut mir leid, Ihnen das sagen zu müssen, aber sein Interesse, mit Ihnen zu sprechen, beschränkt sich auf ein Minimum. Gute Nacht, Miss Bergstroem!"

Ein Knacken in der Leitung verrät mir, dass sie das Gespräch beendet hat.

Was für ein schlechter Scherz! Fragt sich nur, von wem er stammt. Sollte Danny nur ein falsches Spiel mit mir getrieben haben? Ich weigere mich, das zu glauben. Bestimmt wird er gleich zurück sein.

Aber woher weiß sie das mit Danny und mir überhaupt? Bis gestern Abend wusste ich es nicht einmal selbst. Er muss bei ihr gewesen sein, niemand sonst könnte sie darüber informiert haben. Was ist, wenn es stimmt, was sie behauptet, wenn er immer noch bei ihr ist und mich lediglich benutzt hat? War ich es also doch: ein offener Pralinenkasten? Wie kann sich ein Mensch bloß so verstellen? Mit dieser Begabung hätte er Schauspieler werden sollen und kein Sänger.

Benommen von diesem schmerzvollen Anruf setze ich mich auf das Sofa und starre in den leblosen Kamin. Mein Kopf ist leer und mein starrer Blick fixiert ununterbrochen dieselbe Stelle. Wahrscheinlich würde ich sie noch bis zum nächsten Morgen apathisch anpeilen, wenn mir meine Müdigkeit nicht einen Strich durch die Rechnung machen würde. Bevor ich den anvisierten Punkt durchbohrt habe, fallen mir die Augen zu.

Um sieben Uhr morgens werde ich wach. Mein Kopf lag die ganze Nacht auf meiner Schulter, sodass ein überdehnter Nerv im Hals zu brennen beginnt, sobald ich mich bewege. Mit meinen Händen stütze ich meinen schweren Kopf und schwenke ihn ein paar Mal von links nach rechts, um den stechenden Nerv zu lockern. Doch alle Mühe ist vergebens. Sobald ich meinen Schädel bewege, zieht der Schmerz den gesamten Nacken hinab. Als hätte er seine untrügliche Freude daran, mir zusätzliches Leid zu verschaffen.

Ein umfassender Kontrollgang durch das Haus gibt mir definitive Gewissheit: Danny ist die Nacht über weggeblieben. Es stimmt also. Was diese Elisabeth mir am Telefon sagte, ist wahr. Warum in aller Welt habe ich mich so blenden lassen? Wie konnte es mir nicht auffallen, dass nichts von all dem wahr ist, was mir Danny gestern gesagt hat? Nie bin ich derartig getäuscht worden. Ich begreife das alles nicht. Meine eingerosteten Menschenkenntnisse müssen dringend überholt werden, dann wäre mir solch ein Reinfall sicher nicht passiert. Nun wird deutlich, dass ich mehr Zeit mit arktischen Tieren verbracht habe, als mit meinen Mitmenschen. Gegenwärtig würde ich die animalische Gesellschaft bevorzugen. Stattdessen musste ich mich auf Dannys ehrlose Spielchen einlassen. Ich werde meine Überlegungen, mich zukünftig am Nordpol niederzulassen, wieder aufgreifen. Mir würden schon einige besonders einsame Fleckchen in den Sinn kommen. Da wo ich mir sicher sein kann, keinem einzigen Menschen mehr begegnen zu müssen.

Meine Augen reichern sich erneut mit Flüssigkeit an. Seitdem ich Danny kenne, passiert mir das öfter, als mir lieb ist. Das letzte Mal ergossen sich meine Tränen, als mir Phil offenbarte, dass er lieber mit meiner damals besten Freundin zusammen wäre als mit mir. Gewiss hatte er für sich die richtige Entscheidung getroffen. Ob es auch für mich die korrekte war, weiß ich bis heute nicht. Auf jeden Fall führte es dazu, dass ich die nächsten Jahre wie ein Eisblock durchs Leben streifte. Gefühle ließ ich keine zu und zum unwillkürlichen Tränenverguss kam es seitdem nicht mehr. Jetzt erlange ich ungewollte Übung darin.

Frustriert begebe ich mich in mein Zimmer und packe meine Sachen zusammen. Die Kleider, die ich Danny aufs Spesenkonto anrechnete, lasse ich im Schrank hängen. Ein letzter Gang durchs Haus weckt schmerzliche Erinnerungen. Ich hoffe, du bist stolz auf dein Werk, Danny

Greyeyes! Du kannst mit Recht von dir behaupten, dass du ein spitzenmäßiger Schauspieler bist. Falls ich jemals dazu komme, werde ich einige Empfehlungen bei renommierten Regisseuren für dich aussprechen. Jetzt, wo ich so unsagbar prominent bin, dürfte es kein Problem sein, entsprechende Beziehungen zu Film und Fernsehen zu knüpfen. Ich bin dir wirklich dankbar für alles. Du hast mein Leben auf den Kopf gestellt. Nichts ist, wie es war, und wahrscheinlich wird es das auch nicht mehr. Mein Seelenfrieden ist futsch. Ich stehe im Rampenlicht und bin nackt – komplett entblößt. Es gibt nichts, was die Öffentlichkeit nicht von mir weiß. Sie wissen mehr als ich selbst. Jeden Tag lese ich neue Schlagzeilen in der Zeitung über mich. Mein Gesicht ist bald im letzten Winkel der Stadt bekannt. So wollte ich niemals leben, aber Danny hat mich zum Gespött der Leute gemacht. Erst zog er mich ins Rampenlicht, nun lässt er mich fallen wie eine heiße Kartoffel.

Ich muss versuchen, mein Leben neu zu ordnen. Das ist mir zwar schon mal gelungen, aber da waren die Voraussetzungen andere. Ich war allein. Kein Mensch kannte mich. Ich fing praktisch bei null an. Jetzt aber müsste ich mich von der Hundert zurück auf die Null arbeiten – quasi ein Rückschritt. Selbst falls das möglich wäre, will ich das überhaupt? Eines jedoch will ich sicher: meine Ruhe.

Mit meinem Koffer im Schlepptau verlasse ich gegen neun Uhr das Haus. Mary kommt mir im selben Augenblick entgegen.

„Aber, Miss Bergstroem, wo wollen Sie denn hin? Ziehen Sie etwa aus? Ist Mr. Greyeyes darüber informiert?"

„Mr. Greyeyes wird es nicht weiter interessieren, wo ich von nun an wohne. Ihm sind inzwischen andere Dinge wichtiger geworden."

Erbittert ziehe ich mit meinem Koffer an Mary vorbei. Ich spüre ihren fragenden Blick auf meinem schmerzenden Nacken. Tu nicht so, als hättest du nicht gewusst, was für ein Herzensbrecher dein Boss ist, begriffsstutzige, ignorante Schreckschraube!

Der Presserummel

Mein Taxi wartet bereits am Tor auf mich. Der Fahrer stürzt aus seinem Gefährt, als er mich anmarschieren sieht, um mich von meinem Koffer zu befreien. Endlich mal einer, der mitdenkt.

„Sind Sie nicht diese Schriftstellerin? Na, wie war noch Ihr Name?"

„Malina Bergstroem", helfe ich ihm auf die Sprünge.

„Aber ja, die Kleine, die mit Danny Greyeyes liiert ist."

Wie schön, dass alle mein Gesicht kennen, aber wenigstens keiner meinen Namen. Ich bin eben lediglich die „Kleine", die mit Danny Greyeyes mal liiert war. Sie möchte jetzt gern nach Hause, ein entspannendes, heißes Bad nehmen und sich die nächsten Wochen in ihrer Wohnung verschanzen.

Als das Taxi in meine Straße einbiegt, bin ich fassungslos. Der Eingang meines Hauses ist verstopft mit Fernsehteams, Reportern und Schaulustigen. Lucy steht mitten unter ihnen und ist bemüht, sich gegen die Übermacht der Medien zu behaupten. Was tut sie da? Gibt sie etwa ein Interview?

„Soll ich tatsächlich vor diesem Haus halten, Miss Bergstroem?"

Tja, wenn ich das bloß selbst wüsste. Das Wohnhaus hat keinen Hintereingang, aber ich will nach Hause – in meine Wanne. Also muss ich da durch.

„Ja, bitte."

Wie gewünscht tut er, worum ich ihn bat. Ich winke Lucy zu, als ich aus dem Taxi steige. Alle Augen richten sich auf mich. Ich nehme meinen Koffer vom Fahrer in Empfang und ziehe ihn auf dem Weg zur Eingangstür hinter mir her, während sich die Journalisten um mich herum scharen und mir ihre Mikrofone ins Gesicht drücken.

„Miss Bergstroem, was sagen Sie zu den Hochzeitsgerüchten über Sie und Mr. Greyeyes?"

Hochzeit? Was brodeln die da in ihrer Gerüchteküche für Hirngespinste zusammen? Verrückt! Alle verrückt!

„Malina, was machst du hier?", ruft mir Lucy zu.

Mühsam versuche ich, die lästigen Aasgeier mit ihren Kameras und Mikrofonen abzustreifen, aber sie kleben an mir wie Pattex. Zu meiner inneren Zerrissenheit kommt nun eine enorme Verärgerung über dieses Gedränge um mich hinzu. Können die mich nicht in Frieden lassen? Ihr wollt Futter haben? Dann bekommt ihr es jetzt.

„Hören Sie", spreche ich die Journalisten plötzlich an, „es gibt für Sie keinen Anlass, meine Wohnstätte weiterhin zu belagern. Der einzige Grund, weshalb ich in das öffentliche Blickfeld geraten bin, war, dass Sie fälschlicherweise annahmen, ich wäre mit Danny Greyeyes zusammen. Bitte nehmen Sie ein für alle Mal zur Kenntnis, dass an dieser Sache nichts dran ist. Zwischen Danny Greyeyes und mir ist nichts, kapieren Sie das doch endlich!"

Einer der Reporter setzt sich von den anderen ab und kämpft sich durch das Gewühl an mich heran. Als er dicht neben mir steht, ergreift er mich am Arm und zerrt mich durch den Eingang des Hauses.

„Es spielt keine Rolle, was Sie ihnen sagen, Miss Bergstroem. Alle Welt ist von einer Romanze zwischen Ihnen beiden überzeugt. Man hat Sie zu oft zusammen gesehen. Ich möchte Ihnen einen Rat geben: Akzeptieren Sie Ihre Popularität. Erlernen Sie den Umgang mit der Presse und der Öffentlichkeit. Ich weiß, dass Ihnen das nicht liegt. Wer Ihr erstes Buch gelesen hat, versteht, was für eine enorme Umstellung die Großstadt New York für eine menschenscheue, zarte Person wie Sie gewesen sein muss. Aber das hier ist was anderes. Gehen Sie auf die Menschen zu, öffnen Sie sich. Sie wollen jetzt mehr von Ihnen. Da wurde ein Stein ins Rollen gebracht, der nicht aufzuhalten ist. Handeln Sie, sonst wird man Sie auseinanderreißen, Miss Bergstroem. Passen Sie sich Ihren neuen Umständen an. Es ist das Beste für Sie."

Mit diesen Worten zieht er sich zurück und verschwindet in der Menge, doch zuvor steckt er mir seine Visitenkarte zu. Verstört stehe ich im Hauseingang, bis Lucy zu mir vorstößt.

„Wer war das? Was wollte er von dir? Wieso bist du hier?"

„Welche deiner Fragen soll ich dir zuerst beantworten?", bemerke ich hilflos.

Lucy hakt sich bei mir unter und zieht mich voran. Als wir unsere Wohnung betreten, kommt mir alles fremd vor. So lange war ich doch nicht fort. Höchstens drei oder vier Wochen.

Stumpf schleppe ich mich ins Bad und drehe den Hahn der Badewanne auf, während Lucy in der Küche Kaffee aufbrüht.

Was hatten die Worte des Reporters zu bedeuten? Kann es wirklich sein, dass es für mich keine andere Lösung mehr gibt? Muss ich mich der Öffentlichkeit stellen? Ich wüsste noch eine andere Lösung: ertrinken in der Wanne. Man bekommt dabei nur so schlecht Luft. Vielleicht könnte ich versehentlich den Fön ins Wasser plumpsen lassen. Das Dumme ist nur, dass die Steckdose zu weit entfernt ist und die Länge des Kabels meinen Freitodversuch vereiteln würde. Ich könnte Lucys Nagellackentferner trinken oder ...

„Ach, hier bist du."

Lucy kommt ins Bad und stört mich bei meinen selbstvernichtenden Überlegungen. So wird das nie was. Wie soll ich so auf die richtige Methode kommen, die möglichst kurz und schmerzlos ist. Ich brauche dafür Ruhe, alles muss genauestens durchdacht sein. Nicht, dass ich am Ende noch was falsch mache.

Ich streife mir die Kleider vom Leib und klettere ins warme Nass. Lucy reicht mir die Kaffeetasse zu und setzt sich auf den Badewannenrand.

„Ach Lucy, wahrscheinlich bin ich selbst an allem schuld. Ich bin wirklich zu naiv, Danny hatte schon ganz Recht. Wie dumm von mir, anzunehmen, ihm könnte ehrlich was an mir liegen. Nun sitze ich im Schlamassel. Kannst du mir verraten, wie's weitergehen soll? Ich will dieses Leben nicht, in das ich geradewegs hineinmanövriere. Es macht mir Angst."

„Was soll ich dir raten, Malina. Du hast keinen Einfluss darauf, wie die Dinge sich entwickeln. Es wird dir nichts anderes übrig bleiben, als den weiteren Verlauf abzuwarten und es zu akzeptieren."

„So was in der Art hat mir der Reporter vorhin auch geraten. Er sagte, ich solle mich der Öffentlichkeit stellen und nicht davonlaufen. Das sei das Beste für mich."

Bis vor Kurzem wusste ich noch, was das Beste für mich ist, doch jetzt bin ich ratlos.

„Wahrscheinlich hat er Recht", bemerkt Lucy.

Tse, Lucy hat gut reden. Ihr macht es schließlich nichts aus, im Mittelpunkt zu stehen. Ich dagegen war immer scheu wie ein Reh. Wie soll ich von einem Tag auf den anderen mit einem neuen Leben klarkommen? Das geht mir zu schnell. Wie war das gleich mit Lucys Nagellackentferner?

„Dein Bruder ist gestern übrigens vorbeigeschneit. Er hat nach dir gefragt."

Ja, so ist Namid, schnell zur Stelle, sobald ich in der Klemme stecke.

„Was hast du ihm gesagt?", erkundige ich mich.

„Na, ich hab ihm alles erzählt."

Fein, Lucy, gib nur alle Geheimnisse preis, die ich dir anvertraue! Macht so etwas eine zuverlässige Freundin?

„Was heißt ,alles'?"

„Wo ist dein Problem? Er ist dein Bruder und macht sich Sorgen um dich. Aber keine Angst, Malina, wir haben nicht bloß über dich gesprochen."

Ja, eigentlich auch egal, was sie ihm erzählt. Er braucht nur die Zeitung aufzuschlagen und weiß über alles Bescheid.

„Aha, worüber habt ihr denn sonst gesprochen?"

Lucy hat plötzlich einen verschmitzten Gesichtsausdruck. Ist mir was entgangen?

„Vielleicht weniger gesprochen, mehr … na ja …" Sie räuspert sich. „Ich hoffe, es macht dir nichts aus?"

„Nun rede mal Klartext! Was sollte mir nichts ausmachen? Ist da was zwischen euch im Busche?"

„Ja."

Augenrollend tauche ich ab und überlege unter Wasser, was sich gerade für seltsame Konstellationen entwickelt haben. Danny und ich, das ist schon eigenartig. Lucy und Namid, das finde ich jedoch gewöhnungsbedürftig.

Jetzt wohnen Lucy und ich fast fünf Jahre zusammen und nie gab es das geringste Anzeichen von aufkeimender Leidenschaft zwischen ihnen.

Bisher hat es Namid selten ernst gemeint mit einer Frau. Er könnte Lucy unter Umständen enttäuschen. Das will ich nicht! Reicht ja schon, wenn ich enttäuscht wurde. Nicht, dass auch noch meine einzige moralische Stütze Liebeskummer bekommt. Langsam gleitet mein Kopf zurück an die Oberfläche. Durch eine Schaumblume lächle ich Lucy an.

„Du und Namid? Das hätte ich im Traum nicht für möglich gehalten. Aber du weißt schon, dass er es nie länger als ein paar Tage mit einer Frau ausgehalten hat?"

Lucy sieht bekümmert zu Boden.

„Ja, deshalb bin ich ihm auch möglichst oft aus dem Weg gegangen."

„Hattest du ihn denn länger im Visier? Warum hast du nichts gesagt?"

Ich wische mir den Schaum aus dem Gesicht.

„Weil ich nicht wollte, dass er etwas erfährt."

„Aber ich hätte es für mich behalten!", gebe ich empört von mir.

„Bestimmt hätte ich aber irgendwann gewollt, dass du es ihm erzählst und wer weiß, ob das gut gegangen wäre. Weil ich gestern mit ihm allein gewesen bin, hat dein Bruder nichts unversucht gelassen, bei mir zu landen. Ich bin schwach geworden, das war gewiss ein Fehler, aber ich kann mich gegen meine Gefühle nicht mehr wehren."

Dieser Flegel! Was fällt ihm ein, meine beste Freundin flachzulegen?

„Und wie geht's nun weiter mit euch?", frage ich betreten. „Oder war das nur ein einmaliges Phänomen?"

„Weiß nicht."

Der Tonfall macht mich stutzig. Wehe, Namid hat ihr das Herz gebrochen, dann kann er was erleben! Er hätte sich keinen besseren Zeitpunkt dafür aussuchen können. Ausgerechnet jetzt, wo ich Lucy dringend brauche. Oh Namid, ich verwünsche dich!

Zwei Wochen vergehen und nichts tut sich, was mein Bild über Danny hätte korrigieren können. Kein Anruf, kein Wort der Entschuldigung, nichts. Auch Namid meldet sich nicht bei Lucy. Ich hatte ihn mehrmals angerufen, aber bin jedes Mal zu seiner Mailbox weitergeleitet worden. Offenbar ist sein Handy ausgeschaltet. Keine Ahnung, wo er steckt. Er ist wie von der Bildfläche verschwunden. Dabei hätte ich ihm gerne ein paar Fragen gestellt: Zum Beispiel, weshalb er ausgerechnet Lucys Herz brechen musste? Seitdem ist sie wie ausgewechselt. Sie spricht und isst kaum noch etwas, kommt spät nach Hause und verschwindet ohne ein Wort in ihrem Zimmer. Wenn ich bloß wüsste, wie ich ihr helfen kann. Dabei habe ich genug mit meinem eigenen Kummer zu kämpfen. Das ist das erste Mal, dass ich Namid für seine Lebensart verachte. Soll er halt seine flüchtigen Bekanntschaften nageln, aber doch nicht Lucy. Was hat er sich nur dabei gedacht?

Taucht auch noch unter und meldet sich nicht mehr bei ihr. Was glaubt er, wie sich Lucy nun fühlt? Kann es wirklich sein, dass ihm das gleichgültig ist?

Um mich auf andere Gedanken zu bringen, setze ich mich an den Computer. Ich weiß nicht, warum ich das mache, aber irgendetwas in mir treibt mich dazu, das Buch über Danny doch noch zu verfassen. Womöglich will ich auf diese Art, meine Verbitterung über ihn verarbeiten. Oder aber ich suche unbewusst nach einem geeigneten Mittel der Rache. Obwohl weder meine einleitenden Worte noch der nachfolgende Text ihn in ein schlechtes Licht rücken – bis jetzt nicht. Ich könnte es mir jedoch anders überlegen.

Die Eindrücke, die ich in den paar Wochen über ihn gewonnen habe, und das schriftliche Material über sein vergangenes Leben, das ich von ihm erhielt, vermitteln mir ein recht präzises Bild von ihm. Das dürfte mir reichen, um eine unverfälschte Biographie abzufassen und darin eine objektive Einschätzung des wahren Danny Greyeyes aufzuzeigen. Ob ich seinen übermäßigen Frauenverschleiß erwähne, behalte ich mir vor.

Das kommt ganz auf meine künftige Wut über alle Männer dieser Welt an. Sollte sich auch Namid nicht mehr bei Lucy melden, möchte ich nicht ausschließen, dass dies einen spontanen kritischen Einfluss auf Dannys Biographie nimmt. Ich könnte alle Vorurteile über Männer im Allgemeinen und ganz speziell – selbstverständlich völlig unbewusst – in Danny projizieren und dies versehentlich in mein Buch mit einflechten. Somit würde ich gleich drei Fliegen mit einer Klappe schlagen. Ich hätte Phil, Danny und Namid parallel auf einen Schlag eins ausgewischt. Ob mich das letztlich glücklicher machen würde, möchte ich bezweifeln. Daher sollte ich die trügerische Macht, die mit diesem Buch in meinen Händen liegt, nicht überbewerten. Am Ende hat keiner was davon, falls ich meine Objektivität bei meiner Arbeit nicht bewahre.

Das Telefon holt mich aus meinen gerade ausgereiften Gedanken. Wenigstens hat der Anrufer mir die Zeit gegeben, meine begonnene Gedankenarbeit zum Abschluss zu bringen. Nichts ist unbefriedigender, als wenn man bei der Suche nach Lösungen für ein Problem gestört wird. Zum Beispiel bin ich in der Nagellackentfernerfrage keinen Schritt weitergekommen.

„Hallo?", frage ich in den Hörer hinein.

„Miss Bergstroem, sind Sie am Apparat?", erkundigt sich eine mir bekannte Stimme.

Nur will mir nicht einfallen, warum sie mir bekannt vorkommt. Dass ich sie bereits gehört habe, ist klar. Aber wo? Es rattert in meinem Hirn.

„Ja, bin ich. Mit wem spreche ich?"

„Hier ist Richard Daniels."

Mich trifft der Schlag! Richard Daniels ruft *mich* an! Was kann er von mir wollen?

„Ich hoffe, ich rufe nicht ungelegen an?"

„Nein, ganz und gar nicht."

Du hättest den Zeitpunkt nicht besser treffen kön-nen. Genau jetzt habe ich alle Zeit der Welt. Ich bin quasi gerade mit Denken fertig geworden, also passt es ausgezeichnet. Los sprich, was will der aufstrebendste Unternehmersohn aller Zeiten von mir – reich, gut aussehend, charmant und schwer begehrt?

Ich bin platt, er hat meine bedeutungslose Te-lefonnummer gewählt. Jetzt müsste ich wohl et-was sagen, beispielsweise, dass ich hocherfreut über seinen Anruf bin, doch ich krieg wieder nichts raus. Meine Güte, bin ich blockiert! Mein Puls lässt mein Blut durch die Adern schießen und verhilft meinen Ohren zu einem ungewohn-ten Glühen.

„Miss Bergstroem, ich vermute mal, dass Sie mein Anruf überrascht."

Na ja, ich kann nicht gerade behaupten, dass ich damit gerechnet hätte.

„Vielleicht etwas", gestehe ich ein.

„Ich möchte nicht verschweigen, dass gewisse Randbemerkungen in den Medien mich dazu be-wogen haben, zu Ihnen Kontakt aufzunehmen."

Von welchen Bemerkungen redet er? Und wieso am „Rande"?

„Zweifelsohne bin ich mir bewusst, dass be-stimmte Aussagen in der Presse mit Vorsicht zu genießen sind und deren Glaubwürdigkeit frag-lich ist, daher erlaube ich mir, mich direkt mit Ihnen in Verbindung zu setzen."

„Ich verstehe nicht, worauf Sie hinauswollen. Gibt es da etwas, was ich wissen müsste?", erkundige ich mich verunsichert.

„Tja, dessen bin ich nicht sicher. Oder denken Sie, es sei für Sie zwingend erforderlich zu wissen, dass Mr. Greyeyes gemeinsam mit Elisabeth Palmer gesehen wurde?"

Autsch, nun scheint es amtlich zu sein, dass sie ein Paar sind! Es stimmte also alles, was mir diese Elisabeth am Telefon sagte. Ein erneuter Beweis für die Richtigkeit meiner Annahmen: Ich wurde von Danny betrogen und benutzt. Er ist unendlich hassenswert! Ich sollte aus seiner Biographie eine Satire basteln. Daran hätten ich selbst und die Leserschaft viel mehr Vergnügen.

„Es ist keinesfalls erforderlich, mich darüber zu informieren, Mr. Daniels. Es interessiert mich nicht im Geringsten, was Mr. Greyeyes in seiner Freizeit tut."

Soll er doch bleiben, wo der Pfeffer wächst!

„Ich habe gehofft, dass Sie das sagen werden."

So?

„Miss Bergstroem, ich mache keinen Hehl daraus, dass ich Sie sehr schätze und vom ersten Augenblick unserer Begegnung an fasziniert von Ihnen war. Sicher haben Sie das längst bemerkt."

Nun ja, ich nicht, aber Danny ist es gleich aufgefallen. In solchen Dingen bin ich blind wie ein Maulwurf.

„Ehrlich gesagt ..."

Soll ich jetzt nein sagen? Das wäre unhöflich und ein „Nein" geht mir ohnehin niemals über die Lippen.

„... eventuell ein wenig."

„Machen Sie mir die Freude und gehen Sie mit mir aus. Begleiten Sie mich doch bei meinem nächsten Geschäftsessen. Mir fehlt dringend eine charmante Begleitung."

„Oh, Mr. Daniels, bitte nehmen Sie das nicht persönlich, aber ich denke nicht, dass ich dafür die richtige Wahl bin. Bestimmt benötigen Sie eine redegewandte Gesellschaft, die ich beileibe nicht bin. Womöglich vergraule ich Ihre Geschäftspartner mit meiner entsetzlichen Ungeselligkeit. Sobald eine Unterhaltung von Vorteil wäre, schweige ich wie ein Grab. Falls Sie mit Ihrem Unternehmen auf den Konkurs zusteuern wollen, müssen Sie nur regelmäßig darauf bestehen, dass ich Sie zu Ihren Geschäftsessen begleite."

Mr. Daniels lacht belustigt, lässt aber nicht locker, als hätte er den Ernst der Lage nicht erkannt.

„Sie machen mir Spaß, Miss Bergstroem. Glauben Sie mir, es ist mir längst bekannt, dass Ihnen in gewissen Situationen etwas Zutrauen zu sich selbst fehlt – meiner Meinung nach völlig unbegründet. Allerdings denke ich kaum, dass sich jemand daran stört. Ihre Leser verehren Sie und bewundern Ihre Natürlichkeit. Auf keinen Fall sollten Sie etwas daran ändern."

Nicht? Ich darf so bleiben, wie ich bin? Aber der Reporter war da ganz anderer Meinung. Was stimmt denn nun?

„Finden Sie nicht auch, dass ich mich dem öffentlichen Interesse stellen und mehr aus mir herauskommen sollte? Ist es förderlich, wenn ich mich weiterhin allem verschließe?", erkundige ich mich wissbegierig bei Richard Daniels.

Schließlich muss er es ja wissen. Sein versierter Umgang mit der Öffentlichkeit ist bewundernswert. Wieder erheitertes Gelächter am anderen Ende.

„Nein, um Himmels willen, wie kommen Sie bloß darauf? Für wen wäre es förderlich, würden Sie sich den Medien stellen? Doch nur für die Medien selbst, nicht aber für Sie. Sie sehen doch, was dabei herauskommt: Man wird zum Spielball der Journalisten. Versuchen Sie, Ihr Privatleben, so gut es geht, abzuschirmen. Ein anderes Verhalten wäre mit Ihrer kleinen Charakterschwäche glatter Selbstmord."

Verstehe, also wollte mich der Reporter lediglich ködern. Warum hat er mir sonst seine Visitenkarte zugesteckt? Bestimmt erhoffte er sich ein Exklusivinterview mit mir. Warum lass ich mich auch so schnell verunsichern? Ich muss mehr auf meine innere Stimme hören und mich nicht immerzu von anderen irreführen lassen.

Richard Daniels' Worte geben mir Selbstvertrauen. Davon ist die letzten Wochen eine Menge auf der Strecke geblieben. Ich muss wieder zu mir selbst finden, nur gelingt mir das im Moment nicht. Möglich, dass mich eine Verabredung mit Mr. Daniels ablenkt und auf andere Gedanken bringt. Es tut gut zu hören, dass ihm meine Schweigsamkeit nicht die geringsten Bedenken bereitet. Ich könnte mich also zwanglos zurücklehnen und ihn bei seinen Verhandlungen mit seinen Geschäftspartnern beobachten.

„Sie haben wohl Recht, Mr. Daniels, ich könnte mich unmöglich von heute auf morgen in einen neuen Menschen verwandeln und möchte auch nicht im Rampenlicht stehen. Dafür bin ich nicht geschaffen. Wenn es Ihnen also nichts ausmacht, dass ich kein Redetalent bin und daher Ihre Geschäfte an diesem Abend dem Untergang geweiht sind, würde ich Sie gern begleiten."

„Das Risiko gehe ich mit Vergnügen ein", erwidert er amüsiert. „Darf ich Sie morgen gegen neunzehn Uhr abholen?"

„Gern, ich freue mich", entgegne ich aufrichtig.

Beim ungezwungenen Essen ist man selten allein

Pünktlich um neunzehn Uhr klingelt es an der Wohnungsstür. Frohgestimmt öffne ich und wundere mich, als nicht Mr. Daniels vor mir steht. Ein Chauffeur in Blau nimmt seine Mütze vom Kopf und begrüßt mich höflich.

„Guten Abend, Miss Bergstroem. Mr. Daniels ist ein dringender Termin dazwischengekommen und er entschuldigt sich, dass er nicht persönlich erscheinen kann. Wenn es Ihnen recht ist, fahre ich Sie zum verabredeten Treffpunkt. Mr. Daniels wird dort auf Sie warten."

Ich wusste nicht, dass ich einen Treffpunkt mit ihm verabredet hätte. Wo mag das sein? Ich frage nicht nach, es spricht nichts dagegen, mich überraschen zu lassen.

Ich nicke und folge dem blauen Abgesandten stumm zu seiner dunkelblauen Limousine. Ein VW Käfer hätte es auch getan. Ich steige ein und fühle mich in diesem gewaltigen Gefährt verloren. Hauptsache, ich finde hier auch wieder raus. Der Wagen ist geräumig wie ein Linienbus. Während der Fahrt sitze ich dicht neben der Tür und schaue beharrlich aus dem Fenster. Diesmal bin ich nicht nervös. Fast freue ich mich auf diesen Abend, obwohl mir bewusst ist, dass mir Mr. Daniels' Geschäftspartner unbekannt sind. Allein diese Gewissheit raubt mir für gewöhnlich sämtlichen Mut. Da ich aber weiß, dass sich Mr. Daniels an meiner Zurückhaltung nicht stört, ihm eine Konversation zwischen seinen Geschäftspartnern und mir nicht weiter wichtig ist, kann ich entspannt sein.

Wir halten an einer Ampel und mein Blick fällt auf einen Kiosk, der gerade schließt. Die Schlagzeile einer Zeitung springt mir förmlich ins Gesichtsfeld.

„Elisabeth Palmer, die Gewinnerin!"

Die Ampel schaltet auf Grün und wir setzen unsere Fahrt fort. Kurzerhand schreie ich den Fahrer an:

„Halt, bleiben Sie stehen! Bitte sofort anhalten!"

Verwundert setzt der blaue Chauffeur den Blinker und hält eine Kreuzung später an.

„Warten Sie bitte einen Augenblick. Ich bin sofort zurück."

Ich steige aus dem Fahrzeug und haste zurück zum Kiosk. Im letzten Moment erwische ich den Verkäufer, bevor er seinen sicher verdienten Feierabend antritt, und luchse ihm eine letzte Zeitung ab. Bereits auf dem Rückweg zum Auto falte ich die Zeitung auseinander und erschaudere erneut beim Anblick der Überschrift. Erst jetzt bemerke ich, mein kleines Foto neben Elisabeth Palmers überdimensionalem Bild. Na bitte, das Interesse an mir wird, proportional zu meinem Foto gesehen, schon kleiner. Und offenbar scheint diese Elisabeth das Rampenlicht zu genießen. Soll sie doch! Sie kann alles haben: Glanz, Ruhm und Danny. Ich will nichts davon.

Als ich wieder in der Limousine sitze, lese ich mir den Artikel durch. Bereits die ersten Zitate von Elisabeth Palmer durchbohren mein Herz.

„Sie (damit bin ich gemeint) *ist doch überhaupt nicht sein Typ. Viel zu ruhig und unscheinbar. Wir machen alle mal Fehler."*

Ich war kein Fehler, du rote Kröte! Danny hat mich vernascht und meine Gefühle missbraucht, aber ich war kein Fehler! Gemeines Miststück!

Gekränkt zerknittere ich die Zeitung und werfe sie auf die Sitzbank. Ich muss mich immunisieren gegen solche beschämenden Attacken. Wenn es bloß an mir abprallen würde. Seitdem Danny meine Mauer eingerissen hat, bin ich schutzlos wie ein Baum ohne Rinde. Wenn ich das nicht schnell repariere, bin ich bald ein einziges Trümmerfeld. Jeder bohrt in meiner Wunde, jetzt auch noch diese Elisabeth. Warum tut sie das? Sie hat ihn doch zurück. Bin ich tatsächlich so unscheinbar, wie sie behauptet? Und was ist daran verkehrt? Wäre es mit Danny anders gekommen, hätte ich das Temperament einer spanischen Flamencotänzerin? Bisher hat es mich nicht gestört, dass meine Lebhaftigkeit nicht über das Level von Valium hinausgeht. Nie hatte ich das Gefühl, ein Fehler zu sein. Jetzt schon!

Wir erreichen ein beschauliches, nicht zu extravagantes Chinarestaurant. Findet hier das Geschäftsessen statt? Wow, ich hätte nicht vermutet, dass es in einem durchschnittlichen Rahmen erfolgt. Das ist mir sehr angenehm. Der blaue Chauffeur parkt die pompöse Limousine. Ich erblicke Mr. Daniels, der direkt auf uns zusteuert. Er öffnet die Wagentür und hilft mir beim Aussteigen.

„Miss Bergstroem, ich bin untröstlich, dass ich Sie nicht persönlich herbegleiten konnte, aber ..."

„... aber die Geschäfte gehen vor. Das verstehe ich doch, Mr. Daniels", ergänze ich seinen Satz.

Vergnüglich lächle ich ihn an und lasse mich von ihm über den Parkplatz führen. Heute Abend denke ich an nichts und genieße alles, was es zu genießen gibt.

„Ich danke Ihnen für ihr Verständnis. Meine Arbeit nimmt mich wirklich in Beschlag. Mir bleibt leider wenig Zeit für Privates, daher muss ich unser Wiedersehen nun mit meinen Geschäften verbinden. Ich hoffe, es macht Ihnen nichts aus."

„Aber nein, Mr. Daniels, ich freue mich direkt darauf. Wenn Sie mir garantieren, dass ich keinen Mucks von mir geben muss, kann mir doch nichts passieren."

Er lacht amüsiert und legt vermessen seinen Arm um meine Schultern.

„Keine Angst, ich bin ja bei Ihnen."

Unbeschwert lächle ich ihn an und überlege, welche Gründe es für meine Unbefangenheit in seiner Nähe geben könnte.

„Dann bin ich ja beruhigt", bemerke ich, bevor wir das Lokal betreten.

Der Ober führt uns an unseren Tisch. Mr. Daniels' Geschäftspartner sind noch nicht eingetroffen, sodass wir etwas Zeit für ein privates Gespräch haben. Also nutze ich die Gelegenheit, um ihm eine Frage zu stellen.

„Sagen Sie, Mr. Daniels, warum geht ein angesehener Mann, wie Sie es sind, mit einer unbedeutenden Person wie mir essen? Ich meine, was steckt hinter Ihrem gestrigen Anruf?"

Nachdenklich fährt er sich mit der Hand übers Kinn und sucht nach den richtigen Worten.

„Wie meinen Sie das?"

Na prima, die Frage war eindeutig ein Fehlgriff in meine nicht vorhandene Trickkiste.

„Es tut mir leid, Mr. Daniels, ich wollte nicht indiskret sein. Selbstverständlich war meine Frage unpassend. Normalerweise schweige ich einfach, dann kann ich auch nichts Falsches sagen."

Was muss er jetzt von mir denken? So eine unüberlegte Frage gleich am Anfang zu stellen, ist wirklich laienhaft. Nun zeigt sich wieder, dass ich null Komma null Ahnung habe, wie man sich bei einem Date angemessen verhält. Ich bin ein Volltrottel!

„Aber nicht doch", bemerkt er nachsichtig, „Ihre Frage war nicht unpassend. Etwas direkt vielleicht, jedoch nicht unpassend."

Nicht? Sie war nicht falsch? Nicht so sehr, wie ich dachte? Puh! Erleichtert lasse ich mich in meinem Sitz zurückfallen.

„Ich dachte, es sei offensichtlich, dass ich Sie sehr schätze, Miss Bergstroem. Als ich Ihnen im Haus meiner Eltern das erste Mal begegnet bin, war ich Ihrer Ausstrahlung sofort erlegen. Nur konnte ich mir dieses sonderbare Verhältnis zwischen Ihnen und Danny Greyeyes nicht erklären. Am nächsten Tag allerdings haben sich meine Fragen geklärt: Ich erhielt unvermutet Besuch von Danny, der mir einen Kontakt zu Ihnen untersagen wollte. Ich gebe zu, dass ich seinen Auftritt eigenartig fand, aber ich respektierte seinen Wunsch. Es lag mir fern, Ihre Verbindung zu zerstören. Doch als ich Ihnen beiden auf dieser Galaveranstaltung wiederbegegnet bin, vermutete ich größere Differenzen zwischen Ihnen. Die letzten Schlagzeilen in den Medien bestätigten meine Vermutungen. Erlauben Sie mir die Andeutung, dass ich Dannys neue Wahl nicht ganz nachvollziehen kann. Seine Entscheidung kommt mir hingegen nicht ungelegen. Ich hoffe, Sie missverstehen diese Bemerkung nicht. Für mich ist er, etwas lapidar ausgedrückt, ein Dummkopf."

Ja, in der Tat, das ist er. Er soll nicht glauben, dass ich mich vor Kummer in einem Iglu einmauere! Wie er bald sehen wird, amüsiere ich mich ausgesprochen gut.

Ich kratze mich am Kopf. Mir ist nicht klar, warum Danny an diesem Sonntagmorgen zu

Richard Daniels gefahren ist. Weshalb verlangte er von ihm, seine Bemühungen um mich einzustellen, wenn er von Anfang an nur ein Liebesabenteuer mit mir suchte? Unter diesen Umständen hätte es ihm doch egal sein können, wenn sich ein weiterer Mann für mich interessiert. Oder übersehe ich da etwas?

Mein Blick fällt zur Eingangstür, als Richard Daniels' Geschäftspartner verspätet hereinschneien. Sofort beginne ich, mich zu verkrampfen, und meine Füße schwingen ruhelos im Takt. Mr. Daniels greift kurz nach meiner Hand.

„Sie können unbesorgt sein. Es erwartet niemand, dass Sie sich an einem Gespräch beteiligen. Genießen Sie einfach das Essen, in Ordnung?"

Beruhigt nicke ich mit dem Kopf. Mr. Daniels hat eine ermutigende Art an sich. Fast finde ich es schade, dass von mir keine Gesprächsbeteiligung erwartet wird. Womöglich könnte ich hin und wieder was am Rande bemerken – nur so nebenbei. Mal sehen.

Beide Herren begrüßen mich erfreut.

„Miss Bergstroem, ich konnte es kaum glauben, als Mr. Daniels uns mitteilte, dass Sie uns heute Gesellschaft leisten. Ich bin hocherfreut. Machen Sie mir die Freude und signieren dieses Buch für meinen Sohn", bittet mich der Fülligere der beiden und hält mir eines meiner Werke hin.

Die beiden kennen mich! Einem ihrer Söhne bin ich bekannt! Danny hat wirklich ganze Arbeit geleistet. Es ist beunruhigend, dass ich so vielen

Menschen auffalle. Ich dachte, ich sei inkognito hier.

„Sehr gern", antworte ich und schreibe einen kurzen Gruß in die Kladde.

Sollten heute weitere Menschen mein Gesicht erkennen, renne ich schreiend in meine Höhle oder tauche ab in den Untergrund. Gebt mir meine Anonymität zurück! Sofort!

Den gesamten Abend reden wir über meine Bücher. Von geschäftlichen Themen keine Spur. Sind das auch die richtigen Leute, die an unserem Tisch Platz genommen haben? Erschöpft vom Reden entschuldige ich mich und stehle mich heimlich vor die Tür, um einen Moment allein zu sein. Obwohl mein Magen mit gesunden Köstlichkeiten befüllt wurde, fühle ich mich wie ein vollgestopfter Staubsaugerbeutel. Mein Unwohlsein könnte aber auch andere Gründe haben. Schließlich bin ich so viel Konversation nicht gewohnt. Kein Wunder, dass ich mich fühle, als hätte man den Stöpsel zu meiner Energieversorgung gezogen.

Ich hole tief Luft und behalte den Sauerstoff länger in mir, bevor ich ihn wieder ausstoße. Das tut gut. Ein dunkles Fahrzeug hält direkt vor dem Eingang des Lokals. Sieht genauso aus wie ...!

Die Wagentür wird von innen aufgestoßen und ich erkenne Danny und Miss Red alias Palmer auf dem Rücksitz. Ein Blitz durchstößt mein Herz und führt zu einer Zunahme meines Missbehagens, das ich bis eben noch unter Kontrolle wusste. Krampfhaft halte ich mich am Geländer der Treppe fest, auf der ich stehe.

Schön ruhig atmen. Ein und aus, ein und aus …

Danny steigt vor Miss Red aus und sieht mich auf der Treppe vorm Lokal stehen. Mein verwundetes Herz überschlägt sich vor Aufregung, während auch meine zweite Hand nach dem Geländer greift. Jetzt bloß nicht schlapp machen. Ich muss das hier würdevoll durchstehen. Wahrscheinlich wird er mir einen herablassenden Blick schenken und wortlos an mir vorbeischreiten. So behandeln Herzensbrecher doch ihre Opfer, wenn sie ihr Ziel einmal erreicht haben, oder nicht? Da ich zuvor noch keinem Frauenhelden erlegen bin, weiß ich das natürlich nicht so genau, aber die Vermutung liegt nahe.

Miss Red hat mich bisher nicht gesehen und ist mit den Falten ihres Kleides beschäftigt. Danny jedoch sieht verwirrt zu mir herüber und kommt tatsächlich auf mich zu. Das gibt's doch nicht! Was mach ich jetzt nur? Meine Finger umklammern angespannt das Geländer, sodass meine Knöchel hindurchscheinen, als wären sie abgenagt. Mein Unwohlsein verwandelt sich in einen Schwindel. Als er direkt vor mir steht, sieht er mich fragend an.

„Malina!", spricht er überraschend meinen Namen aus.

Ich würde gern etwas sagen, aber der anwachsende Drehwurm fordert meine uneingeschränkte Konzentration. Miss Red hat ihre Falten im Kleid unter Kontrolle und ruft nach ihrem Begleiter:

„Dannyyyy! Dannyyy ... kommst du endlich?"

Dannys Stirngrübchen sprechen Bände. Leider kann ich sie nicht verstehen. Ich begreife seine fassungslose Reaktion nicht. Völlig untypisch für einen Schürzenjäger – nehme ich mal an. In mein Gesichtsfeld mischen sich aufblitzende Sternchen. Ohgottohgottohgott! Könnte ich mich bloß fortbeamen!

Besitzergreifend zerrt Elisabeth Danny am Arm und zieht ihn zum Eingang des Restaurants. Sein Blick trennt sich erst von mir, als er durch die Tür verschwunden ist.

So, jetzt kann ich in aller Ruhe ohnmächtig werden. Entkräftet sinke ich zu Boden, doch mein Bewusstsein bleibt klar. Die Sternschnuppen vor meinem inneren Auge verlieren sich und es gelingt mir, kräftig durchzuatmen. Viel Zeit für meine Wiederbelebung bleibt mir nicht, denn Richard Daniels tritt unerwartet aus der Tür heraus.

„Um Gottes willen, was ist passiert?"

Besorgt beugt er sich über mich und fährt mit seiner Hand über mein Gesicht.

„Mir wurde nur etwas schwindelig. Die schlechte Luft in den Räumen muss der Grund dafür gewesen sein. Es geht schon wieder."

Unbeholfen taste ich mit meinen Händen nach dem Geländer, um mich zurück in die vertikale Position zu ziehen.

„Nein, warten Sie", sagt Mr. Daniels eingreifend, „ich helfe Ihnen."

Schneller als mir lieb ist, stehe ich auf meinen Beinen.

„Ich werde Sie nach Hause fahren."

Bevor ich etwas darauf erwidern kann, führt er mich zu seinem Wagen und gibt seinem dort wartenden Fahrer entsprechende Anweisungen.

„Fahren Sie bitte schon mal vor und warten einen Augenblick vor dem Lokal auf mich! Ich muss eben mit den Herren alles klären."

„Oh bitte, brechen Sie nicht Ihr wichtiges Geschäftsgespräch ab. Das kann ich nicht zulassen."

„Glauben Sie mir, es gibt im Moment nichts, was ich für wichtiger erachte, als Ihr Wohlbefinden. Machen Sie sich mal um meine Geschäfte keine Sorgen. Die können warten."

Er schlägt die Tür des Wagens zu und begibt sich erneut zum Restaurant.

Bald darauf sitzen wir zusammen im Wagen und lassen uns vom Fahrer zu meiner Wohnung kutschieren. Der undurchschaubare Blick von Richard Daniels verunsichert mich. Seine auffallende Einsilbigkeit gibt mir Rätsel auf. Was ist plötzlich mit ihm? Hab ich etwas falsch gemacht?

Als wir ankommen, steigt Mr. Daniels vor mir aus und reicht mir die Hand.

„Ich werde Sie zu Ihrer Wohnungstür begleiten, denn ich möchte sichergehen, dass Sie heil dort ankommen."

Stumm lasse ich mich die Treppen hinaufführen und überlege, ob ich ihn auf einen Kaffee zu mir einladen sollte. Lucy ist unterwegs, somit wären wir ungestört. Die Frage ist nur, ob es mein Bestreben ist, ungestört mit ihm zu sein. Andererseits gibt es keinen Grund, weiterhin in Enthaltsamkeit zu leben. Ich sollte endlich damit beginnen, mein Leben umzukrempeln. Ein Liebesabenteuer oder eine Affäre wäre ein guter Anfang – obwohl ich darauf keinen gesteigerten Wert lege. In dieser Hinsicht habe ich mit Namid absolut nichts gemeinsam. Aber versuchen könnte ich es ja mal.

„Möchten Sie noch auf einen Kaffee mit reinkommen, Mr. Daniels?", frage ich, als wir vor meiner Wohnungstür stehen.

Ein erstauntes Augenspiel zeigt sich in seinem Gesicht. Habe ich wieder zu viel gewagt?

„Liebend gern. Aber geht es Ihnen denn besser?"

Klar, schon lange! Hab ich vergessen, das zu erwähnen? Ich habe mich erstaunlich schnell von meiner Unpässlichkeit erholt.

„Aber ja, viel besser. Also?"

Mit einem deutlichen Wink zur Eingangstür fordere ich ihn auf einzutreten. Widerstandslos folgt er meiner Geste. Ich hoffe nur, dass ich meine Handlung nicht bald bereue. Mr. Daniels mag ein interessanter Mann sein, aber bin ich schon so weit, mich neuen Abenteuern hinzugeben? Nur weil mein eines „Ich" erkannt hat, dass es vernünftig ist, Danny zu vergessen, heißt es noch lange nicht, dass das andere „Ich" es auch kann. Die Folge wäre, dass mein „Gesamt-Ich" sich mit Händen und Füßen gegen die Wiedervergabe von Gefühlen an einen neuen Anwärter sträuben würde und diese „Kaffeeeinladung" von mir umsonst ausgesprochen wurde. Aber ich sollte nichts unversucht lassen. Ganz egoistisch betrachtet geht es hier um die Wiederherstellung meines angeschlagenen Seelenzustands. Mr. Daniels kommt mir gerade recht.

Während ich in der Küche den Kaffee vorbereite, steht Richard Daniels angelehnt am Küchentisch und beobachtet mich. Zwischendurch drehe ich mich zu ihm um und lächle ihn an.

„Ich muss sagen, Sie überraschen mich", beendet er unser Schweigen.

Ja, ich mich auch. Und dabei habe ich erst in drei Monaten Geburtstag.

„Was meinen Sie?", hake ich nach.

„Ihre unerwartete Unpässlichkeit, dann die überraschende Genesung und nun die unverhoffte Einladung in Ihre Wohnung. So viel Unerschrockenheit hätte ich Ihnen nicht zugetraut."

„Wie bitte?"

Wovon redet er? Er denkt, ich hätte alles geplant? Aber ... aber das habe ich doch gar nicht. Wie kommt er nur darauf?

„Vermuten Sie etwa, ich hätte das entsprechend eingefädelt? Aber so ist es nicht. Mir war wirklich nicht wohl vor dem Lokal. Wäre mir klar gewesen, dass Sie es so auffassen, hätte ich diese Einladung niemals ausgesprochen, das müssen Sie mir glauben!"

Himmel, was für eine missliche Situation! Anscheinend war es ein Fehler, ihn hereinzubitten. Ich brauche dringend Nachhilfe im Umgang mit Männern. Lucy, das erkläre ich zu deiner zwingend erforderlichen Aufgabe. Das hat absolute Priorität!

Seine Hände legen sich auf meine Schultern und drehen mich herum. Mit einem festen Griff hält er mich und blickt mich fordernd an.

„Malina, ich muss wissen, ob dir Danny etwas bedeutet."

Diese sprunghaften Wendungen machen mich konfus. Eben dachte ich noch, dass *ich* ein paar Ratschläge zu Regeln und Gepflogenheiten eines Rendezvous bräuchte, jetzt allerdings hat es den Anschein, als bräuchte Richard Daniels einige Belehrungen. Nähert man sich etwa derart überstürzt einer Dame und überfällt sie mit einer unverblümten Frage?

„Bitte entschuldige meinen Überfall, aber mir ist kaum entgangen, dass dein Unwohlsein in Zusammenhang mit Danny Greyeyes stehen muss. Ich habe ihn und Elisabeth vorhin gesehen. Sollte ich mir also falsche Hoffnungen machen, dann sag es mir bitte."

Okay, Momentchen mal, noch mal der Reihe nach: Er kennt durchaus die Gepflogenheiten eines Rendezvous, nur plagt ihn eine deutliche Besorgnis, ob ich etwas für Danny empfinde oder nicht. Daher drängt er mich nun zu einem Geständnis, das ich unmöglich zustande bringe, da ich selbst nicht genau weiß, wie viel mir Danny bedeutet.

Schweigend sehe ich ihn an und versuche, mir eine Antwort zusammenzuschustern. Mir fällt bloß keine ein. Hindert uns das jetzt daran, gemeinsam den Kaffee zu trinken?

„Es tut mir leid, Richard, aber ich kann dir diese Frage nicht beantworten. Ich gebe zu, dass es mich verletzt, wenn ich ihn mit dieser Elisabeth zusammen sehe. Aber ich weiß auch, dass es vernünftig ist, ihn zu vergessen. Wie viel Bedeutung meinen Gefühlen beizumessen ist, kann ich nicht sagen. Falls dir diese Antwort nicht genügt, wäre es vielleicht besser für uns, wenn du gehst."

„Oh, doch, diese Antwort genügt mir", erwidert er überraschend. Oh weh, ich habe ihn gekränkt. „Keine Angst, ich verstehe es schon richtig. Deshalb werde ich jetzt gehen."

Diese Begründung leuchtet mir nicht ein. Einerseits ja, andererseits nein. Wie rum denn nun?

„Aber weshalb? Ich meine … bleib doch … der Kaffee …", entgegne ich irritiert.

„Das holen wir nach – irgendwann bei mir, wenn du magst."

Er greift nach seinem abgelegten Jackett und geht zur Tür. Betrübt folge ich ihm und sehe ihn mit einem beschwörenden Blick an.

„Bitte, geh nicht! Wir könnten uns noch etwas besser kennenlernen. Ich meine ... reden. Ähm ...“

„Ist schon klar. Aber ich denke, du benötigst Zeit. Die möchte ich dir geben. Wenn ich hierbliebe, könnte ich für nichts garantieren.“

Mit einem Kuss auf meine Stirn verabschiedet er sich und geht.

Die rote Überraschung

Zum Glück dauerte es nicht lange, bis sich Richard Daniels wieder meldete. Eigentlich ließ er kaum fünf Tage vergehen. Wollte er mir nicht Zeit einräumen für die Sortierung meiner Gefühle? Ich fand ja gleich, dass das nicht nötig wäre. Aber was hätte ich machen sollen? Richard war felsenfest von seinem Handeln überzeugt – bis gestern, da rief er gleich am Vormittag an – zu meiner Freude. Eine Kontaktpause zwischen uns war mir alles andere als recht, schließlich möchte ich meine Untersuchungen in Sachen „Liebesangelegenheiten" fortführen. Ich muss herausfinden, ob was in mir schlummert.

Seine Eltern haben mich für heute Abend zum Essen eingeladen und gerade flitze ich aufgeregt durch die Wohnung. Wie dumm, dass ich alle neu erstandenen Kleider bei Danny gelassen habe. Sie hätten mir für diesen Anlass nützlich sein können – zumindest eines davon. Zum Glück bin ich erneut in Lucys Schrank fündig geworden: ein rotes Kleid. Ob das Zufall ist, dass mir ausgerechnet diese Farbe in die Finger gerät?

Gegen neunzehn Uhr verlasse ich die Wohnung und fahre in meinem Auto zu der Daniels-Villa. Ich freue mich darauf, Richards Mutter wiederzusehen. Sie hat so eine wohlmeinende Offenherzigkeit, die mir liegt.

Als ich das Anwesen der Daniels erreiche, erblicke ich Richards Limousine. Er ist also schon da. Wem das kleine rote Fahrzeug daneben gehört, ist mir allerdings schleierhaft. Ich dachte, ich wäre der einzige Gast. An der Tür werde ich von Mrs. Daniels freudestrahlend begrüßt. Mütterlich drückt sie mich an ihre Brust.

„Miss Bergstroem, wie schön, dass Sie kommen konnten. Wir freuen uns ja so!"

Mr. Daniels stößt dazu und schüttelt mir die Hand. Höflich begrüße ich beide und reiche der Dame des Hauses meinen überdimensionalen Blumenstrauß, welchen ich extra einen Tag zuvor in der Blumenhandlung von Lucys Eltern bestellt habe. Mrs. Atkinson persönlich, also Lucys Mutter, ist daran schuld, dass dieser Strauß voluminös wie ein mittelgroßes Buschwerk ist. Als ich ihr mitteilte, für wen die Blumen gedacht seien, da schwatzte sie mir prompt die XXL-Version auf, deren Notwendigkeit ich sofort begriff. Kleine Leute, kleine Sträuße, große Leute, große Sträuße. So oder so ähnlich machte sie mir unmissverständlich klar, dass alles andere nicht infrage käme.

Ich hätte nicht auf sie hören sollen, denn Mrs. Daniels verschwindet vollständig hinter dem Strauß, dessen sich nun Mr. Daniels bemächtigt und sogleich fortträgt. Mrs. Daniels lächelt mich befreit an und führt mich ins Haus.

„Ich muss Sie vorwarnen, liebe Miss Berg-stroem. Wir haben unverhofften Besuch erhalten. Sie werden überrascht sein."

Hoffentlich spricht sie nicht von Danny. Gerade war ich dabei, meinen Kopf für Richard freizuschaufeln. Würde ich auf Danny treffen, müsste ich mit meinen Bemühungen, ihn aus meinen Gedanken zu graben, von vorne beginnen. Das wäre müßig und uneffektiv.

„Von wem sprechen Sie?"

Doch kaum habe ich meine Frage gestellt, beantwortet sie sich direkt von selbst und wirft etliche neue Fragen auf. Heute Abend scheint die Farbe Rot zu dominieren, denn Elisabeth Palmer steht neben Richard und unterhält sich mit ihm. Das träume ich wohl. Was will sie hier? Woher kennen sie sich überhaupt und weshalb spricht sie ausgerechnet mit Richard? Hat sie es auf alle Männer abgesehen, denen ich begegne?

Kurz berechne ich meine Erfolgsaussichten in einem Duell mit ihr. Sie ist einen halben Kopf größer als ich und ihre gesamte Statur wirkt kompakter. Körperlich bin ich ihr also augenscheinlich unterlegen. Ein Ringkampf kann demnach im Vorfelde als verloren erklärt werden. Da meine Stärken auch nicht unbedingt in der verbalen Disziplin zu finden sind, wäre es klüger, den Mund zu halten. Ebenso fehlt mir die nötige Zeit, einen wirkungsvollen Schlachtplan zu erarbeiten, mit dem ich sie nicht nur aus diesem Haus, sondern möglichst weit aus meinem Gesichtsfeld katapultieren könnte. Folglich stelle ich mir nun die alles entscheidende Frage: Sie oder ich? Wir beide sind eine zu viel, das ist schon mal klar! Ich bin der planmäßige Gast und sie der unverhoffte Besuch. Wer muss also weichen? Um diese Frage zu beantworten, brauche ich keine Sekunde. Trotzdem überlege ich, freiwillig das Feld zu räumen – einzig und allein um des lieben Friedens willen. Doch als ich Mrs. Daniels soeben von meiner just in diesem Augenblick erkrankten Tante berichten will, welche als Ausflucht meines unvermittelten Aufbruchs dienen soll, fällt Richards Blick zu mir herüber.

„Malina, da bist du ja. Darf ich dich meiner Cousine Elisabeth vorstellen? Ich glaube, ihr seid euch bekannt."

„Sieht so aus", giftet sie mich an.

Waaaas, sie ist seine Cousine – ausgerechnet sie? Weshalb? Ich meine, was hat sich Mutter Natur bloß dabei gedacht? Es gibt allerhand Cousinen auf dieser Welt – so schätzungsweise massenhaft. Die Auswahl wäre demnach annähernd grenzenlos gewesen. Aber nein, die Schöpfung erklärte gerade sie zu seiner Cousine! Das finde ich unerhört!

Jetzt verstehe ich auch, woher Danny die Daniels kennt. Ich hatte mich schon gefragt, weshalb sie ihn zu ihrem Hochzeitstag eingeladen haben und wieso sich Richard und Danny bei ihren Begegnungen immerzu beim Vornamen nennen. Da

Danny und Elisabeth ein Paar waren oder sind, wird er demzufolge auch auf ihre Familie getroffen sein. Und dazu gehören, wie ich nunmehr erfahren muss, eben auch die Daniels. Tolle Sache! Dann bräuchte ich lediglich mit Richard zu fusionieren und wir könnten nette Kaffeekränzchen zu viert arrangieren.

Also gut, sie ist seine Cousine. Langsam erhole ich mich von meinem Schock. Aber was will sie hier, und das ausgerechnet heute Abend? Sie könnte jeden anderen Tag hier aufkreuzen. Musste sie sich ausgerechnet diesen Abend aussuchen? Führt sie einen Krieg gegen mich?

Trotz meiner Bedenken ihr gegenüber reiche ich ihr zur Begrüßung die Hand. Missbilligend schaut sie in eine andere Richtung.

„Guten Abend, Miss Palmer", rede ich sie unbeirrt an.

„Elisabeth, Kind, wo sind deine Manieren?", wundert sich Mrs. Daniels.

Widerwillig begrüßt sie mich mit einem kurzen Nicken und begibt sich zur Tür.

„Ich wollte ohnehin gerade gehen. Ach, Miss Bergstroem, es freut mich, dass Sie so schnell einen Ersatz für Danny gefunden haben. Viel Glück mit Richard! Er ist mit Sicherheit die bessere Partie. Sie wissen offenbar, worauf es ankommt. Nicht schlecht für ein gewöhnliches Mädchen aus der Einöde."

Ungestüm öffnet sie die Tür und verschwindet. Mrs. Daniels hält sich voller Bestürzung die

Hände vor den Mund. Richard schüttelt nur verständnislos den Kopf und legt einen Arm um mich.

„Ich muss mich für Elisabeth entschuldigen. Sie hat gegenwärtig …"

„Nein, nein!", unterbreche ich ihn. „Du brauchst dich für nichts zu entschuldigen. Es trifft mich nicht, was sie sagt."

Doch, es trifft mich sogar sehr! Dennoch würde ich es nicht zugeben. Mein Vater sagt immer, dass man geduldig sein soll. Alle zugefügten Schmerzen fänden eines Tages zu ihrem Verursacher zurück. Ich habe Geduld – sehr viel davon.

Meine Anspannung, die sich langsam löst, nachdem Elisabeth von der Bühne getreten ist, sorgt für weitere Turbulenzen meines Kreislaufs. Die Folge ist ein bekanntes Schwindelgefühl. Meine Güte, das wird langsam zur Gewohnheit. Falls das von nun an regelmäßig vorkommen sollte, wäre ein Notfallpaket von Vorteil: vielleicht eine Papiertüte oder ein Bodyguard, dem ich bloß in die Arme zu fallen bräuchte. Meine Hand tastet planlos umher und sucht nach einer Möglichkeit zum Festhalten. Mir entweicht die Farbe aus dem Gesicht. Wo ist mein Blut? Steckt wohl alles in den Füßen. Es zieht mich nach unten, während mir schwarz vor Augen wird.

Als ich wieder zu mir komme, liege ich auf einem Sofa. Richard kniet daneben, während seine Eltern hinter ihm stehen und von oben auf mich herabsehen.

„Sie schlägt ihre Augen auf", bemerkt Mrs. Daniels erleichtert. „Kind, was machen Sie nur für Sachen? Wir waren ganz krank vor Sorge um Sie. Wie geht es Ihnen?"

Keine Angst, das passiert mir öfter. Der Schwindel ist quasi ein weiteres Organ von mir.

„Du warst bestimmt ein paar Minuten ohne Bewusstsein", wirft Richard sorgenvoll ein. „Bei unserer letzten Begegnung ging es dir ebenfalls nicht gut. Das musst du dringend ärztlich abklären lassen."

Ach i wo, mein Kreislauf war nie besonders zuverlässig. Der ist wie das Wetter: wechselhaft. Da ist nix.

„Ja, mache ich", antworte ich.

Den Rest des Abends sitzen wir im Speisezimmer und lauschen den Familiengeschichten, die Richards Vater zu erzählen weiß. Selbstverständlich geht es hauptsächlich um Richards Kindheitsabenteuer. Da er ihr einziges Kind ist, konzentriert sich ihre Elternliebe ausnahmslos auf ihn. Richard scheint kein Problem damit zu haben. Während sein Vater eine Anekdote nach der anderen ausplaudert, lächelt er unbeschwert. Ich genieße dieses harmonische Beisammensein und linse wiederholt zu ihm hinüber. Auch seine Augen mustern mich fortwährend.

Zu später Stunde ziehen sich Richards Eltern zurück, um ihm und mir die Gelegenheit für ein persönliches Gespräch zu geben. Inzwischen sit-

zen wir bei flackerndem Kerzenschein im Wohnzimmer und plaudern ausgelassen miteinander.
Ich fühle mich wohl in seiner Gegenwart und genieße es, bei ihm zu sein. Ist das genug? Reicht das
für ein ganzes Leben? Vermutlich wäre meine
Mutter in dieser Angelegenheit ein guter Liebes-
berater. Als sie sich damals dazu entschloss, mit
meinem Vater die Einsamkeit in seiner Heimat zu
teilen, tat sie es aus wahrer Liebe. Andernfalls
kann man solch eine fundamentale Umgestaltung
des Lebens doch gar nicht akzeptieren. Sie hat ihre
Sicherheit in Schweden gegen die eintönige Wild-
nis eingetauscht, um dort ihre Zeit an der Seite
meines Vaters zu verbringen.

Könnte ich mit Richard auf einer einsamen In-
sel leben? Würde er mir genügen? Wahrscheinlich
stelle ich mir die falsche Frage. Da ich mir selbst
völlig genüge, wäre ein Leben mit nur einem einzigen Menschen, egal wo und mit wem, für mich
absolut abwechslungsreich. Eher möchte ich herausfinden, ob seine körperliche Nähe zu mir
elektrische Impulse aussendet. Das geht natürlich
am besten, indem er sich mir nähert. Leider gibt
es nicht die geringsten Anzeichen dafür, dass er
gleich über mich herfällt. Wie soll ich so merken,
ob ein Funke bei mir überspringt oder nicht? Also
muss ich selbst einen gewagten Schritt gehen:
Während mir Richard inbrünstig von seiner Arbeit berichtet, was mich zugegebenermaßen ein
wenig langweilt, nähere ich mich ihm unauffällig.

Wahrscheinlich zu unauffällig, denn meine Annäherung bleibt unbemerkt. Was kann ich also tun, damit er es versteht? Ich greife nach seiner Hand und streiche mit meinem Zeigefinger über die Sehnen auf seinem Handrücken. Er hat wirklich gepflegte Hände. Endlich hört er auf zu sprechen und sieht mich an, während ich weiterhin meine Fingerfertigkeiten an ihm vollziehe. Neugierig schiebe ich den Ärmel seines Pullovers nach oben und betrachte seinen behaarten Arm, über den ich nun zart mit der flachen Hand streichle. Richard stört mich bei meiner Erkundungsexpedition und hält meine engagierte Hand fest. Enttäuscht sehe ich auf.

„Malina, ich glaube, du solltest lieber heimfahren."

Ähm, das kann er nicht ernst meinen – nicht jetzt! Bin ich wieder zu weit gegangen? Klar bin ich das, aber hier geht's ja auch um eine Rundumanalyse meiner Gefühlswelt. Ich brauche mehr Zeit für meine Nachforschungen. Schier unmöglich, dass ich nun nach Hause fahre.

„Entschuldige, aber weshalb?", frage ich verdutzt.

„Weil ich der Meinung bin, dass du mehr Zeit benötigst."

Ja, genauso sehe ich das auch. Ich brauche dringend Zeit, und zwar mit dir gemeinsam. Deshalb wäre es dumm von dir, diesen Abend gerade jetzt zu beenden.

„Für was?", möchte ich wissen. Ich nehme nicht an, dass wir beide in der „Zeitangelegenheit" dieselben Gründe vertreten. Daher könnte eine Erklärung seinerseits nicht schaden.

„Du kannst unmöglich über Danny hinweg sein. Dein Schwächeanfall vorhin lässt mich vermuten, dass dich Elisabeths Erscheinen stärker berührt hat, als du zugeben möchtest."

Stimmt nicht, hat mich vollkommen kalt gelassen! Jawohl! Kann ich jetzt fortfahren? Los, gib mir deinen Arm zurück!

„Wusstest du schon, dass Danny Elisabeth vor die Tür gesetzt hat? Das ist auch einer der Gründe für ihr Auftauchen heute."

„Danny ist nicht mehr mit Elisabeth zusammen?", frage ich aufgewühlt nach.

Musste er Danny unbedingt erwähnen? Das raubt mir sämtlichen Antrieb für meine Ermittlungen. Könnte Richard Recht haben? Brauche ich mehr Zeit, um über Danny hinwegzukommen? Immerzu bin ich aus dem Häuschen, wenn ich bloß seinen Namen höre. Das ist nicht gut. Ich leide immer noch und hätte es beinahe nicht bemerkt.

„Wie gut ist dein Verhältnis zu Danny und Elisabeth?", frage ich Richard interessiert.

„Elisabeth und ich haben uns als Kinder gut verstanden. Wenn sie Probleme hatte, war ich ihre Anlaufstelle. Das ist bis heute so geblieben. Allerdings habe ich ihre ständigen Intrigen satt. Von ihren Eltern wurde sie sehr verwöhnt. Darum glaubte sie, alles haben zu können, was sie wollte. Ich schließe nicht aus, dass sie dir Danny lediglich weggeschnappt hat, um dich zu verletzen. Sie spielt gern mit den Gefühlen anderer Menschen."

„Das macht für mich keinen Unterschied mehr, Richard. Danny hätte sich schließlich nicht wegschnappen lassen müssen. Das ist keine Entschuldigung."

„Ja, da gebe ich dir Recht", bestätigt mich Richard, „aber ich will ehrlich zu dir sein. Danny ist kein schlechter Mensch. Elisabeth nutzte seine Schwächen permanent zu ihrem Vorteil. Sie kennen sich bereits aus der Schulzeit und kurz nachdem Dannys Eltern verstarben, war er ihr nicht mehr gut genug. Als sich dann mit seiner Musik der erste Erfolg einstellte, schien sich ihre Meinung über ihn zu ändern. Es folgte ein ständiges Hin und Her mit den beiden. Mal waren sie zusammen, dann wieder nicht. Kein Mensch blickte da noch durch. Gelegentlich lernte er ein paar andere Mädchen kennen, aber als er mit dir auf der Bildfläche erschien, hätte ich schwören können, dass es ihm ernst ist. So hatte ich ihn nie zuvor erlebt. Immerzu wachte er mit Argusaugen über dich. Ich kann mir sein jetziges Verhalten nicht erklären."

„Wie auch immer, das ist nun egal, da es keine Rolle mehr spielt, wie es dazu kam."

Richard streicht verständnisvoll über meinen Arm.

„Ich wünschte, ich wäre dir vor Danny begegnet!", sagt er leise, als wüsste er, dass er den Kampf um mich gerade verloren hat. Dabei bin ich fest entschlossen, Danny für immer zu vergessen. Das muss ich ihm unbedingt klarmachen.

„Warum sagst du das?", frage ich verdutzt. „Er ist nicht mehr wichtig für mich. Gib mir doch eine Chance, es dir zu beweisen!"

Lächelnd beugt er sich vor.

„Du belügst dich selbst, Malina. Das wirst du bald erkennen. Erforsche deine Gefühle."

Das habe ich doch eben versucht. Du lässt es ja nicht zu. Dazu hätte ich dann gerne deinen Arm zurück. Also?

„Es ist meine Schuld", sagt er einfühlsam. „Ich hätte dich nicht wieder anrufen dürfen. Der heutige Abend hat dich letztendlich nur verwirrt."

Ja, das kann man wohl sagen. Bald weiß ich gar nichts mehr. Erst weicht Richard meinen Annäherungsversuchen aus, dann macht er mir klar, dass er mich zwar will, aber glaubt, dass ich Danny will und er daher lieber warten möchte, bis ich erkannt habe, wen oder was *ich* möchte. Dabei dachte ich bereits, mich nicht mehr für Danny zu interessieren, und gerate nun erneut ins Schwanken, woran Richard nicht unschuldig ist.

Ich stimme ihm zu, wir sollten uns vorerst nicht mehr sehen. So kommt mein Inneres nämlich nie zur Ruhe. Ich brauche einen festen Kurs. Nur mein Schiff schaukelt mal in die eine, dann wieder in die andere Richtung. Das erschwert meinen Weg, dessen Ziel ich selbst nicht mehr kenne. Mannomann, so wird das nichts!

Nächste Woche habe ich einen Termin bei diesem Anwalt Dr. Smith. Ich will ihm mein fertiges Manuskript überreichen, denn Danny muss den Inhalt des Buches erst absegnen, bevor ich es meinem Verlag übergeben kann. Es dürfte keinen Grund für ihn geben, sich dagegen auszusprechen. Alles wurde ganz in seinem Sinne formuliert.

Zwei Tage später folgt die letzte Buchpräsentation in einer kleinen Buchhandlung. Danach werde ich für einige Zeit nach Grönland reisen und meine Eltern besuchen. Vielleicht finde ich dort die nötige Ruhe, um mir über einiges klar zu werden.

„Das ist wahr", stimme ich Richard zu, „ich benötige Zeit für mich. Ich danke dir für dein Verständnis. Du bewahrst mich vor unüberlegten Handlungen, die ich später bereuen könnte."

Er nickt beipflichtend, aber der Ausdruck in seinem Gesicht verrät mir, dass er im Grunde seines Herzens gerne was anderes von mir gehört hätte. Obwohl er augenscheinlich besser weiß als ich, dass ich ihm nichts Weiteres mehr dazu sagen kann.

Kurz darauf begleitet er mich zu meinem Wagen.

„Es war ein schöner Abend, Richard, vielen Dank. Darf ich trotzdem mal anrufen, wenn mir danach ist?", erkundige ich mich unsicher.

Ohne mir zu antworten, nimmt er mich in seine Arme. Eine Weile stehen wir umarmt in der dunklen Stille, bis Richard mein Gesicht umfasst und es an sich heranzieht. Falls er mich jetzt küssen will, muss ich ihn warnen. Das spricht gegen seine jüngst aufgestellten Prinzipien. Ich sollte erst mit meinen Gefühlen ins Reine kommen, bevor es zu liebestechnischen Maßnahmen zwischen uns kommen dürfte. Hat er seine Meinung dazu geändert? Seine Lippen drücken sich auf meine und kurzzeitig hoffe ich, dass sein Mund sich öffnet und unsere Zungen zueinanderfinden. Doch gleich darauf beendet er diese unplanmäßige Aktion schon wieder und löst sich von mir.

Na ja, gewiss ist es besser so. Ich sehne mich nach körperlicher Nähe, aber ich weiß nicht, ob sie mir Richard geben sollte.

Als ich vom Hof fahre, bin ich erleichtert, dass meine Annäherungsversuche erfolglos blieben. Sein unverhoffter Abschiedskuss war schön, aber das Knistern blieb aus.

Diese Nachricht muss erst mal verdaut werden

Ich sitze Rechtsanwalt Dr. Smith gegenüber und bewundere ein zweites Mal sein geräumiges Büro, in dem selbst dieser korpulente Mann verloren wirkt. Kurz blättert er in meinem Manuskript, bevor er das Wort an mich richtet.

„Das ist ja alles schön und gut, Miss Bergstroem, ich verstehe nur nicht, weshalb Sie das Buch noch geschrieben haben. Mr. Greyeyes hat offenkundig keinen Wert mehr auf die Fertigstellung gelegt und wenn ich mich recht erinnere, war Ihr Interesse an diesem Projekt von Anfang an eher geringfügig. Darf ich fragen, was Sie dazu bewogen hat, die Biographie doch zu schreiben?"

Klar darf er fragen, aber antworten werde ich nicht.

„Wissen Sie, Mr. Smith, ich schreibe nicht gern mit einem Dolch im Rücken. Dass Mr. Greyeyes auf die Einhaltung des Vertrages nicht mehr bestanden hat, hat meine Schreiblust wahrscheinlich erst geweckt."

Ich wollte doch nicht antworten! Wie inkonsequent!

„Also gut, ich werde Sie in den kommenden Tagen über Mr. Greyeyes' Entscheidung zu Ihrem Manuskript informieren. Falls Änderungen erwünscht sein sollten, lasse ich sie Ihnen zukommen."

Es wird nichts geändert! Ansonsten landet es im Papierkorb!

„Sicher doch. Vielen Dank."

Mr. Smith begleitet mich zum Ausgang.

Nein, so geht das nicht! Ich muss jetzt und hier klarstellen, dass ich keine Korrekturen von Danny akzeptieren werde. Er darf das Manuskript lesen, mehr aber nicht. Seine Einmischungen in mein Leben waren schon zu gravierend, als dass ich nochmals bereit wäre, alles widerstandslos hinzunehmen. Trotz meiner Enttäuschung über ihn ist es mir gelungen, ein Werk zu kreieren, das ihn vorurteilsfrei beleuchtet. Es spiegelt bedeutsame Ereignisse seiner Lebensgeschichte wider und ermöglicht einen unzensierten Blick auf einen ausgewählten Teil seines Charakters.

Den „wahren Danny", den ich kennengelernt habe, finde ich in meinem Buch auch wieder: konsequent, zielstrebig, unbeirrt, feinfühlig, scharfsinnig, vernünftig, geistreich und talentiert. Alle anderen gewonnenen Erfahrungen, die verschiedenste Liebeskummervarianten bei mir ausgelöst haben, wurden von mir wohlwollend unter den Teppich gekehrt. Daher gäbe es für Danny nicht den geringsten Grund zur Kritik.

Die letzten Wochen haben vehement mein Leben verändert. Ich bin nicht mehr die gleiche Person, die ich vor der Begegnung mit Danny war. Wahrscheinlich habe ich es nicht gleich erkannt, aber jetzt spüre ich es immer deutlicher. Ich habe aus dieser Lektion etwas gelernt. Über mein Leben entscheidet nur ein einziger Mensch: nämlich ich selbst. Zukünftig lasse ich mir von keinem mehr etwas aufdiktieren. Nicht von Lucy, nicht von einer „Helen-Stöckelschuh", nicht von Danny oder wem auch immer. Mir ist klar geworden, dass ich am besten weiß, was oder wie viel ich mir zumuten kann. Daher kehren sich meine Lauscher zukünftig stets nach innen, um in mich hineinzuhorchen.

„Ach, Mr. Smith, richten Sie Danny bitte aus, dass ich nicht vorhabe, etwas an dem Manuskript zu verändern. Sollte es ihm nicht zusagen, trete ich von dem Projekt zurück."

Falls Mr. Smith etwas erwidert haben sollte, habe ich davon nichts mitbekommen. Meine Gedanken haben einen weiten Sprung gemacht. Ich habe nämlich noch einen Termin bei meinem Hausarzt, dessen pünktliche Einhaltung schwierig werden dürfte. Obwohl ich mir sicher bin, dass mit meinem Kreislauf alles richtig läuft, bin ich Richards Rat gefolgt und habe mich gestern einem Gesundheitscheck unterzogen. Da mein letzter Arztbesuch einige Zeit zurückliegt, dachte ich, es könne wirklich nicht schaden, mich mal wieder genauer unter die Lupe nehmen zu lassen. Also haben wir gleich das ganze Waschprogramm an mir vollzogen. Wie ich mir bereits dachte, ohne Ergebnis – kerngesund. Allerdings stehen ein paar Ergebnisse aus, zu deren Besprechung ich heute in die Praxis gebeten worden bin.

Mit einer halben Stunde Verspätung treffe ich bei Dr. Morgan ein. Zum Glück ist das Wartezimmer leer. Kurze Zeit später sitze ich ihm an seinem verkramten Schreibtisch gegenüber. Dr. Morgan ist ein langer, hagerer Mann, dem man sämtliche Gesundheit absprechen möchte, denn er wirkt so morsch wie altes Holz. Seine Gelenke knacken bei jeder Bewegung und seine Haut ist blass und durchscheinend wie Pergamentpapier. Trotzdem ist er ein fideles, humorvolles Persönchen, das immer zu einem schlechten Scherz aufgelegt ist. Vermutlich habe ich ihn darum zu meinem Leibarzt erklärt. Es geht bei ihm wahrlich locker und entspannt zu. Bei meiner verkrampften Eigenart genau der richtige Kontrast.

„Schön, dass Sie noch kommen konnten, Miss Bergstroem. Wie unlängst vermutet, strotzen Sie nur so vor Lebenskraft. Bis auf Ihren zu niedrigen Blutdruck, den man bei dem positiven Gesamteindruck vernachlässigen kann."

Na bitte, sag ich doch! Zufrieden lächle ich ihn an.

„Nur zukünftig wird sich einiges in Ihrem Leben verändern, wie es scheint."

Ja, das kann man wohl sagen. Ich werde in den kommenden Tagen meine Auswanderungspläne zum Nordpol vertiefen. Aber woher weiß Dr. Morgan das? Kann er das etwa aus meinen Blutwerten herauslesen? Ist mir dieses Leben längst vorbestimmt?

„Wie soll ich das verstehen?", frage ich verdutzt.

Dr. Morgan lächelt munter und stützt sich mit seinen verschränkten Armen auf den Schreibtisch.

„Ich würde Ihnen raten, sich die folgende Zeit ein wenig zu schonen. Sagen Sie alle Ihre öffentlichen Termine ab und kommen Sie zur Ruhe. Das ist das Beste für Sie und Ihr Kind."

„Wie bitte? Aber ... ich ... ähm ..."

Mein Kind? Ist das wieder einer seiner dummen Scherze?

„Um es mit anderen Worten auszudrücken, Miss Bergstroem: Sie sind schwanger."

Ach ja, natürlich, ich bin schwanger. Klar! Wenn's weiter nichts ist.

Ich bin waaaas?! Okay, jetzt nur nicht die Nerven verlieren. Wie war das gleich mit der Verhütung? Gut, wir haben darauf verzichtet, aber muss ich deshalb gleich schwanger werden? Die Wahrscheinlichkeit ist schließlich verschwindend gering, dass sich in einer einzigen Nacht ein ganzes Leben verändert. Wohl nicht gering genug, jedenfalls nicht in meinem Fall.

Skeptisch sehe ich an mir herunter und lege die rechte Hand auf meinen Bauch, der flach wie Dr. Morgans Schreibtischplatte ist.

Was mach ich jetzt nur? Schwanger! Ich! Bin ich dazu schon bereit – allein, ohne Vater?

„Ich hoffe, die Nachricht kommt Ihnen nicht ungelegen", sorgt sich Dr. Morgan mit gerunzelter Stirn.

„Aber nein, überhaupt nicht. Alles bestens. Das hatte ich mir bereits gedacht. Es überrascht mich nicht weiter."

Mir wird übel. Gut, dass ich sitze, sonst hätte mich diese Hiobsbotschaft glatt aus den Socken gerissen. Jetzt brauche ich wirklich Zeit, und zwar mehr als unendlich viel, um das alles zu begreifen. Übermorgen werde ich mir das nächstbeste Flugzeug nach Grönland schnappen, sobald ich diese letzte Buchpräsentation hinter mich gebracht habe.

Nachdem ich mich von Dr. Morgan verabschiedet habe, entschließe ich mich zu einem Ausflug ins Aquarium. Fische hatten schon früher eine beruhigende Wirkung auf mich. Daher sitze ich jetzt vor einem gewaltigen Fischbecken und beobachte die bunten Wasserbeckenbewohner dabei, wie sie friedvoll durchs Wasser gleiten und sich an den winkenden Schlingpflanzen reiben. Nachdenken brauche ich nicht mehr, ich habe längst eine Entscheidung getroffen. Trotzdem genieße ich die Stille im Aquarium und lasse die neptunische Atmosphäre auf mich wirken.

Als ich am späten Abend zu Hause eintreffe, werde ich von Lucy erwartet. Sie weiß bereits Bescheid, ich hatte ihr per Smartphone eine Flaschenpost rübergefunkt.

Mitfühlend schlingt sie ihre Arme um mich, als wir zusammen auf der Couch sitzen. Es fühlt sich so an, als wolle sie mich trösten, dabei bin ich mir unsicher, ob das vonnöten ist. Ich wollte immer Kinder haben, wobei ich mir das Wie, Wann und Wo anders vorgestellt hatte. Dass ich nun allein vor dieser großen Aufgabe stehe, ist weniger mein Problem. Nur träumte ich immer von einer vollständigen Familie. Dazu gehört zweifellos auch ein Vater. Leider hat sich dieser nicht gerade mit Ruhm bekleckert, deshalb möchte ich ihn möglichst bald aus meinen Erinnerungen löschen.

„Ich will das Kind, nur ich wünschte, alles wäre anders gekommen", gebe ich bekümmert von mir.

„Meinst du nicht, du solltest Danny darüber informieren, dass du schwanger bist?", wirft Lucy bedenkend ein.

Fassungslos blicke ich ihr ins Gesicht.

„Auf keinen Fall! Ich erwarte nichts von ihm – kein Geld und auch sonst nichts. Er hat sich aus dem Staub gemacht, Lucy – war plötzlich verschwunden. Glaubst du etwa, ihm läge etwas an dem Kind, wenn er es wüsste?"

„Das kannst du nicht wissen. Du solltest es ihm mitteilen."

Lucy kann von Glück sagen, dass sie einen Vorschussbonus bei mir hat. Sie leidet entsetzlich darunter, dass Namid sich nicht mehr bei ihr meldet. Daher nehme ich weitestgehend Rücksicht auf sie. Nur in diesem Augenblick fällt es mir ausgesprochen schwer, ihr nicht den Hals umzudrehen. Sie weiß, wie sehr mich Dannys Verhalten verletzt hat und dass ich sein abgebrühtes Verschwinden aus meinem Leben unentschuldbar finde. Wie kann sie verlangen, dass ich einem unausgereiften Mann, der bloß sein Vergnügen sucht, von seiner Vaterschaft berichte? Hier geht es nicht mehr nur um mich, sondern um den Schutz meines Kindes. Ich lasse nicht zu, dass es kurz nach der Geburt in allen Zeitungen abgelichtet wird. Es soll abgeschirmt von der Öffentlichkeit in einer freien Welt aufwachsen können. In Dannys Gegenwart wäre das niemals möglich. Bestimmt ist ihm das nicht klar, dafür fehlt ihm die nötige Reife. Dass ihm außerdem Rückgrat fehlt und es ihm an Verantwortungsbewusstsein mangelt, habe ich schließlich erleben dürfen, andernfalls würde man sich nicht so davonstehlen.

„Nein, das kann ich nicht, Lucy!"

Erstaunlich wie leicht mir das Wörtchen „Nein" über die Lippen gleitet. Weshalb war das früher nie möglich? Jetzt klappt es wie geschmiert.

Am Tag meiner Abreise nach Grönland stelle ich mich für eine letzte Buchpräsentation zur Verfügung. Diesmal ist alles in meinem Sinne organisiert worden: entspannt und ruhig. Ich signiere einige Bücher und unterhalte mich unbeschwert mit vereinzelten Lesern über meine Texte. Voller Erwartung denke ich an meine Eltern, meine Heimat und den Frieden, den ich dort wiederfinden werde. Ich wünschte, ich hätte Lucy mitnehmen können. Ein Tapetenwechsel täte ihr ebenfalls gut.

Lächelnd beschrifte ich die Bücher, die mir zugereicht werden, als mir unerwartet mein neues Manuskript entgegengehalten wird. Verblüfft blicke ich auf. Danny steht vor mir und sieht mich anerkennend an.

„Gratuliere! Die Biographie ist dir gelungen. Ich wusste, dass du es kannst."

Irritiert über sein Auftauchen, suche ich nach den passenden Worten. Doch es gelingt mir bloß ein stummer Blick in seine Augen.

Was will er hier? Ist er persönlich vorbeigekommen, nur um mir das zu sagen? Das hätte er mir auch über seinen Anwalt ausrichten lassen können.

„Danke, ich hoffte, du würdest es so sehen", erwidere ich erleichtert. „Wenn es dir recht ist, übergebe ich das Manuskript dem Verlag. Selbstverständlich halte ich mich in allen Punkten an die Vereinbarungen unseres Vertrages. Sämtliche Provisionen werden entsprechend zwischen uns aufgeteilt."

„Nein, nein", wehrt Danny meine Anmerkung ab, „das steht mir nicht zu. Es ist allein deine Arbeit – und sie ist wirklich gut. Danke, ich hätte nicht gedacht, dass du so über mich schreibst – nicht nach allem, was vorgefallen ist. Auch wenn ich nicht verstehe, weshalb alles so gekommen ist, aber du hattest sicherlich deine

Gründe. Ich wünsche dir mit dem Buch viel Erfolg!"

Verständnislos vernehme ich seine Worte. Wie meint er das? Was versteht er nicht? Ich hätte da ebenso ein paar Fragen, die bis heute unbeantwortet blieben. Bevor ich jedoch etwas darauf erwidern kann, drängeln sich die nächsten Besucher an mich heran. Danny verschwindet in der Menge.

Was fällt ihm ein, so zu tun, als verstünde er nichts! Es liegt doch auf der Hand. Glaubt er ernsthaft, ich wäre zu blind, sein Spiel zu durchschauen? Für wie dumm hält er mich?

Meine Eltern sammeln mich am kleinen Flughafen der Provinz ein, auf dem nicht öfter als drei- bis viermal die Woche eine Maschine landet. Überglücklich falle ich beiden in die Arme. Endlich zu Hause! Mit dem Jeep fahren wir gute vier Stunden über Land, bevor wir den abgeschiedenen Ort erreichen, der so lange meine Heimat war. Da sind sie: etwa vierzig Holzhäuser in knalligen Farben, die in dieser weiten Landschaft verloren wirken. Eine Kirche, ein Kaufmannsladen und eine kleine Schule erwecken den Anschein von Normalität. Aber das raue Leben in dieser Eiswüste strotzt nur so von Andersartigkeit.

Unser Haus ist das Vorletzte in der zweiten Reihe, keine hundert Meter vom Fuß des Fjordes entfernt. Als der Wagen vor dem Haus zum Stehen kommt und der Motor verstummt, höre ich sie: diese unglaubliche Stille. Eine leichte Brise weht mir durchs Haar, sonst nichts – nur sanfte Stille und klare Luft.

Eine orangefarbene Sonne, die gerade den Rand des Horizonts streift, wärmt sachte mein Gesicht. Es ist Sommer und farbenreiche Blumen blühen zwischen dem Gras, die höchstens ein paar wenige Wochen aus dem Boden brechen. Der Sommer ist kurz und kühl, aber dafür kraftvoll.

„Hallo, Schwesterchen!", vernehme ich die Stimme meines Bruders aus der Ferne.

Namid? Er ist hier? Warum hat mir keiner was gesagt? Vorwurfsvoll schaue ich meine Eltern an. Doch sie lächeln mich nur an und verschwinden mit meinem Koffer im Haus.

„Namid, was machst du hier?"

„Aber, Schwesterchen, wahrscheinlich das Gleiche wie du. Ich brauche Zeit zum Nachdenken."

„Duu? Worüber hast du groß nachzudenken?", gebe ich boshaft von mir. „Ist dir eigentlich klar, was du angerichtet hast? In all den Jahren habe ich nicht an dir gezweifelt, aber jetzt könnte ich dir für dein Verhalten an die Gurgel springen!"

Gut, mein Ton müsste nicht gleich so abgleiten, doch Namid verkörpert für mich in diesem Moment alle charakterlosen Männer dieser Welt. Wie praktisch, wenn man seine ganze Enttäuschung in eine einzige Person projizieren kann.

„Sage mal, wovon redest du?", wirft Namid fragend ein.

Eine Antwort muss ich ihm vorerst schuldig bleiben, da meine Mutter uns ins Haus winkt. Mühsam schlucke ich meine Wut über ihn herunter. Es ist nicht meine Absicht, vor den Augen unserer Eltern, die ich lange nicht gesehen habe, mit meinem Bruder zu streiten. Ich werde meinen Kampf mit ihm unter vier Augen ausfechten.

Bald sitzen wir gemeinsam am Familientisch, der das Zimmer vollständig ausfüllt. Ich sitze auf meinem Stammplatz, den ich seit meiner Kindheit für mich beanspruche. Von hier aus hat man den besten Blick in die offene Küche, in der ich meine Mutter häufig beim Kochen beobachtet habe. Zum Abendessen gibt es konserviertes Brot und quietschgelben Käse aus Dänemark. Appetitlos greife ich lieber nach einem Apfel.

„So, Schwesterchen, erzähl uns mal, was an der Geschichte mit diesem Danny Greyeyes dran ist. Du bist also bei ihm eingezogen."

Was soll das jetzt? Ist das ein Verhör? Ich hatte nicht vor, mit irgendwem über mich zu sprechen. Nicht mal hier habe ich meine Ruhe!

Alle starren auf mich. Meine Mutter bekommt diesen neugierigen Blick, den ich von ihr geerbt habe. Daher erkenne ich ihn sofort.

„Hast du einen neuen Freund?", fragt sie interessiert. „Warum hast du uns nichts von ihm erzählt?"

Mein Unmut über Namid wächst weiter an. Will er mich an den Pranger stellen, um seine eigenen Entgleisungen zu verschleiern?

„Weil es nichts zu erzählen gibt, Mum. Es war eine rein geschäftliche Beziehung, mehr nicht. Er wollte, dass ich ein Buch über ihn schreibe, und das habe ich getan. Punkt!"

So, können wir jetzt das Thema wechseln?

„Da hat mir deine Freundin Lucy aber etwas anderes erzählt. Warum gibst du nicht zu, dass ihr ein Paar seid? Es steht ja auch in allen Zeitungen."

Man merkt, dass er seit einigen Wochen in der Abgeschiedenheit lebt, sonst wären ihm die letzten Zeitungsmeldungen bekannt.

„Du hast doch keine Ahnung! Was Lucy dir erzählt hat, ist längst Geschichte. Wärst du nicht aus New York geflüchtet, hättest du es in irgendeinem Käseblatt nachlesen können."

Meine Eltern sitzen verstummt nebeneinander am Tisch und schauen abwechselnd zwischen Namid und mir hin und her. Ein Tennismatch wäre nicht spannender.

„Ich wusste nicht, dass wir neuerdings nur noch über die Zeitung miteinander kommunizieren", knurrt Namid.

„Mir ist deine Art der Kommunikation auch neu. Du verkrümelst dich hier über Wochen und lässt nichts mehr von dir hören. Tagelang habe ich versucht, dich zu erreichen."

Mein Vater verschränkt die Arme vor der Brust und lehnt sich gegen die Stuhllehne meiner

Mutter, während sie ihren Kopf auf seine Schulter legt. Das haben sie immer so gemacht, wenn es Streit zwischen Namid und mir gab. Nie haben sie sich eingemischt. Und da Namid nun mal der Unnachgiebige von uns beiden ist, habe ich ständig den Kürzeren gezogen.

„Und was wolltest du mir sagen?", fragt mein Bruder verwundert.

„Was ich dir sagen wollte …? Ich wollte dir sagen, was ich über dich denke. Nämlich dass du der gefühlloseste und kaltherzigste Mensch bist, den ich kenne!"

Einschließlich Danny!

„Malina, kannst du mir bitte sagen, worauf du hinauswillst?"

„Du hast Lucy das Herz gebrochen! Mir ist egal, was du mit deinen vielen Frauen treibst, aber warum ausgerechnet Lucy?"

Namid starrt verstummt durch mich hindurch. Ich hab's geschafft! Er ist mundtot. Ich hab gewonnen! Zum ersten Mal. Ich wusste doch, dass das geht. Nur warum ich all die Jahre dafür gebraucht habe, verstehe ich nicht.

Überraschend steht Namid auf und geht raus. Ich wundere mich und schaue ihm hinterher.

„Geh ihm nach!", spricht mich mein Vater auf Grönländisch an. Prompt springe ich auf und laufe zur Tür. Mein Vater redet nicht viel, nur wenn es nötig ist. Dann allerdings ist es ihm sehr wichtig und man sollte ihm tunlichst nicht widersprechen. Das ist ein ungeschriebenes Gesetz in unserer Familie, an das meine Mutter, Namid und ich uns stets halten. Daher kenne ich auch nicht die möglichen Konsequenzen, würde man seinem Wort nicht folgen. Wahrscheinlich gäbe es keine. Aber allein die Tatsache, meinen Vater sprechen zu hören, ist so unglaublich, dass dies seinen Worten enorme Bedeutung verleiht.

Namid ist bereits ein paar Schritte entfernt, sodass ich laufen muss, um ihn einzuholen. Als ich ihn erreicht habe, gehen wir stumm auf einen kleinen Fels zu, auf dem wir oft zusammen gesessen und die Möwen im Fjord beobachtet haben.

Der Himmel am heutigen Abend ist mit einigen Schleierwolken behangen. Es ist kühl, aber angenehm. Jetzt im Hochsommer geht die Sonne selbst am Abend nicht vollständig unter und spielt mit ihren roten Farben. Die gesamte Landschaft wird in ein unwirkliches Licht getaucht.

Es ist ungewöhnlich für Namid, wenn er nicht spricht. Wir sitzen schon eine unbestimmte Zeit zusammen auf dem kalten Stein und reden kein Wort. Für mich keine neue Erfahrung, aber Namid hat den Redefluss unserer Mutter geerbt, daher mache ich mir langsam Sorgen.

„Es tut mir leid, ich wollte dich nicht verletzen", durchbreche ich die Stille.

Beherzt greife ich nach seiner Hand und drücke sie.

„Ich weiß nicht, was ich sagen soll, Schwesterchen. Deine Worte haben mich überrascht."

„Aber wieso?"

„Lucy ist eine tolle Frau. Das finde ich nicht erst seit dieser Nacht. Aber was könnte ich ihr schon bieten? Sie ist beruflich sehr erfolgreich und ich habe nicht mal mein Studium beendet. Ich hätte nicht gedacht, dass ihr mehr an mir liegen könnte."

„Nun bin *ich* aber überrascht. Du liebst sie."

Kaum zu glauben! Beide halten ihre Gefühle füreinander geheim und ahnen nichts davon, dass der andere genau das Gleiche empfindet.

„Du glaubst, dass du ihr nicht genügst? Hast du dich darum hierher verzogen?"

In Schweigen gehüllt schaut Namid in die Ferne.

„Fahr zurück zu ihr! Du warst lange genug hier und hast kostbare Zeit mit Grübeln vertrödelt. Sie wartet auf ein Zeichen von dir."

Wieso sind Männer bloß so kompliziert? Statt mit ihr zu reden, vergräbt er seinen Schmerz und sinniert in der Ferne allein vor sich hin. Tse!

„Also schön, ich werde mit ihr reden. Und was ist mit dir?", fragt er, von sich ablenkend. „Willst du jetzt *deine* kostbare Zeit mit Nachdenken vergeuden?"

Eigentlich hatte ich das vor, ja. Na und?

„Bei mir ist alles vollkommen anders. Da gibt's nichts mehr zu retten, Namid."

„Ja klar, und wieso glaubst du das?"

Mein Schmerz holt mich wieder ein. Können wir nicht von etwas anderem reden? Namid ist nicht meine Freundin, darum bin ich wenig geneigt, mich ihm anzuvertrauen. Er legt seinen Arm um meine Schultern und zieht mich an sich heran. „Los, red schon!", drängelt er.

Offenbar führt kein Weg drum herum. Die Neugierde ist eine Epidemie in dieser Familie und kaum zu bezwingen. Auch Namid steht unter ihrem Einfluss.

„Ich weiß nicht, warum alles so gekommen ist. Erst schwebte ich auf rosa Wolken und alles schien perfekt, bis mich seine Ex-Freundin anrief und mir klarmachte, dass Danny nicht zurückkommen werde und ich ihn vergessen solle. Ein paar Wochen später habe ich ihn dann mit ihr zusammen gesehen. Das ist schon die ganze Geschichte."

„Ist das wirklich alles?"

Wieso fragt er das? Ist mir bereits anzusehen, dass ich schwanger bin? Unsicher schiele ich auf meinen Bauch. Namid registriert es sofort und dreht seinen Oberkörper in meine Richtung.

„Bist du schwanger?!"

Augenrollend ärgere ich mich über mich selbst und meine unbedachte Geste zu meinem Unterleib. So viel zu meinem Wunsch, in Frieden über alles nachzudenken. Wenn meine Mutter das erfährt, ist jegliche Ruhe futsch. Sie wird mich auffordern, einen passenden Vater für das Kind zu suchen. Sie mag Namid und mich für grönländische Verhältnisse modern erzogen haben, aber sie könnte niemals akzeptieren, dass ich unverheiratet ein Kind zur Welt bringe. Es wird ein hartes Stück Arbeit, ihr klarzumachen, dass ich mich entschieden habe, alleinerziehend zu sein, und kein geeigneter Vater in Sicht ist.

„Weiß er das? Hat er dich etwa schwanger sitzen gelassen? Dem prügle ich die Eingeweide heraus!"

„Nein, er weiß nichts. Es würde ihn auch nicht interessieren. Das Leben, das er führt, ist eines ohne Verpflichtungen, das weder mir noch einem Kind genügend Platz bietet."

„Verstehe. Trotzdem hat er ein Recht darauf, es zu erfahren. Du darfst ihm diese Nachricht nicht vorenthalten."

Ich hätte mir gleich denken können, dass Namid so reagiert. Die Kerle halten hartnäckig zusammen, wenn's drauf ankommt.

„Wenn ich zurück in New York bin, werde ich ihn mir vorknöpfen. Das hätte ich bereits tun sollen, als wir uns in deiner Wohnung begegnet sind."

Jetzt keimt dieses Beschützersyndrom in ihm auf. Er hat immer noch nicht erkannt, dass ich inzwischen erwachsen bin und er sein Augenmerk lieber auf andere Dinge lenken sollte: zum Beispiel auf Lucy.

„Danke für deine Besorgnis, aber sie ist in diesem Fall nicht angebracht. Es ist unnötig, Danny zur Rede zu stellen. Ich komme auch ohne ihn klar."

„Wenn du meinst. Aber du solltest mit Mum und Dad darüber reden."

Das habe ich befürchtet. Ich hätte in New York bleiben sollen, auf Diskussionen mit meiner Mutter bin ich nicht vorbereitet.

„Also gut."

Welcher Vater soll's denn sein?

Selbstverständlich kam es genauso, wie ich es mir dachte. Als meine Eltern erfuhren, dass ich schwanger bin, ging die Debatte kurzerhand los. Volle fünf Tage. Ich bin total erschöpft. Jetzt sitze ich allein auf meinem Felsvorsprung und starre ins glitzernde Wasser. Namid hat sich aus dem Staub gemacht und ist zurück nach New York gereist. Ich verstehe meine Mutter ja. Sie hat den Mann ihres Lebens gefunden, nämlich meinen Vater. Daher hat sie nie vor der Entscheidung gestanden, ein Kind allein großzuziehen. Wenn sie in New York leben würde, wüsste sie, dass es beileibe nichts Ungewöhnliches ist, eine unverheiratete, alleinerziehende Mutter zu sein. Doch sie lebt nun einmal am Rande der Welt. Wie hätte sie sich eine weltoffene Meinung bilden sollen?

Mein Vater hat sich aus der Auseinandersetzung zwischen meiner Mutter und mir herausgehalten. Wirklich klug von ihm. Wäre es nicht um mich gegangen, hätte ich dasselbe getan.

Heute bat sie mich allen Ernstes darum, mich mit Phil auszusprechen. Sie teilte mir mit, dass er wieder Single sei und sich in der letzten Zeit regelmäßig nach mir erkundigt habe. Falls sie ihm auch nur ein Sterbenswörtchen über mich erzählt haben sollte, könnte ich über zukünftige Sanktionsmaßnahmen ihr gegenüber nachdenken.

Zum Beispiel könnte ich den Informations-hahn über mich abdrehen. Mir ist durchaus bewusst, dass sie es nicht länger als vierundzwanzig Stunden ertragen könnte, nichts mehr von mir zu erfahren. Aber ich muss mich doch darauf verlassen können, dass sie alles, was ich ihr anvertraue, „topsecret" behandelt und nicht mit meinem Ex erörtert.

Leider will sie nicht verstehen, dass ich keinen Mann brauche, allein um des Kindes willen. Dennoch habe ich mich von ihr zu einem Gespräch mit Phil überreden lassen, nur um endlich Ruhe zu haben. Fünf Tage können, wenn es unaufhör-lich um das gleiche Thema geht, sehr lang sein.

Ich bin Phil in den letzten Tagen mehrfach begegnet. In einem solch kleinen Nest lässt sich das partout nicht vermeiden. Doch mehr als zwei Worte habe ich bisher nicht mit ihm gewechselt. Das war auch nicht meine Absicht – bis heute. Falls ich meine Mutter so zum Schweigen bringen kann, bin ich zu diesem Opfer bereit.

Ich habe Phil zu meinem Fels bestellt. Jedem im Ort ist bekannt, dass es mein Platz ist, an dem ich regelmäßig anzutreffen bin. An dieser Stelle habe ich meine Pläne geschmiedet. Die Entschei-dung, nach New York zu gehen, reifte hier heran. Nun soll mein Stein Zeuge der nächsten Entschei-dungsfindung werden: nämlich ob mein Kind mit oder ohne Vater aufwachsen wird.

Ungeduldig sitze ich auf dem Felsvorsprung und warte auf Phil. Zweifelsohne ticken die Uhren hier anders, trotzdem warte ich mittlerweile über eine Stunde. Könnte es sein, dass er es vergessen hat? Ich kann nicht leugnen, dass mir seine Unpünktlichkeit vortrefflich in den Kram passt. Habe ich doch nicht die geringste Lust auf eine Aussprache mit ihm. Was gibt es da auch zu reden nach so langer Zeit?

Ich nehme Schritte wahr, die sich langsam nähern. Mein Gott, was tu ich hier? Phil und ich, das ist vorbei. Keinesfalls könnte ich mich wieder mit ihm einlassen. Das muss ich sofort klarstellen.

„Da komm ich wohl gerade noch rechtzeitig!", höre ich eine Stimme hinter mir sagen. Entsetzt drehe ich mich um und sehe Danny auf mich zumarschieren.

Das kann nicht sein! Woher weiß er ...? Was weiß er ...? Wie hat er mich gefunden?

Fassungslos erhebe ich mich von meinem Stein und starre ihn unbeholfen an. Als Danny mich erreicht hat, packt er wütend meinen Arm.

„Verdammt noch mal, warum hast du mir nichts davon gesagt?! Ich kann es nicht fassen! Du bist schwanger von mir und reist einfach ohne ein Wort nach Grönland ab. Weshalb redest du nicht mit mir darüber? Verflucht, ich will wissen, warum du es vor mir verheimlichen wolltest?"

Erstaunt über Dannys aufgebrachtes Verhalten, gepaart mit der Tatsache, hier auf ihn zu treffen, bleibt mir die Spucke weg.

„Keine Ahnung, warum du einfach aus meinem Leben verschwunden bist", setzt er seinen Monolog fort, „aber eines ist dir hoffentlich klar: Ich werde nicht zulassen, dass du meinem Kind irgendeinen dahergelaufenen Mann als Vater unterjubelst! Ich bin der Vater! Also wirst du auch mich heiraten!"

Die letzten Worte rütteln mich auf. Was bildet er sich ein? Ich werde doch keinen Mann heiraten, der mir bei der nächstbesten Gelegenheit fremdgeht. Da hat er sich aber verkalkuliert.

„Wie kommst du darauf, dass ich dich heiraten möchte?", entgegne ich ihm entrüstet.

Püh, bloß weil ich von ihm schwanger bin, braucht er sich nicht aufzuspielen wie Napoleon in der Schlacht bei Waterloo.

„Glaubst du etwa, ich nehme es so hin, dass du dich von deiner Mutter mit deinem Ex verkuppeln lässt?"

„Woher weißt du das alles? Wie hast du mich überhaupt gefunden?"

„Verdammt, das spielt doch gar keine Rolle! Morgen wirst du mit mir zurück nach New York fliegen. Ich habe bereits alles organisiert."

„Was fällt dir ein, über meinen Kopf hinweg Entscheidungen für mich zu treffen! Ich denke nicht daran, mit dir irgendwohin zu fliegen. Ich bleibe hier, und zwar so lange, wie es mir beliebt! Falls ich heiraten sollte, was keinesfalls feststeht, entscheide *ich*, wann und wen!"

Erbost schnappe ich mir meine Jacke, die auf dem Fels liegt, und laufe davon. Mein Weg führt mich an den Booten vorbei über einen kleinen Hügel, hinter dem die Huskys meines Vaters in der Abendsonne liegen. Sie sind wahrscheinlich die einzigen, die sich über einen baldigen Wintereinbruch freuen würden, damit sie wieder vor einen Schlitten gespannt werden.

Ich setze mich zu ihnen, um sie zu streicheln. Bestimmt habe ich Dannys Auftauchen Namid zu verdanken. Sobald ich zurück bin, kann er was erleben. Wenn er wüsste, was er damit angerichtet hat. Danny ist völlig außer Rand und Band. Nie hätte ich vermutet, dass er auf die Nachricht meiner Schwangerschaft derartig aufbrausend reagiert. Weshalb verließ er mich dann für diese Elisabeth, wenn nicht aus Egoismus?

Ich weiß nicht, wie viel Zeit ich mit den Hunden verbracht habe, als ich Danny auf dem Hügel bemerke. Er hat sich ins Gras gesetzt und mich mit den Tieren beobachtet. Mir ist klar, dass es das Vernünftigste wäre, in aller Ruhe über alles zu reden, aber es fällt mir so schwer, auf ihn zuzugehen.

Ich fasse mir ein Herz und klettere zu ihm hinauf. Stumm setze ich mich ihm gegenüber und schaue in seine tiefschwarzen Augen, die in der anhaltenden Abenddämmerung wie ein dunkles Verlies wirken, in das ich jeden Moment versinken werde. Seine Stirngrübchen ziehen mich tiefer hinein in meinen Zwiespalt. Was empfinde ich?

Kann es sein, dass all meine Gefühle für ihn in diesem kurzen Augenblick wieder aufflammen? Ich wusste von Anfang an, dass diese Stirnfalten zu einer unabschätzbaren Gefahr für mich werden können. Ich wäre gern konsequent, aber die verzweifelte Mimik in seinem Gesicht lässt mich an meinem Standpunkt, richtig entschieden zu haben, zweifeln.

Ich hätte es ihm sagen sollen. Es war falsch, ihn über meine Schwangerschaft nicht zu informieren. Egal, was er getan hat, er hätte es von *mir* erfahren sollen.

„Ich habe eine falsche Entscheidung getroffen", gestehe ich reumütig. „Es tut mir leid, dass ich nichts gesagt habe."

Mit einem gefälligen Nicken bestätigt er, dass ihn meine Worte erreicht haben. „Selbstverständlich kannst du unser Kind jederzeit besuchen. Ich werde mich dir nicht in den Weg stellen – aber heiraten kann ich dich nicht. Dazu ist zu viel passiert."

Hoffentlich merkt er mir nicht an, dass mein Mund was anderes ausspuckt, als ich denke. Denn lieber würde ich Danny dafür um den Hals fallen, dass er den weiten Weg zur mir auf sich genommen hat. Es ist niederschmetternd, mich gegen ihn entscheiden zu müssen, doch so ist es am vernünftigsten. Eine erneute Enttäuschung könnte ich nicht verschmerzen.

„Verstehe", antwortet er und sieht mich sehnsuchtsvoll an.

Versöhnlich strecke ich ihm meine Hand entgegen, die er sogleich ergreift. Während seine warmen Finger über meinen Handrücken streichen, kämpfe ich gegen das aufsteigende Herzpochen in meiner Brust an. Gern würde ich mich jetzt auf ihn stürzen, ihm die Klamotten vom Leib reißen und ihn wie Götterspeise vernaschen. Wie gut, dass mich die Kälte an solch einem leichtsinnigen Verhalten hindert. Die Temperaturen dürften gesunken sein, daher erhebe ich mich vom kalten Boden und ziehe Danny auf die Beine.

„Komm, lass uns noch spazieren gehen! Ich zeige dir meine Heimat", schlage ich vor.

Hand in Hand schlendern wir über das frische Grün der Grasflächen. Das orangefarbene Dämmerlicht lässt die Gegend einzigartig aussehen und die Häuser des kleinen Ortes farblich mit der Landschaft verschmelzen. Ich spüre, dass es mir schwerfallen wird, Danny morgen wieder abreisen zu lassen. Seine Gegenwart fühlt sich gut an – seine Hand fühlt sich gut an. Alles ist perfekt, wenn er bei mir ist.

Schummriges Licht dringt durch das Fenster, als wir nach ein paar Stunden zum Haus meiner Eltern zurückkehren. Sie sind längst zu Bett gegangen und haben uns eine Kerze auf dem Tisch brennen lassen. Leise schleichen wir mit dem flackernden Licht in das Zimmer, das ich mir normalerweise mit Namid teile. Die kommende Nacht werden wir zusammen in diesem Raum verbringen. Da das Haus lediglich zwei Zimmer hat, gibt es keine andere Möglichkeit.

Danny folgt mir stumm, so wie er es während des gesamten Spazierganges getan hat. Zum ersten Mal gelang es mir, mit Danny meine Gedanken schweifen zu lassen. Etwas, das mir seit meiner Ankunft nicht möglich war. Nicht zuletzt wegen der vielen Streitigkeiten mit meiner Mutter. Die letzten Stunden habe ich Frieden gefunden und ausgerechnet mit dem Menschen, der ihn mir zuvor geraubt hat. Ich wünschte, ich hätte eine Erklärung dafür. Seine Anwesenheit gibt mir Kraft, wieso?

„Es ist wunderschön hier", sagt Danny leise. „So einsam und friedlich. Danach sehne ich mich schon lange."

Aus der anderen Ecke des Zimmers blicke ich fragend in seine Richtung. Ist das noch derselbe Danny? Was geht in ihm vor? Nachdenklich lege ich meine Kleider bis auf die Unterwäsche ab und lege sie ordentlich zusammengefaltet auf den Boden. Dannys verwirrter Blick über meine selbstverständliche Handlung wundert mich. Wollte er sich denn angekleidet schlafen legen? Schnell husche ich ins breite Bett und verschwinde unter der Decke.

„Willst du die ganze Nacht da stehen bleiben?", frage ich ihn unverhohlen. „Komm schon!"

Im Kerzenschein schreitet er auf das Bett zu und setzt sich auf den Rand. Möchte er lieber auf dem Sessel schlafen? Das könnte eine unbequeme Nacht für ihn werden.

„Ich weiß nicht, ob das eine gute Idee ist", antwortet er mit gemischten Gefühlen.

Was für eine dumme Bemerkung. Als hätte er eine andere Wahl. Es gibt keine andere Schlafmöglichkeit für ihn, das muss ihm doch aufgefallen sein. Unbeirrt ergreife ich Danny am Arm und ziehe ihn an mich heran.

„Hör zu, es gibt nur dieses eine Bett. Wenn du die Nacht also nicht im Sessel verbringen möchtest, solltest du endlich zu mir kommen. Los", fordere ich ihn auf, „heb deine Arme an!"

Artig macht er, was ich sage, und lässt sich von mir den Pullover über den Kopf ziehen. Es wäre wohl besser gewesen, ich hätte mich zu dieser Handlung nicht hinreißen lassen, denn der Anblick seines nackten Oberkörpers führt zu einem kaum zu bändigenden Appetit auf mehr. Ich fürchte, meine lüsternen Blicke sind nicht unauffällig genug, daher schaue ich in eine andere Richtung und drehe mein Gesicht zur Wand.

„Malina", flüstert er mir ins Ohr. Seine Hand drückt meinen Kopf sachte zurück, sodass wir uns direkt in die Augen sehen. „Sag mir, dass du mich liebst und dass alles nur ein Missverständnis war! Bitte!"

Seine Bemerkung irritiert mich. Was hätte denn seiner Meinung nach ein Missverständnis sein sollen? Elisabeth? Mein Buch über ihn? Meine ihm verschwiegene Schwangerschaft oder dass ich jetzt kaum noch an mich halten kann und mich in einen offenen Pralinenkasten verwandle? Sollte er an mir kosten, werde ich es nicht verhindern können – selbst wenn ich es wollte. Ich schmelze weg. Er will, dass ich ihn liebe, aber das tue ich längst. Das ist ja mein Problem. Wüsste ich bloß, wie ich dagegen ankämpfen soll.

Ich kann nichts darauf erwidern, da verlangt er zu viel von mir. *Er* war doch derjenige, der mir nichts, dir nichts von der Bildfläche verschwand. Nicht ich müsste meine Liebe gestehen, sondern er.

„Sag bitte etwas! Ich brauche Gewissheit", fleht er mich an.

„Ja", sage ich unerwartet. Einfach nur „Ja". Mir ist nicht klar, was ich mit diesem Ja ausdrücken will, aber jetzt ist es raus. Den Rest muss er sich selbst dazudenken. Mehr geht nicht.

Seine Augen mustern mich aufgewühlt. Dieses Knistern zwischen uns ist so laut, dass ich befürchte, meine Eltern könnten es hören. Entweder er zieht sich auf der Stelle wieder was über oder aber meine Hände begeben sich auf Wanderschaft. Ich entscheide mich für die Wanderschaft, die mir weitaus spannender erscheint. Zögernd berühre ich seine Schulter und lasse meine Finger seinen Arm hinabwandern. Sein Blick folgt meiner Hand, die sanft über die Haare seines Arms streichelt. Alles ist zurück: die Leidenschaft und mein brennendes Verlangen. Dabei habe ich nichts von dem, was geschehen ist, vergessen. Alles ist wie eingebrannt in meiner Erinnerung. Dieser Anruf von Elisabeth und die Schmach, sie kurz darauf zusammen zu sehen. Trotzdem: Ich kann mich nicht stoppen. Ich will ihn jetzt für mich! Ein letztes Mal! Diese eine Nacht!

Meine Finger kreisen hemmungslos um seinen Bauchnabel herum. Ich weiß nicht, was sie da machen, die operieren komplett eigenständig. Unversehens gleiten sie tiefer und öffnen seinen Hosenknopf. Geschickt gelingt es mir, den Reißverschluss nach unten zu ziehen, bevor er meine Hand aus der Gefahrenzone entfernt.

„Du weißt genau, dass ich dir nicht widerstehen kann", murmelt er mir zu und zieht meinen Kopf zu sich heran. Sachte berühren seine Lippen meine Wange und arbeiten sich an meinen Mund heran. Erregt küsst er mich und drückt sich fest an mich.

„Ich möchte dich nicht noch einmal verlieren", sagt er unerwartet und küsst sich meinen Hals hinab.

Gern würde ich nachfragen, was er damit meint. Das könnte jedoch die Romantik ruinieren. Andererseits kenne ich mich, ich werde an nichts anderes mehr denken und nach einer Antwort suchen, die mir nur Danny geben kann.

„Aber du hattest mich nicht verloren, sondern ich dich. Warum verdrehst du die Fakten?"

Verdutzt lässt Danny von mir ab und sieht mich mit seinem bedeutungsvollen Stirngrübchenblick an.

„Was soll das jetzt?", fragt er verärgert. „Wieso sagst du so was?"

„Weil es die Wahrheit ist."

„Welche Wahrheit meinst du denn? Die du mir vor oder nach deinem Verschwinden untergejubelt hast?"

Der Ton seiner Stimme kränkt mich. Weshalb behauptet er, ich wäre diejenige gewesen, die ihn verlassen wollte? Geschickte Masche.

„Wovon redest du überhaupt? Ich bin nicht verschwunden, sondern du!", wehre ich mich erzürnt.

„Gib doch zu, dass du den Schmeicheleien von Richard Daniels erlegen warst und dich deshalb nicht mehr um mich geschert hast!"

Unverschämtheit! Solche Dreistigkeit hätte ich nicht in ihm vermutet. Das kann ich kaum überbieten.

„Richard Daniels hat mit all dem nichts zu tun."

„Deshalb hast du auch kurze Zeit später in aller Öffentlichkeit mit ihm herumgeturtelt. Erzähl mir nichts, ich hab schließlich gleich gemerkt, dass sich da etwas zwischen euch anbahnt."

Immer diese Unterstellungen. Er kann es einfach nicht lassen.

„Wenn du das unbedingt glauben willst, kann ich dich wohl nicht daran hindern. Dir schien Elisabeth ja auch wichtiger zu sein. Ich verstehe bloß nicht, warum du sie so schnell aufgegeben hast. Ihr habt ein perfektes Paar abgegeben."

Sein Blick verfinstert sich zusehends.

„Ich denke, es war ein Fehler hierherzukommen!", erwidert er erbittert. „Morgen früh werde ich abreisen. Dieses unergiebige Gespräch sollten wir beenden, es scheint alles gesagt zu sein."

Logisch, es ist alles gesagt worden – nur nicht das Wesentliche! Aber was spielt das noch für eine Rolle? Das Resultat bleibt dasselbe: Er hat mich am Ende verlassen, bevor es richtig angefangen hat und nun verdreht er alles – stellt mich an den Pranger. Wenn es ihm dann besser geht, soll er es von mir aus so darstellen. Mein Schmerz bleibt der Gleiche.

Kurz darauf schnappt sich Danny sein Bettzeug und macht sich ein Lager auf dem Teppich zurecht. Wenn er meint. Die Rückenschmerzen kann er morgen für sich allein erleiden.

Bevor ich richtig wach werde, ist Danny bereits dabei, hastig seine Sachen zu packen. Wahrscheinlich hatte er eine lausigere Nacht als ich. Doch was kümmert's mich. Soll er sich halt in Luft auflösen, damit hier wieder Ruhe einkehrt. Die Ereignisse des letzten Abends haben mich derartig aus dem Lot gebracht, dass ich mit der Herzschmerzbekämpfung von vorne beginnen kann.

Wäre er mir bloß nicht nachgereist! Jetzt ist alles komplizierter geworden. Mein Herz verblutet und nichts kann die Blutung stoppen, außer Danny wäre mein Druckverband. Dabei dachte ich, ich wäre über das Gröbste hinweg. Was für ein fataler Irrtum!

Ich könnte ihn ohrfeigen für sein Verhalten. Warum besitzt er nicht die Größe, zu seinem Fehler zu stehen? Er hätte mir nur zu sagen brauchen, dass es ihm leidtäte, und ich wäre gestern bereit gewesen, ihm zu verzeihen. Unter diesen Umständen allerdings muss ich ihn ziehen lassen, wenn ich mir etwas Würde bewahren möchte.

Stumm verlässt er in aller Herrgottsfrühe das Haus und braust in seinem Mietwagen davon. Am Fenster stehend sehe ich ihm nach und kämpfe mit meinen Tränen. Erst jetzt bemerke ich meine Eltern hinter mir stehen, die alles beobachtet haben. Meine Mutter legt ihre Arme trostspendend um mich herum.

„Du solltest ihm nachfahren", rät sie mir unerwartet.

„Aber Mum, er hat nicht einmal den Mut gehabt, mir zu erklären, weshalb er mich verlassen hat. Nun verlässt er mich zum zweiten Mal und wieder kenne ich nicht den Grund dafür."

„Hat er dir denn nichts gesagt?"

„Nein, was hätte er mir sagen sollen?"

„Er erzählte uns gestern, dass er im Krankenhaus lag, weil er einen Autounfall hatte. Du hättest dich nicht einmal nach ihm erkundigt und nach seiner Entlassung warst du bereits aus seinem Haus ausgezogen. Durch die Medien erfuhr er, dass du der Presse gegenüber verkündet hättest, niemals mit ihm zusammen gewesen zu sein, und kurze Zeit später gab es Gerüchte, du wärst mit Richard Daniels liiert. Seine Darstellung der Dinge ist eine völlig andere als deine. Ihr hättet darüber reden sollen."

„Was sagst du da ...?"

Er lag im Krankenhaus? Ein Autounfall? Aber ... das erklärt ja alles! Offenbar hat diese Elisabeth die Geschichte geschickt verdreht. Diese Schlange!

„Davon hat er mir nichts gesagt. Ich dachte, er wollte nichts mehr von mir wissen."

„Dasselbe hat er über dich gedacht."

Nun wird mir einiges klar – sein Verhalten gestern Abend und all seine Bemerkungen, auf die ich mir keinen Reim machen konnte.

„Dad, bitte gib mir den Wagenschlüssel! Ich muss ihm nach!"

„Ich werde dich fahren!", beschließt mein Vater, während er sich die Jacke überzieht und aus dem Haus eilt.

Verblüfft über seinen Entschluss folge ich ihm und setze mich auf den Beifahrersitz des Jeeps. Hoffentlich weiß er noch, wo das Gaspedal sitzt. Gewöhnlich schleicht er fast im Schritttempo umher. Das könnte wertvolle Zeit kosten. Mit quietschenden Reifen rast er los, sodass ich in den Sitz gedrückt werde. Wow, wo hat er denn das gelernt? Mein Vater zeigt selten Emotionen, aber der Kern unter seiner harten Schale ist butterweich. Er nimmt sich vieles zu Herzen, auch wenn er darüber nicht spricht.

Nach einer guten halben Stunde können wir Dannys Fahrzeug in der Ferne erkennen. Mit dem Jeep kommen wir in diesem Gelände weitaus schneller voran, als Danny mit seinem Leihfahrzeug. Sollte er aber die Kreuzung vor uns erreichen, die auf die gut ausgebaute Hauptstraße führt, haben wir keine Chance, ihn einzuholen. Das weiß auch mein Vater, daher fährt er am absoluten Limit. Mehr ist jedoch nicht drin, wir werden es nicht schaffen!

Plötzlich weicht mein Vater von der eigentlichen Route ab und fährt mitten durchs Gelände. Hoffentlich ist ihm klar, was er tut. Die Schotterstraße war schon holprig, doch was jetzt kommt, dreht mir den Magen um. Krampfhaft halte ich mich im Innenraum des Wagens fest, aber ich werde durchgeschüttelt wie ein Cocktail. Mir fällt auf, dass die Straße eine Biegung macht und wir durch diese waghalsige Maßnahme enorm aufholen. Trotzdem, wir werden es nicht schaffen, ein Hügel schneidet uns den Weg ab. Die Schotterstraße wird um diese Anhöhe geleitet, bevor sie auf die Hauptstraße trifft. Mit dem Jeep erreichen wir nichts mehr. Mir bleibt nur noch eines: Ich muss, so schnell ich kann, über die Erhebung klettern. Vielleicht erwische ich ihn dahinter.

„Daddy, halt sofort an!"

Kurzerhand springe ich aus dem Fahrzeug und laufe über die Anhöhe. Dannys Wagen biegt gerade um die Kurve, als ich blindlings auf die Straße hüpfe, um mich ihm in den Weg zu stellen. Über den Schotter rutschend, kommt er knapp vor meinen Knien zum Stehen. Schäumend vor Wut stürzt er aus seinem Gefährt.

„Bist du komplett übergeschnappt?! Du kannst doch nicht einfach vors Auto springen! Was, wenn ich nicht rechtzeitig hätte bremsen können?!"

Ohne auf seine Beschimpfungen zu reagieren, eile ich aufgeregt zu ihm und greife nach seiner Hand.

„Danny, ich wusste nichts davon, dass du an diesem Abend einen Unfall hattest. Ich habe es eben erst erfahren."

Barsch entreißt er mir seinen Arm.

„Warum sagst du mir das jetzt? Glaubst du, ich wüsste nicht, dass du mir was vormachst?"

„Aber das ist nicht wahr! An jenem Abend hat mich Elisabeth angerufen und mir gesagt, du würdest bei ihr sein und ich solle dich vergessen. Sie hat mir nichts von deinem Unfall erzählt. Ich dachte, du wärst wieder mit ihr zusammen. Wie konnte ich wissen, dass sie mich belogen hat?"

„Das habt ihr euch ja fein ausgedacht. Dein Bruder, deine Eltern und du – ihr steckt alle unter einer Decke. Geht es dir um Geld? Hast du dich deshalb von mir schwängern lassen?"

Geld? Er sollte wissen, dass diese Behauptung an den Haaren herbeigezogen ist. Was kann ich noch sagen, damit er es versteht?

„Ich brauche kein Geld! Ich brauche dich! Unser Kind braucht dich! Wenn du mir nicht glaubst, frag doch deine Elisabeth. Wäre sie nicht gewesen, wäre es niemals so gekommen."

„Jetzt machst du's dir ja einfach. Ich dachte, du wärst anders – ehrlich und aufrichtig. Wahrscheinlich hab ich zu viel in dir vermutet."

Überraschend steht mein Vater zwischen uns und packt Danny an den Schultern.

„Sie liebt dich! Das ist ihr einziger Fehler. Dein Mund spricht, bevor dein Kopf denkt. Das ist dein Fehler."

Kurz blicken sich beide Männer in die Augen, bevor mein Vater sich von Danny abwendet und mich fortzieht. Als wir über den Hügel schreiten, schaue ich mich nach Danny um. Unverändert steht er da und sieht uns nachdenklich hinterher.

Ein Bad mit Folgen

Trotz meines Plans, die kommenden Wochen bei meinen Eltern zu verbringen, hielt ich es in dieser Einsamkeit nicht mehr aus. Es zog mich in die Stadt zurück. Ich brauchte Menschen und geschäftiges Treiben um mich herum – Ablenkung.

Phil und ich hatten uns noch ausgesprochen. Na ja, mein Mund war „aus" und er hat „gesprochen". Dabei erfuhr ich, dass Madeleine – meine und seine Ex – ihn verließ, um ein neues Leben in einer anderen Stadt anzufangen. Phil ist eine Urpflanze, niemals hätte er sie begleitet. Einen alten Baum kann man nicht verpflanzen.

Ich stehe mit meinen Eltern auf dem Gelände des kleinen Flughafens, um mich von ihnen zu verabschieden. Es ist schwer, gehen zu müssen, aber in der jetzigen Situation wäre es schwieriger zu bleiben.

Lucy und Namid werden mich in New York vom Flughafen abholen. Ich find's wirklich klasse, dass die beiden zueinander gefunden haben, aber müssen sie ausgerechnet jetzt vor mir als Paar erscheinen? Könnte mich nicht erst der eine vom Flughafen einsammeln und der andere später zufällig dazustoßen? Okay, okay ... ich weiß, das ist furchtbar egoistisch von mir. Ich freue mich ehrlich für sie, nur das lenkt mich nicht von meinem Problem mit Danny ab.

Mein Vater drückt mich diesmal besonders lang zum Abschied. Fast habe ich das Gefühl, er will mich nicht mehr loslassen. Mir ist nicht entgangen, dass ihn das Geschehene beschäftigt. Nicht, dass er noch etwas dazu gesagt hätte. Er schweigt beharrlich in dieser Angelegenheit, so wie auch in allen anderen Lebensbereichen.

Nachdem er mich auf dem Schotterweg von Danny weggezogen und ihm zuvor diese vier ausdrucksvollen Sätze mit auf den Weg gegeben hatte, sprach mein Vater auf der Rückfahrt und die folgenden achtundvierzig Stunden kein einziges Wort mehr – weder mit mir noch mit meiner Mutter. Ich kenne ihn gut genug, um zu wissen, dass dies nicht weiter besorgniserregend ist – das kommt auch mal vor, ohne dass ihn Sorgen plagen –, trotzdem hätte ich seine Gedanken gern gekannt. Ich weiß, dass ihm Dinge auffallen, die anderen verborgen bleiben. Sicher hätte mir das nützlich sein können – auf die eine oder andere Weise.

Nun stehen wir schon ein paar lange Sekunden auf dem Asphalt des Flughafengeländes und umarmen uns schweigend. Abschiedszeremonien dieser Art liegen mir. Man muss nicht angestrengt nach den richtigen Worten suchen, welche die Abreise auch nicht leichter machen, sondern man kann einfach stumm in den Armen des anderen Abschied nehmen.

„Manche Pfade sind lang und beschwerlich, aber nicht unerreichbar. Vertraue deinem Gefühl!"

„Danke, Dad, das mache ich."

Was heißt das jetzt? Könntest du bitte etwas deutlicher werden?

Kurz nach der Landung in New York bin ich nahezu fünf Pfund leichter. Mein gesamter Mageninhalt – abgesehen meiner festgewachsenen Organe – befindet sich in der Bordtoilette. Etwa ein Dutzend Mal habe ich mich übergeben, aber jetzt scheint es mir wieder gut zu gehen – als wäre nichts gewesen. Ob eine bisher nie da gewesene Reisekrankheit oder die Schwangerschaft auf mein Wohlbefinden beziehungsweise meinen Bauch gedrückt haben, bleibt ein Geheimnis. Jetzt jedoch ist alles prima – einfach so. Ist auch nichts mehr drin, was aus meinem Magen herauskönnte.

Lucy und Namid stehen eng umschlungen in der Ankunftshalle und haben mich nicht einmal bemerkt. So was! Nein, es macht mir nichts aus, weshalb auch? Ist doch toll, dass die beiden sich gefunden haben, ich freue mich für sie – aufrichtig. Bloß jetzt kann ich keine herumturtelnden Liebespaare gebrauchen. Das erinnert mich an mein „Herzleiden".

„Malina, hallo, hier sind wir!", ruft mir Lucy zu.

Schön, dass sie mich noch entdeckt haben. Kraftlos, aber zufrieden, endlich angekommen zu sein, lasse ich mich kurze Zeit später in Lucys Wagen plumpsen und von den beiden heimwärts kutschieren. Ich sehne mich nach einem ausgedehnten Vollbad. Danach werde ich in meinen Wollschlafanzug schlüpfen, mir meine dicksten Wohlfühlsocken überziehen und es mir unter meiner Kuscheldecke auf der Couch gemütlich machen. Die sommerlichen Temperaturen könnten mir allerdings den Spaß an der Sache verderben.

Kaum zu Hause eingetroffen, nimmt mich Lucy beiseite, während Namid zielsicher in die Küche geht. Gibt's da was Besonderes? Ich hätte durchaus etwas Kohldampf.

„Danke, Malina – für alles."

Was meint sie? Ja, ja, ist schon gut. Was gibt's denn zu essen?

„Wärst du nicht gewesen, wäre aus Namid und mir nichts geworden."

Wieso, was hab ich denn getan? Bin ich selbst daran schuld, dass die beiden vor meinen Augen herumplänkeln?

„Obwohl ich es dir übel nehme, dass du Namid mein Gefühlsleben enthüllt hast. Andererseits hätte er sonst vermutlich nie den Mut gehabt, mir einen Heiratsantrag zu machen."

Häh!

„Ich glaub, ich hab da was am Ohr. Wie war gleich dein letzter Satz?"

„Wir werden heiraten!", wiederholt sie ihre Aussage aufgeregt.

Ach sooo, sie heiraten! Das wird auch langsam Zeit nach so vielen Tagen. Andere heiraten nach ein paar Stunden.

„Gratuliere! Wie schön für euch. Ich freu mich."

Kann ich jetzt bitte allein sein? Ich brauche Raum für meine eben einsetzende Depression.

„Du wirst sicher verstehen, dass ich erst ein entspannendes Bad brauche, bevor ich mich mit euren Hochzeitsplänen befasse."

Warum sieht sie mich so erschrocken an?

„Aber das geht nicht!", fährt Lucy bestürzt hoch.

„Natürlich geht das", widerspreche ich ihr. „Das ist ganz einfach: Ich gehe jetzt ins Bad, drehe den Wasserhahn auf und steige ins warme Nass. Was spricht dagegen?"

Wieso schaut sie so hilflos? Egal, ich muss in die Wanne und in Ruhe über mein Leben sinnieren.

Eine Viertelstunde später lasse ich mich ins warme Wasser gleiten. Ein kurzer befreiender Seufzer und schon bin ich weg. Ich träume von warmen Eisschollen ohne Eis, von Babyrobben und einem Häuschen mit Garten auf dem Nordpol.

Getuschel vor der Tür holt mich aus meinen Träumen. Kann man nicht mal in Ruhe davonschwimmen? Sollte ich in diesem Leben jemals wieder meinen Seelenfrieden finden, verspreche ich, mich niemals mehr mit einem Mann einzulassen. Hand drauf!

Nach meinem Gelöbnis stehe ich auf und greife nach dem Badetuch. Überraschend wird die Badezimmertür aufgestoßen und Danny stürzt herein. Vor Entsetzen über dieses unvorbereitete Wiedersehen im Adamskostüm meines Badezimmers fällt mir das Badetuch aus den Händen ins ablaufende Badewasser. Ersatzweise muss nun der Duschvorhang zur Verhüllung nackter Tatsachen dienen.

„Ich kann nicht länger warten!", redet er sofort drauflos, ohne wahrzunehmen, in welch missliche Lage mich sein schamloser Vormarsch in mein Bad gebracht hat.

Lucy steht hinter Danny im Türrahmen und macht eine hilflose Geste, während sie mich beschwörend ansieht. Sie versucht, mir irgendwelche Zeichen zu geben, die ich allesamt nicht entschlüsseln kann, bis Namid sie kurzerhand davonzerrt und die Tür von außen schließt. Nun sind wir allein: Danny, der Duschvorhang und ich.

„Ich muss mit dir reden. Bitte komm da raus!", fordert Danny unüberlegt.

Würde ich ja gern. Mir fehlt bloß etwas Grundlegendes.

„Könntest du mir zuvor bitte ein Handtuch rüberreichen?", frage ich und zeige auf einen Stapel Handtücher vor seiner Nase.

Erst jetzt scheint ihm meine Lage bewusst zu werden. Beunruhigt ziehe ich den Vorhang enger um mich herum. Seine Hand greift nach einem Handtuch, doch sein Blick lässt nicht von mir ab. Fein, nun musst du es mir nur noch geben. Das kann doch nicht so schwer sein! Warum tut er es nicht? Ungeduldig strecke ich meine Hand aus in der Hoffnung, er würde mir das gewünschte Objekt reichen. Unverhohlen legt er das Handtuch zurück, schnappt sich meine Hand und zieht mich nach vorn. Ich verliere das Gleichgewicht und falle samt Duschvorhang in seine Arme. Eingewickelt wie eine Mumie strample ich um mein Leben.

„Was tust du da? Lass mich sofort los!"

Lachend lässt mich Danny zu Boden.

„Du brauchst nichts vor mir zu verbergen. Ich kenne jeden Zentimeter deines Körpers."

Das mag ja sein, aber das war bevor du dich in Grönland von mir losgesagt hast. Jetzt sieht die Sache ganz anders aus, ich bin zugeknöpft – innerlich wie äußerlich.

„Ich dachte, es gibt nichts mehr zwischen uns zu bereden", gebe ich schnippisch von mir. „Oder wolltest du dir meine Kontonummer abholen? Schließlich geht es mir doch lediglich um dein Geld."

Diesmal scheinen Danny meine Provokationen nicht ansatzweise aus der Ruhe zu bringen. Er lächelt und schweigt.

„Du wolltest also mit mir reden", fahre ich fort. „Worüber denn? Über meine Lügen, die du in jeder meiner Äußerungen vermutest? Oder möchtest du ein Besuchsrecht für das Kind aushandeln? Darüber ließe sich reden. Aber nur, wenn die Bezahlung stimmt."

„Hör zu, Malina, alles, was du sagtest, ist wahr. Ich verstehe nicht, wie ich so blind sein konnte. Elisabeth hat uns beide belogen. Sie sollte dich in meinem Auftrag über meinen Unfall informieren. Als es passierte, war sie dabei, denn ich hatte gerade ihre Wohnung verlassen. Kurz nachdem ich aus der Parklücke fuhr, rammte mich ein betrunkener Fahrer. Ich hatte zwei angeknackste Rippen und ein paar blaue Flecken, nichts Ernstes, aber der Notarzt bestand darauf, mich ins Krankenhaus zu fahren. Dabei wollte ich bloß zurück zu dir. Das mit Elisabeth war lange vorbei, nur sie wollte es nicht einsehen. Sie sollte nicht zwischen uns stehen, daher bin ich an diesem Abend zu ihr gefahren, um ihr endgültig klarzumachen, dass es vorbei ist. Hätte ich doch auf dich gehört und dir alles zuvor erklärt, dann wäre es nie so weit gekommen. Du sagtest, man solle nichts aufschieben. Wie Recht du hattest!"

„Das hab nicht ich gesagt, sondern mein Vater."

„Dein Vater ist sehr weise. Als du vor meinen Wagen gesprungen bist, war ich außer mir vor Wut. Ich konnte und wollte nicht glauben, was du mir da sagtest. Erst die Bemerkung deines Vaters hat mir den Kopf gewaschen. Ich bin wohl manchmal zu hitzköpfig."

Wie wahr!

„Bestimmt kann man an dieser Schwäche noch arbeiten", sage ich grinsend.

Dannys linke Augenbraue zieht sich nach oben, während er mich fester in seine Arme nimmt. Ich schaue in seine dunklen Augen und genieße, wie nah wir uns durch diese Aussprache gekommen sind. Weshalb war das nicht eher möglich, wie konnte es nur so weit kommen?

„Woher weißt du eigentlich von Elisabeths Täuschung?", will ich wissen, denn seine jähe Einsicht bleibt mir rätselhaft.

„Ich habe sie gleich am Tag nach meiner Abreise aus Grönland angerufen. Als sie bemerkte, dass ich ihre geschmacklose Intrige aufgedeckt habe, hat sie es nicht mehr geleugnet."

„Und was ist nun mit dir und Elisabeth?"

„Gar nichts! Sie hat sich, kurz nachdem ich aus dem Krankenhaus entlassen wurde, an mich rangehängt. Ein paar Mal sind wir miteinander ausgegangen, aber mehr war da nicht, das musst du mir glauben! Okay, sie hat's einmal versucht, aber daraufhin habe ich sie aus meinem Haus geschmissen. Seitdem war absolute Funkstille. Vor zwei Wochen sprachen Richard und ich miteinander. Er vertraute mir an, welche Gefühle er für dich hegt. Ich gebe zu, das brachte mich kurzzeitig aus der Fassung. Doch er öffnete mir die Augen und machte mir klar, dass ich um dich kämpfen soll und du ihn nicht liebst. Er äußerte die Annahme, du seist womöglich schwanger. Zweimal hättest du ohne ersichtlichen Grund einen Schwächeanfall erlitten."

„Dann hast du es nicht von Namid erfahren?", erkundige ich mich erleichtert.

„Nein", antwortet er schmunzelnd. „Dein Bruder suchte mich allerdings auf und war ziemlich von der Rolle. Ich glaube, er wollte sich mit mir schlagen. Es waren ein paar gemeinsame Biere nötig, bis er mir verriet, wo ich dich finde. Als ich in deinem Dorf eintraf, konnte ich das absurde Treffen mit diesem Phil gerade noch verhindern. Ich machte deiner Mutter klar, dass ich der Vater des Kindes sei, daraufhin bestellte sie deinen Ex wieder ab. Na ja, und den Rest kennst du ja. Über deinen Bruder erfuhr ich, wann du zurückkommst. Ich wollte dich vom Flughafen abholen, aber deine Freundin und Namid bestanden darauf, dass ich hier auf dich warte."

Darum also ist Lucy vorhin so nervös gewesen, als ich in die Wanne wollte. Danny war die ganze Zeit schon da. Ich bin platt.

„Nun weiß ich auch, dass dir deine Freundin Lucy ihren Gewinn abgetreten hat. Sie war die eigentliche Gewinnerin des Abendessens und du hattest nicht die geringste Ahnung, wer ich bin. Deshalb warst du wohl so unsicher bei dem Interview mit dem Star-Magazin", sagt er amüsiert.

„Das war peinlich!", gebe ich offen zu.

„Aber nein, du warst einfach liebenswert. Deine Natürlichkeit ist jedem aufgefallen. Ich war von der ersten Sekunde an in dich vernarrt. Malina, es tut mir leid, dass es so weit kommen musste. Wir dürfen nicht zulassen, dass Elisabeth alles zerstört, wonach ich so lange gesucht habe. Kannst du mir verzeihen?", fragt er vorsichtig.

„Unter gewissen Umständen wäre ich dazu bereit", antworte ich herausfordernd.

„So? Welche denn?"

Zweifellos befinde ich mich in einer Situation, in der ich ungehemmt Forderungen stellen kann. Mir würden da einige interessante Kleinigkeiten einfallen, die einer Frau das Leben recht angenehm gestalten dürften. Aber da ich keine typische Frau bin (was natürlich nicht stimmt, denn die letzten Wochen habe ich das Gegenteil festgestellt, doch darüber sehe ich geflissentlich hinweg), werden meine Forderungen geringfügig sein – nahezu geringfügig.

„Keine Vorverurteilungen mehr. Du fragst mich erst, bevor du zu urteilen beginnst. Obwohl es durchaus amüsant war, für neunzehn gehalten zu werden." Mein Grinsen veranlasst Danny dazu, mich mit seinen Armen fester in die Mangel zu nehmen. „Keine unnötigen öffentlichen Auftritte mehr. Ich ziehe es vor, weitestgehend inkognito zu leben. Was selbstverständlich nicht heißen soll, dass du deinen Beruf an den Nagel hängen

sollst. Es wäre nur schön, wenn du mich da raus-
halten könntest – soweit es möglich ist. Unser
Kind soll frei und unbeobachtet aufwachsen."

„Das lässt sich einrichten. Ich hab längst bemerkt, dass dir ein Leben auf dem Präsentierteller
nicht liegt. Dein Wunsch kommt mir nicht ungelegen, Ruhe ist genau das, wonach ich mich
sehne."

*Das hätte von mir sein können. Wie wäre es mit
einem Häuschen auf dem Nordpol?*

„Mein Haus habe ich übrigens verkauft. Es
hatte keine Seele", fügt er schmunzelnd hinzu.
„Und nachdem du ausgezogen bist, kam es mir so
leer vor. Wenn du magst, ziehen wir nach Grönland zu deinen Eltern oder …"

„… an den Nordpol?", frage ich neugierig.

„Von mir aus auch das", sagt er und lacht.

***

Natürlich zogen wir nicht an den Nordpol, sondern einfach nur aufs Land. Danny kaufte uns ein wunderschönes Häuschen, das ich mit allerhand Klimbim ausstattete und ihm somit mehr Seele verlieh.

Lucy und ich sitzen in der Küche, während Jason und Jill im Garten spielen. Kurz nach mir wurde Lucy ebenfalls schwanger und Jason erblickte ein paar Wochen später als unsere Tochter Jill das Licht der Welt. Beide verstehen sich prächtig – so wie auch Namid und Danny ausgesprochen gut miteinander auskommen. Mein Bruder gab sein Dauerstudium auf und macht seitdem mit Danny zusammen Musik. Inzwischen recht erfolgreich.

Lucy und ich schrieben gemeinsam ein Buch über eine neu entdeckte Kultur, auf die sie während einer neuerlichen Ausgrabung stieß. Es verkauft sich beinahe so gut wie die Biographie, die ich über Danny verfasst habe. Öffentliche Auftritte machen mir nicht mehr so viel aus, aber ich versuche, sie weitestgehend zu vermeiden. Mit Richard Daniels bin ich heute gut befreundet und zu seiner Mutter habe ich einen herzlichen Kontakt, auf den ich überaus großen Wert lege. Danny macht meine Freundschaft mit ihm nichts mehr aus, was durchaus daran liegen mag, dass Richard unterdessen glücklich verheiratet ist.

Lucy und ich sind mit den Vorbereitungen fürs Buffet beschäftigt. Heute Abend treffen wir alle wieder zusammen. Selbst Elisabeth wird mit von der Partie sein. Ihr neuer Lover ist ein bekannter Schauspieler, dessen Namen ich mir nie merken werde. Muss ich aber auch nicht, denn es ist bloß eine Frage der Zeit, wann sie zum nächsten Verehrer überwechseln wird. Sie hält es nie länger als ein paar Monate mit einem Mann aus. Ich finde sie mittlerweile okay, auch wenn ich die rote Farbwahl ihrer Klamotten nach wie vor für bedenklich halte.

Meine Ruhe habe ich übrigens trotz allem nicht wiedergefunden. Die letzten sechs Jahre waren einfach zu turbulent, woran Jill nicht ganz unschuldig ist. Bereut habe ich nichts. Ich genieße jeden Moment mit Danny und Jill und ein Leben auf dem Nordpol wäre mir wohl inzwischen zu einsam.

Leseprobe:

„Verlieben ist Chefsache"
von
Sabine Richling

Das Ende ist immer ein neuer Anfang

„Wir sollten uns trennen", sagt Ullrich und sieht mich danach an, als wären es meine Worte gewesen. Hab ich gerade was von Trennung gehört? Ich habe den ganzen Tag schon so ein Pfeifen in den Ohren, daher bin ich mir nicht sicher, ob ich es richtig verstanden habe. Als ich jedoch genauer in Ullrichs Gesicht sehe, fällt mir diese steife Mimik auf. Würde er sich einen Scherz erlauben, sähe er sicher nicht so angespannt und spröde aus. Beinahe bröselig. Warum muss ich jetzt an das vertrocknete Brötchen denken, das ich heute Morgen in der Küche vergessen habe? Ich wollte es wegschmeißen. Ist das nun ein Wink mit dem Zaunpfahl von oben?

„Warum?", frage ich. „Willst du alles hinschmeißen, einfach so?"

Ich habe mit allem gerechnet, aber nicht mit diesem Satz. Wir sollten diese Szene wiederholen, damit ich besser vorbereitet bin. Ich komme also zur Tür herein und beginne mit den Worten: Hallo Schatz, da bin ich wieder! Den Rest können wir uns dann gerne schenken. Der passt nicht in meine Zukunftspläne.

„Selbstverständlich werde ich dir bei der Wohnungssuche helfen."

Er meint es wirklich ernst!

Wie kommt er darauf, dass ich ausziehe? Ich wohne hier schließlich ebenfalls. Und daran wird sich auch nichts ändern! Da kann er sich auf den Kopf stellen!

„Du willst mich vor die Tür setzen?"

„Es ist besser so, glaube mir."

Seine Stirnfalten bilden tiefe Furchen. Soll das ein nachdenklicher Blick sein? Er erstarrt in dieser Haltung und ich überlege einen Augenblick, ob Ullrich sich zu einem antiken Ölgemälde verwandelt hat, dessen Farben allerdings mit der Zeit verblasst sind. Am liebsten würde ich sofort einen Pinsel zücken und mit den Ausbesserungsarbeiten an ihm beginnen. Doch als ich nichts weiter auf seinen letzten Satz erwidere, bewegt er sich plötzlich wieder. Er zieht sich seinen Mantel über und verlässt die Wohnung. Deprimiert schaue ich ihm nach, als hätte ich gerade erfahren, dass ich den Rest meines Lebens kein Nutella mehr essen darf. Dabei muss ich nur ohne Ullrich auskommen. Das lässt sich sicher bewerkstelligen. Oder nicht? Ich vergrabe mein Gesicht in den Händen und lasse meinen Tränen freien Lauf.

Gerade noch bin ich freudestrahlend nach Hause gekommen und habe Ullrich von dem geplanten Wochenende mit dem Astronomie-Verein berichtet. Mitte April würden die Lyriden ihr Maximum erreichen. Rund zwanzig bis dreißig Meteore könnten dann pro Stunde aufleuchten. Auf keinen Fall darf ich mir das entgehen lassen. Das muss er doch verstehen.

Ullrich und ich wurden vor über zwei Jahren ein Paar. Also gut, wir galten nicht gerade als Traumpaar, aber das Gerede der anderen war mir schon immer egal. Ich war verliebt bis über beide Ohren und absolut sicher, dass Ullrich die Liebe meines Lebens sei. Und nun will er sich nach mehr als zwei Jahren von mir trennen. Einfach so. Bis vor Kurzem träumte ich noch von einer gemeinsamen Zukunft und einer Heirat ganz in Weiß.

Natürlich fochten wir den einen oder anderen Streit miteinander aus. Das kommt doch in den besten Familien vor. Ja gut, wir sind recht verschieden, stimmen in einigen Ansichten nicht ganz überein, möglicherweise auch gar nicht, aber unsere Interessen ... na ja, die sind wohl unvereinbar. Wir arbeiten daran.

Ullrich ist technischer Zeichner und in seiner Freizeit beschäftigt er sich gern mit Fußball und Billard. Nun bin ich die Sorte Frau, die Fußball eher als eine chronische Krankheit ansieht. Wenn er sich mit seinen Freunden bei uns trifft, um seine Mannschaft im Fernsehen anzufeuern, nehme ich Reißaus und beschäftige mich mit meinem eigenen Hobby: der Astronomie. Ich bin Mitglied in einem kleinen Verein, der sich zu regelmäßigen

Exkursionen ins Umland verabredet und mit Vereinsteleskopen oder eigenen Fernrohren ein gemeinschaftliches Sternen-Seeing veranstaltet. Darin gehe ich voll auf. Ich liebe es, mir die Nacht mit dem Sternenhimmel um die Ohren zu schlagen und den Jupiter, den Mars oder den beringten Saturn mit dem Okular meines Teleskops einzufangen, genieße den Anblick des mit Kratern übersäten Mondes oder das Beobachten des Orionnebels. Ja, das ist meine Welt. Leider nicht Ullrichs. Mit dem Sternenhimmel kann er rein gar nichts anfangen. Zuerst versuchte ich noch inbrünstig, ihm das Himmelszelt nahezubringen, indem ich ihn während unserer abendlichen Spaziergänge verschiedene Sternenkonstellationen oder einzelne Sterne erklärte.

„Schau mal, da ist Sirius ... ganz im Süden, siehst du ... da hinten, sieh doch mal hin. Er ist der Hauptstern im Sternbild „Großer Hund" und gleichzeitig der hellste Stern, der von der Erde aus beobachtet werden kann. Er ist nur 8,7 Lichtjahre von uns entfernt. Toll nicht? Und siehst du dieses Sternbild da? – Da ... das ist der Orion. So leicht rechts von Sirius, etwas höher, der mit den drei gleich hellen Gürtelsternen in der Mitte. Hast du's entdeckt? Kannst du's sehen?"

„Ja, ja, sehr interessant. Komm etwas schneller, mir ist kalt, ich möchte zurück."

Ich weiß nicht mehr genau, wann ich es endgültig aufgab. Es dauerte eine Weile, bis ich ein-
sah, dass ihn die Himmelskunde nicht wirklich in-
teressierte.

Trennt er sich etwa deshalb von mir?

Ich schlüpfe in meine Puschen, gehe ins Bad
und beäuge argwöhnisch mein tränenverschmier-
tes Gesicht. Wie hässlich man mit einem verheul-
ten Gesicht aussieht. Ich bin erst zweiunddreißig
und fühle mich, als stünde ich kurz vor der Rente.
Vielleicht bin ich ihm nicht mehr hübsch genug.
Zwei Kilo habe ich zugelegt. Eines in jedem Jahr.
Ich bin zu dick. Und meine Haare! Braune, sträh-
nige Spaghetti bis zu den Hüften. Schon mein
ganzes Leben trage ich meine Haare lang. Niemals wäre ich auf die Idee gekommen, mir eine
andere Frisur zuzulegen. Ich hätte mich auch von
mir getrennt, wenn ich mit mir zusammen gewesen wäre. Ja, ich kann Ullrich sogar verstehen.

Erneut kullern ein paar Tränen hinab. Aber
abgesehen von der kleinen Tatsache, dass ich um
den Kopf herum immer gleich aussehe, bin ich
doch recht ansehnlich. Na ja, die Männer liegen
mir nicht unbedingt reihenweise zu Füßen, aber
den einen oder anderen bewundernden Blick
schnappe ich mitunter im Vorbeigehen auf.

Ullrich mochte es nicht, wenn andere Männer
mit mir flirteten. Nicht, weil er eifersüchtig gewe-

sen wäre. Er sah nur immerzu in mir eine drohende Konkurrenz. Er glaubte, neben mir seinen Glanz zu verlieren.

Nicht, dass er mir das so direkt gesagt hätte, aber als Frau spürt man solche Dinge. Wir Frauen haben dieses gewisse Fingerspitzengefühl, Einfühlungsvermögen, den sechsten Sinn. All diese guten Eigenschaften, die den meisten Männern fehlen.

Somit entging mir nicht, dass er immer diesen übersteigerten Drang hatte, in allem besser zu sein als ich. Anfänglich bemerkte ich es nicht. Wenn ich ihn mit einem üppigen 3-Gänge-Menü verwöhnte, einfach nur, um ihm eine Freude zu bereiten, kredenzte er mir am nächsten Tag ein 4-Gänge-Menü, das meines in Aufwand und Umfang bei Weitem übertraf.

Ich müsste lange überlegen, bis mir ein Kompliment einfallen würde, das mir Ullrich ohne vorherige Androhung der Todesstrafe freiwillig gemacht hätte. Daher liebe ich diese bewundernden Blicke anderer Männer. Sie sind eine Art Ersatz für den fehlenden Zuspruch.

Wenn wir irgendwo gemeinsam auftauchten, übertrug sich nach einiger Zeit die Aufmerksamkeit der Anwesenden unvermeidlich auf mich. Denn Ullrich saß wie eine Schlaftablette neben mir und übergab mir gleichgültig das Wort, was zur Folge hatte, dass ihn am Ende kein Mensch mehr bemerkte. Meist neigte er dann zu übertriebenen Gähnattacken und trommelte ununterbrochen mit den Fingern auf dem Tisch herum. Da seine bockigen Gesten zusehends meine Nerven strapazierten, gab ich, früher als mir lieb war, das Signal zum Aufbruch. Er konnte einem alles vermiesen. Wieso hab ich mich eigentlich nicht vom ihm getrennt? Das hätte ich wenigstens verstehen können.

Ich arbeite in einem Versicherungsunternehmen als Chef-Assistentin. Kurz nachdem wir uns kennengelernt hatten, wurde mir in meiner Firma dieser Posten angeboten. Ullrich war mit einer Sachbearbeiterin als Freundin zufrieden. Er gehört zu dieser Gattung Mann, die mit der Emanzipation der Frau nicht viel anfangen kann. Wenn es nach ihm gegangen wäre, hätte ich meinen Beruf an den Nagel gehängt und wäre seine ganz persönliche, billige Haushälterin geworden. Stattdessen wurde ich zur Chefsekretärin ernannt. Stolz erzählte ich Ullrich von meinem kaum zu fassenden Glück. Seine Antwort kam zögerlich und unwirsch.

„Schön. Aber du warst doch mit deinem Sachbearbeiterposten zufrieden. Muss das denn sein?"

„Stell dir vor, ich werde bald viel mehr Geld verdienen als bisher. Ich muss natürlich mehr arbeiten, das ist schon klar, allerdings ist es eine große Chance für mich. Ist das nicht großartig?"

„Ja, prima."

Ich glaube, seine Freude war damals etwas verhalten. Bin mir nicht sicher, ob es ihm möglicherweise nicht so gefiel, dass mein Gehalt seines mit einem Mal überstieg. Wie gesagt, mit Erfolgsfrauen hat er wenig am Hut, obwohl ich mich beileibe nicht als solche ansehe. Schließlich gehörte für mich damals auch eine Menge Glück dazu, befördert zu werden.

Mein Weg mit Ullrich füllte mich im Grunde nie wirklich aus, aber ich ging ihn weiter, ohne etwas zu ändern. So bin ich nun mal. Ich kann nicht eben so aus meinem gewohnten Leben springen und nach einem neuen greifen. Ich liebe Altbewährtes. Somit hielt ich auch verbissen an dieser Beziehung fest. Und das hätte ich noch bis ans Ende aller Tage getan, wenn er mir nicht mit seiner Trennungsabsicht einen Strich durch die Rechnung gemacht hätte.

Es ist Samstag und nicht mal siebzehn Uhr. Mit viel Glück erreiche ich Sandra zu Hause. Ich muss unbedingt mit jemandem sprechen.

Sandra ist meine beste Freundin und am Wochenende so gut wie nie in ihrer Wohnung anzutreffen. Entweder, weil sie zum Wochenenddienst eingeteilt ist (Sandra jobbt als Serviererin) oder weil ihr Terminkalender zu platzen droht. Ich entscheide mich, gleich die Nummer ihres Handys zu wählen. So erhöht sich meine Chance, sie zu erwischen. Die Mailbox schaltet sich ein. Wo steckt sie denn nur wieder?

„Hier ist Claudia. Bitte melde dich bei mir, so schnell du kannst!"

Ich hoffe, dass meine Nachricht dramatisch genug klingt. Schließlich geht es hier um Leben und Tod.

Zehn Minuten später klingelt mein Telefon. Sandra lässt die Floskeln der Begrüßung gleich weg und kommt sofort zum Wesentlichen.

„Mensch, Claudi, es ist doch hoffentlich nichts passiert!"

„Ullrich will sich von mir trennen", schluchze ich in den Hörer hinein.

Sandra lacht und fängt sich nur mühsam ein. Wie kann sie in dieser Situation lachen? Das ist nicht nett.

„Oh, wie bedauerlich." Sie macht eine kurze Pause. „Nein, wohl eher nicht."

Sagenhaft dieses Feingefühl. Hätte ich diesen Formfehler eher an ihr entdeckt, hätte ich sie nicht zu meiner besten Freundin erklärt.

„Mir ist nicht nach Scherzen zumute. Er will mich aus der Wohnung haben. Unsere gemeinsame Wohnung, die ich in mühevoller Kleinarbeit eingerichtet habe."

„Hör zu, ich will nicht lange um den heißen Brei reden", sagt sie und ich bekomme das Gefühl, dass mir ihre folgenden Worte nicht gefallen werden: „Ich finde, eine Trennung war längst überfällig. Ihr seid viel zu verschieden."

„Nun übertreib mal nicht", verteidige ich mich, lenke jedoch sogleich wieder ein: „Na ja, womöglich ein wenig." Ich kann förmlich Sandras zustimmendes Nicken durchs Telefon spüren. „Also schön, wir sind verschieden", gestehe ich grimmig, „aber deswegen muss er sich doch nicht gleich von mir trennen!"

„Pack ein paar Sachen zusammen und komm zu mir. Wir werden später eine neue Bleibe für dich finden."

„Aber ich will keine neue Wohnung, sondern diese hier, und zwar mit Ullrich – gemeinsam", wimmere ich.

„Ja, sicher willst du das. Doch glaube mir, wenn du erst mal erkannt hast, dass Ullrich ein Fehler war, willst du genau das Gegenteil. So, und jetzt kommst du auf direktem Wege zu mir, klar?"

Sandra kann so überzeugend wirken. Nach unserem Telefonat suche ich mir eine Tasche und packe ein paar Utensilien ein, die für eine Frau unerlässlich sind. Obenauf stopfe ich ein paar Klamotten und gehe zur Tür. Als ich zum Schlüssel greife, blinkt mein Ring am Finger auf. Ullrich hat ihn mir vor zwei Monaten zum Geburtstag geschenkt. Ein wunderschöner Goldring mit einem kleinen Diamanten. Leider passt er nicht an meinen Ringfinger, daher stecke ich ihn mir immer an den Mittelfinger. Diese Tatsache hätte mich eigentlich bereits damals Verdacht schöpfen lassen müssen. Wenn der Ring nicht passt, kann der Mann auch nicht der Passende sein. Das ist doch logisch. Ich sehe mich noch einmal in der Wohnung um. Von jetzt an beginnt mein neues Leben.

Ich werde mich wieder verlieben und diesen brandneuen Entschluss erkläre ich zur Chefsache! Optimistisch lege ich den Ring auf der Anrichte ab und gehe.

Der Beginn meines neuen Lebens

„Was machen wir zwei Hübschen denn heute Abend?", fragt mich Sandra allen Ernstes, als wir zusammen auf ihrer Couch sitzen. „Ich würde vorschlagen, wir lassen heute so richtig die Puppen tanzen."

Die wird sie wohl ohne mich tanzen lassen müssen.

„Ehrlich gesagt ist mir da überhaupt nicht nach."

„Nix da! Heute wird kein Trübsal geblasen. Du kommst mit! Ich werde dafür sorgen, dass du Ullrich schnell vergisst."

Ich hätte lieber bei meinen Eltern Unterschlupf suchen sollen. Sandra könnte sich als anstrengend erweisen. Ich rolle mich auf der Couch zusammen und ziehe mir die Decke über den Kopf, in die ich mich zuvor eingemummelt habe.

„Ich bin heute keine Stimmungskanone", bemerke ich, in Selbstmitleid ertrinkend.

„Vermutlich erkennst du es jetzt noch nicht. Aber du bist ohne Ullrich besser dran."

Sandra greift zum Telefon und verabredet sich mit ein paar Freunden. Sie wollen sich im „Conrad" treffen, einer Szene-Kneipe in Berlin, die am Wochenende immer gut besucht ist. Als sie die Wohnung verlässt, überfällt mich eine bedrückende Einsamkeit. Ich hätte sie begleiten sollen. Ein wenig Ablenkung täte mir gut, denn ich kann an nichts anderes denken als an Ullrich. Das ist schlimmer als Folter. Die wäre mir unter den gegebenen Umständen fast lieber. Ich greife zur Fernbedienung und schalte ein paar Mal hintereinander alle Fernsehprogramme durch. So ist es mir natürlich kaum möglich zu erfassen, was da gerade ausgestrahlt wird. Trotzdem bin ich mir danach absolut sicher, dass es nichts im Fernsehen gibt. Ich erhebe mich vom Sofa und laufe im Zimmer auf und ab. Diese quälenden Gedanken an Ullrich lassen mich nicht los.

Ich erwäge, ihn anzurufen, verwerfe diesen Gedanken aber im selben Augenblick wieder. Schließlich soll er nicht denken, dass ich ihm hinterherlaufe. Obwohl ich zugeben muss, dass ich beinahe bereit wäre, meinen Stolz über Bord zu werfen. Aber nur beinahe. Also nehme ich mir von nun an fest vor, nicht mehr an ihn zu denken. In der Küche schenke ich mir ein Glas Wein ein und kehre mit einem Buch zurück zum Sofa. Die ersten Seiten lese ich immer nur den Namen „Ullrich". Die nächsten Seiten lese ich schon das Wort „Trennung". Bis ich auf Seite fünfzig (oder ist es Seite sechzig?) erneut bei Ullrich anfange. Ich muss raus hier, sonst werde ich noch verrückt. Entschlossen klappe ich das Buch zu, ziehe mir eine Jacke über und mache mich auf den Weg ins „Conrad".

Sandra umarmt mich hocherfreut und drückt mich mit einer Intensität an ihre Brust, als hätten wir uns seit Wochen nicht gesehen. Natürlich hat sie bereits zwei junge Männer an der Angel, dessen dümmliche Blicke mir jetzt schon gehörig auf die Nerven fallen.

„Oh Sandra, bitte verschone mich. Mir ist nicht danach, mich mit zwei Volltrotteln zu unterhalten."

Leider reagiert Sandra nicht auf meinen Einwand und begibt sich zu ihnen an die Bar. Ihr Lachen dringt zu mir durch. Sie gibt mir aufgeregte Zeichen und wedelt fieberhaft mit ihren Händen herum. Entnervt mache ich mich auf den Weg zu ihnen. Dann fällt mir plötzlich ein, dass ich meine Handtasche im Auto liegen gelassen habe. Erschrocken drehe ich mich etwas zu stürmisch herum. Ein junger Mann, der sich gerade mit einem Getränk in der Hand von einem der Barhocker erhebt, stößt mit mir zusammen. Dabei ergießt sich der kostbare Inhalt seines Glases über sein Oberhemd. Der Fleck ergibt ein durchaus freundliches Muster auf seinem sonst so farblosen Hemd. Unglücklicherweise verliere ich auch noch die Balance. Um nicht nach hinten zu kippen, halte ich mich an seinem Arm fest und mache einen Schritt nach vorn. Mit meinem Absatz bohre ich mich tief in seinen Schuh und vernehme im gleichen Augenblick einen im Hals stecken gebliebenen Aufschrei. Auch er verliert nun seinen Halt und greift nach dem Barhocker, denn mein gesamtes Gewicht drückt gegen ihn. Doch der Barhocker kann uns nicht halten und wir fallen mit ihm gemeinsam zu Boden. Ich liege verstört auf einem Mann, dessen Hemd mit teurem Whiskey benetzt ist und der in seiner linken Hand immer noch das leere Glas hält. Erstaunlich. Einige Sekunden bin ich wie betäubt und bewege mich keinen Millimeter. Meine Ohren beginnen zu glühen und mein Gesicht nimmt die Farbe einer reifen Rispentomate an. Mal wieder hoffe ich, zu Stein zu erstarren. Unsere Nasen berühren sich und ich vernehme den angenehmen Duft seines Rasierwassers. Seine Augen leuchten so blau wie ein Martinshorn. Eventuell reißt er sie aber auch nur so weit auf, weil mein Gewicht ziemlich einseitig auf ihm lastet. Da bin ich mir jetzt nicht sicher. Auf einmal bewegen sich seine Lippen und er spricht zu mir: „Magst du dich nicht mal von mir erheben?"

„Es tut mir wirklich leid. Ehrlich", ist meine Antwort.

Ich liege immer noch auf ihm.

„Also schön, dann haben wir das schon mal geklärt, aber findest du nicht auch, dass wir beide hier 'ne komische Figur abgeben?"

„Oh, natürlich, entschuldige."

Wir erheben uns und mir fällt auf, dass das gesamte Lokal seine Aufmerksamkeit in unsere Richtung verlagert hat. Ich wäre gern auf der Stelle tot umgefallen, doch das muss ich wohl auf ein andermal verschieben. Auf Kommando klappt das mit dem Sterben schlecht. Wir stehen uns gegenüber und ich sehe wie gelähmt zu ihm hinauf. Er trägt sein dunkles Haar so kurz, dass ein Kamm wohl nicht mehr nötig ist und sein Zahnpastalächeln trifft mich mitten ins Herz.

„Du siehst etwas mitgenommen aus", sagt er zu mir und wischt sich die Kleidung sauber. „Ist alles in Ordnung mit dir?"

„Ja, alles bestens."

Glaube ich. Könnte aber sein, dass ich mich irre. Nur solch schwere Fragen lassen sich im Augenblick nicht zweifelsfrei beantworten. Vermutlich sollte er mir diese Frage später noch einmal stellen. Jetzt könnte ich erst mal einen Drink gebrauchen. Ich räuspere mich.

„Du hast dir hoffentlich auch nichts getan", bemerke ich mit belegter Stimme.

„Ich bin zäh, keine Angst."

„Na fein, dann könntest du mich jetzt doch zu einem Glas Wein einladen." Was habe ich da gerade gesagt? Um Gottes willen, wie bin ich denn drauf? Er schmunzelt und fragt mich, ob ich denn öfter im „Conrad" anzutreffen sei.

„Eigentlich selten, und du?"

„Ich bin heute das erste Mal hier. Mit einer Freundin. Sie wartet dort drüben an dem Tisch hinter dem Pfeiler auf mich."

Eine Freundin! Hinterm Pfeiler. Verstehe.

„Ach so, dann will ich dich natürlich nicht länger aufhalten. Also, ich bitte vielmals um Entschuldigung. Es war meine Schuld. Tut mir echt leid." Ja, ist ja gut, Claudia, nun hast du dich wirklich genug entschuldigt. Der Kerl hat eine Freundin und du keinen Freund. Er müsste sich bei dir entschuldigen. Halt also deine Klappe!

„Vielleicht sehen wir uns hier mal wieder, wäre schön", sagt er mit einem Cowboylächeln und steuert auf seinen Pfeiler zu. Na schön, ich hab sowieso anderes zu tun, als mir um diesen Typen und seine Freundin Gedanken zu machen. Ich bin schließlich schwer damit beschäftigt, um Ullrich zu trauern. Plötzlich taucht Sandra wie aus dem Nichts auf und nimmt mich beiseite.

„Interessante Masche, einen Mann anzusprechen. Du hast Fantasie, das muss ich dir lassen."

Was redet Sandra da? Ich muss mich erst mal sammeln. Amors Pfeil hat mich gerade getroffen. Aber dieser Mann hat eine Freundin. Amor muss einen Fehler gemacht haben.

„Hast du wenigstens seine Nummer oder war diese ganze Vorstellung jetzt umsonst?"

„Was? Nein, er hat eine Freundin. Keine Chance. Außerdem habe ich noch an der Trennung zu knabbern. Ich kann mich jetzt nicht in ein neues Abenteuer stürzen."

„Aber sicher kannst du das. Schau mal, du darfst dir dein Abenteuer auch aussuchen." Sie zeigt schamlos auf die beiden Herren an der Bar, die ihr ins Netz gegangen sind und uns gut gelaunt zuprosten.

„Du und deine Kuppelversuche. Such lieber selbst nach dem Richtigen."

Sie packt mich am Ärmel und schleift mich ans andere Ende der Bar. Doch ich wehre sie ab und mache ihr klar, dass ich zuvor meine Handtasche aus dem Wagen holen muss, die ich am liebsten als Ausrede benutzt hätte, mich gänzlich aus dem Staub zu machen.

Der Abend dauert lang, aber immerhin verfliegen meine düsteren Gedanken an Ullrich. Denn ich bin immerzu damit beschäftigt, einen Blick zu erhaschen zum Tisch hinterm Pfeiler. Seine Freundin ist klein und hager. Sie sieht aus wie eine Maus. Eine tiefgraue. Total unscheinbar! Was findet er nur an ihr? Sandra stößt mir mit ihrem Ellenbogen in die Seite.

„Hey, hier spielt die Musik."

Ja, das weiß ich. Aber die Musik hier ist absolut öde. Hinterm Pfeiler spielen sich viel interessantere Dinge ab. Kann Sandra mich nicht in Ruhe meine Detektivarbeit machen lassen? Nun stehen der Typ und sein „Fehlgriff" auf. Er hilft ihr in die Jacke. Ich möchte jetzt gern diese graue Maus sein. Verträumt schaue ich in ihre Richtung. Unerwartet dreht er sich noch einmal um und sieht lächelnd in meine Richtung. Fein, und nun komm wieder her gib mir deine Telefonnummer oder wenigstens deinen Namen, irgendetwas. Mein Gott, er kann doch nicht einfach so gehen! Er geht. Schlagartig vergeht mir die Lust und ich will auch aufbrechen. Ich rutsche vom Hocker herunter und greife nach meiner Jacke.

„Hör mal, Sandra, ich möchte gerne gehen."

„Was, jetzt schon? Kommt nicht infrage, du bleibst!"

Sie zerrt mich am Arm zurück und hält mich fest.

„Du brauchst noch ein paar Gläser Wein, um etwas lockerer zu werden."

Sie winkt den Barkeeper heran und gibt die Bestellung auf.

Am nächsten Morgen habe ich einen Kopf, der sich anfühlt, als wäre ich von einer Dampfwalze überrollt worden. Ich suche die ganze Wohnung nach Sandra ab, aber sie ist nicht da. Auf dem Küchentisch finde ich einen Zettel neben zwei Aspirintabletten liegen.

Guten Morgen, du Schnapsleiche. Du hast gestern Abend schmutzige Lieder gesungen. Stefan war begeistert von dir. Falls du mich vermissen solltest, ich bin bei Henry. Du weißt ja, wo alles steht. Gruß Sandra.

Bei Henry? Wer ist das? Und wer ist Stefan? Unglücklicherweise kann ich mich an nichts mehr erinnern. Hoffentlich bin ich nicht unangenehm aufgefallen. Ich fülle mir ein Glas mit etwas Wasser und löse die Aspirintabletten darin auf. Das war also der Beginn meines Singlelebens. Es kann nur besser werden.

Ich glaub mich laust der Affe

Am nächsten Morgen sitze ich im Büro, als wäre nichts gewesen. Im Grunde ist auch nichts gewesen, außer einer unruhigen Nacht, der Trennung von Ullrich und Dutzender Aspirintabletten, die meinen donnernden Kopfschmerz im Zaum halten sollten. Leider haben die Tabletten mir nur zu einer heftigen Übelkeit verholfen. Jetzt brüte ich über meiner Arbeit und bringe nichts Sinnvolles zustande. Herr Ruhland, mein Chef, ist an diesem Morgen auffallend lästig. Er schüttet mich mit Arbeit zu und stolziert alle Viertelstunde in mein Büro. Das macht es außerordentlich schwer, in Ruhe vor mich hinzusinnieren. Dieser Tag verspricht Überstunden, soviel ist klar.

Gegen neunzehn Uhr haben meine Kollegen längst den Feierabend eingeläutet. Nur Herr Ruhland und ich verweilen noch im Büro. Ich bin auch selbst schuld. Schließlich bin ich krank, äußerst liebeskrank. Ich habe mal gelesen, dass mit Liebeskummer nicht zu spaßen ist und dass man sich unbedingt eine kurze Auszeit gönnen sollte, wenn man sich in diesem schwermütigen Zustand befindet. Eine halbe Stunde später entschließe ich mich endlich zu dieser kleinen Auszeit und packe meine Sachen zusammen. Doch Herr Ruhland tritt in meinen Raum, als hätte er geahnt, dass ich aufbrechen möchte.

„Wollen Sie schon gehen, Frau Sander?"

Schon? Der hat wohl die Zeit aus den Augen verloren.

„Es ist fast halb acht", bemerke ich leicht angepiekt. „Ich denke, ich habe meinen Feierabend verdient."

„Ist denn der Petersen-Fall erledigt?"

„Ja, Herr Ruhland, der liegt längst auf Ihrem Tisch."

„Und die Kahrmann-Akte?"

„Ebenfalls."

„Gute Arbeit, Frau Sander. Dann machen Sie mal Feierabend. Ich brauche Sie jedoch morgen wieder früh im Büro. Hoffentlich können Sie das einrichten."

Was bildet der sich eigentlich ein, so über meine Zeit zu verfügen?

„Haben Sie schon gegessen?", fragt er mich plötzlich. „Hätten Sie Lust, mit mir beim Italiener um die Ecke zu speisen?"

Er sieht mich erwartungsvoll an und mir bleibt die Spucke weg.

Ich hab mich wohl verhört? Also gut, Herr Ruhland sieht nicht schlecht aus, ist eine gute Partie so um die vierzig, Single und hat Augen, in denen man versinken kann. Aber er ist mein Chef. Und damit ist ja wohl alles geklärt. Auf keinen Fall werde ich mit ihm essen gehen.

„Ich sehe, Sie sind etwas irritiert. Wenn ich Sie mit meiner Frage aus der Fassung gebracht habe, bedauere ich das außerordentlich. Ich betrachte dies als Geschäftsessen. Wir hätten das Nützliche mit dem Praktischen verbinden und beim Essen nochmals ein paar Akten durchsprechen können."

„Vielen Dank für Ihr freundliches Angebot, aber ich habe heute Abend noch etwas vor", antworte ich kühl. „Der Astro-Verein, dessen Mitglied ich bin, plant ein verlängertes Wochenende in den Bergen. Wir treffen uns heute zur Besprechung wichtiger Details."

„Ich sehe ein, dass dies nicht verschoben werden kann. Dann vielleicht ein andermal."

„Ja, vielen Dank, sehr gerne."

Schnell greife ich nach meiner Tasche und will mich verabschieden, doch mit dem Ärmel bleibe ich am Köcher hängen, der randvoll mit Büroklammern ist. Er fällt polternd zu Boden und sein gesamter Inhalt verteilt sich in alle Richtungen. Eine Büroklammer verirrt sich auf Herrn Ruhlands Schuh. Eine zweite platziert sich daneben. Meine Ohren brennen wie Feuer.

„Oh, wie ungeschickt", sage ich …

„Verlieben ist Chefsache"
von
Sabine Richling
Erschienen bei BoD als Taschenbuch und
E-Book

Neuauflage des witzigen Liebesromans „Gefühlschaos inklusive"

Claudia ist wieder Single. Jetzt muss ihr nur noch klar werden, dass dies ihr Glück ist. Sie will eine angemessene Zeit um ihre Beziehung trauern. Doch beim ersten Zusammenstoß mit dem smarten Oliver wird sie ihren Prinzipien untreu: Denn dieser sexy Typ ist ein Leckerbissen. Als sie glaubt, ihr neues Glück gefunden zu haben, melden sich erste Zweifel. Plötzlich kommt ihr Chef

Christian ins Spiel – attraktiv und faszinierend. Er versteht es, sie zu umwerben und in Versuchung zu führen ...

Amüsante und heitere Liebeskomödie

„Kein Sex mit einem Millionär"

von
Sabine Richling
Erschienen bei BoD als Taschenbuch und
E-Book

    Das Leben könnte so schön sein. Wäre Leonie nur nicht mit dem falschen Mann verheiratet. Seit zwanzig Jahren klebt sie an ihrem Angetrauten, der sich zu einem Millionär und überheblichen Patriarchen gemausert hat. Leonie ist Geld nicht wichtig, darum will sie ihr Luxusdasein an den Nagel hängen und endlich wieder „normal" leben – ohne Mann. Doch dann lernt sie Leon, den vermögenden Immobilienhändler, kennen und es knistert gewaltig. Sie wehrt sich gegen ihre Gefühle, doch Leon ist ein exzellenter Verführer …

„Im Jenseits schmeckt die Liebe süßer"
von
Sabine Richling
Erschienen bei BoD als Taschenbuch und
E-Book

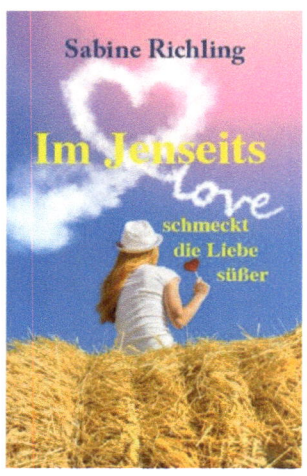

Die siebzehnjährige Lina ist in der Lage, mit Verstorbenen zu reden. Welch verrückte Gabe, die Segen und Fluch zugleich ist!

Dabei will sie nur eines: ein normales Leben führen und den attraktiven Florian näher kennen-lernen. Und tatsächlich spricht er sie eines Tages in der Schule an. Er weiß von ihrem Talent und bittet sie um Hilfe. Lina möchte ablehnen, denn so hat sie sich die erste Verabredung mit ihrem Schwarm nicht vorgestellt. Aber sein Charme ist verboten sexy und auch er besitzt eine geheime Begabung.

Als Lina ein rätselhaftes Zeichen aus dem Jenseits erhält, ist sie zutiefst verunsichert. Sie befürchtet, sterben zu müssen. Oder versteht sie alles ganz falsch?

Die spannende Liebesgeschichte voller emotionaler Momente.

Witzig, romantisch und übersinnlich

Sabine Richling ist 1968 in Berlin geboren und aufgewachsen. Nach Abschluss einer kaufmännischen Ausbildung arbeitete sie viele Jahre in einem Handelsunternehmen. Später wechselte sie zu einem Hamburger Verlag. Inspiriert durch die Verlagsluft schrieb sie die ersten Entwürfe einiger Kurzgeschichten. Eine Erkrankung riss sie aus dem Berufsleben, daher widmete sie sich verstärkt dem Schreiben.

Heute schreibt sie am liebsten Beziehungskomödien und unterhaltsame Kurzgeschichten. Im Dezember 2012 veröffentlichte sie den romantischen und humorvollen Roman „Ein Iglu für zwei", der aufgrund seines Erfolges anschließend als Hörbuch und in englischer Sprache erschien. 2019 wurde die bezaubernde Lovestory unter dem Titel „Das Mädchen und der Star" neu aufgelegt.

Es folgten die amüsanten Liebeskomödien „Gefühlschaos inklusive", (heute unter dem Titel „Verlieben ist Chefsache") und „Liebe braucht keine Hexerei".

Bald entdeckte sie ihre Leidenschaft für Fantasy und Mystik. Es blieb unausweichlich, einen Roman zu schreiben, der alles vereint: Liebe, Romantik, Fantasy und Science-Fiction. Also holte sie sich Schützenhilfe und kreierte mit ihrer Freundin Christina Lelewell den Fantasy-Romantik-Roman „Die Macht der schwarzen Perlen" (demnächst unter dem Titel „Sternenmann sucht Erdenfrau"), der im Dezember 2015 in zweiter Auflage erschien und ein Genre bedient, das in seiner Form neu interpretiert wurde.

Zur gleichen Zeit arbeitete sie an dem Fantasy-Romantik-Thriller „Dach der Hölle", der inzwischen ebenfalls in zweiter Auflage erschienen ist.

Im Oktober 2016 ging ihr neuer humorvoller Liebesroman „Kein Sex mit einem Millionär" an den Start für Fans der knisternden Romantik.

Und für Liebhaber des Übersinnlichen schrieb sie den Liebesroman „Im Jenseits schmeckt die Liebe süßer", den es seit September 2017 zu kaufen gibt.